고삐

국립중앙도서관 출판예정도서목록(CIP)

고삐 : 주영애 수필집 / 지은이: 주영애. -- 안양 : 문학산책사, 2016
    p. ;   cm

ISBN 978-89-92102-64-3 03810 : ₩10000

한국 현대 수필[韓國現代隨筆]

814.7-KDC6
895.745-DDC23   CIP2016011069

고삐

주영애 수필집

문학산책사

책을 내며

창문을 열면 철 따라 꽃피고 새우는 구룡산이 코앞이다.

모진 겨울 백설이 분분할 즈음 군계일학처럼 늠름한 소나무가 독야청청 싱그럽다. 안산 일동 구룡산, 내 고향 들녘 한쪽 들머리 살짝 비켜 앉은 독메를 빼어 닮아 그리운 얼굴처럼 정이 간다.

어릴 적, 매일같이 문턱 드나들 듯 뛰놀던 야트막한 추억 속의 독메, 꿈같은 시절의 그리움만 끝없이 밀려온다.

이곳에 정붙이고 살아온 십수 년, 어느새 바람처럼 지나갔다. 며칠 후면 또 먹기 싫은 나이 한 살 더 보탠다. 원수 같은 나이 탓일까. 한겨울 꽁꽁 얼어붙은 긴장이 풀리면 기다리던 봄소식이 와도 왠지 모를 공허한 마음 둘 곳 없어 괜스레 서성인다. 하루에 몇 차례 옥상에 올라 오밀조밀 가까운 산과 눈 맞추며 마음을 다독인다.

긴 세월 함께한 이곳 구룡산 아래서 못다한 넋두리를 무수히 갈등하며 세 번째 책을 묶는다. 그렇게 거센 세파에 겁 없이 쏟아놓고 질화로 같이 얼굴이 화끈거린다. 텅 빈 가슴은 바람 든 무처럼 이렇게 허한데, 고갈된 이 가슴에 무엇을 채워야 다시 붓을 잡고 글을 쓸 수 있을까? 또 무슨 수로 많은 분께 고마운 마음의 빚을 갚을까?

환갑이 코앞일 때, 늦깎이 문학의 문외한을 흔쾌히 받아주신 스승께 머리 숙여 감사드리며 가슴속 깊이깊이 새겨둔다.

2016년 3월에 구룡산 아래서

주 영 애 周榮愛

주·영·애·수·필·집 **고삐**

차례

책을 내며

┃ 동갑

동갑 13

꽃 이야기 17

아직도 버리지 못한 꿈 20

천연조미료 24

약수 27

흉년 양식 쑥 31

도토리묵 35

부지깽이 총 39

추어탕과 용봉탕 42

오미일향 46

행운의 숫자 50

2 부전부월

변소와 화장실   57

파마   61

치매 약   65

왜 그래야 되는데요   69

일부다처   73

삼총사   77

부전부월   81

딸   84

굽이굽이 뒤돌아본 길   91

함벽루와 해월이   98

현대시 백 년도 지나고   102

책을 묶으며   106

3 고삐

태평이   111

산통점   115

눈 위의 발자국   119

봉제사   123

함박눈 내리는 날이면   127

꿈꾸며 걸어가다   131

아세   135

두고 온 고향·1   139

두고 온 고향·2   143

전쟁이 할퀸 상흔   147

뒤늦게 찾은 보람   152

고삐   156

4 선교장

용문사 은행나무   163

산수유 꽃향기에 취하다   167

달리는 노래방   170

선교장   174

금오도와 보길도   179

바다의 귀족   183

나부상   188

백운동서원   192

바람난 오리길 단풍   195

공작산 수타사   199

고향 가는 길   202

중국 여행기·1   206

백두산에 오르다   210

개똥과의 전쟁   215

작품해설 | 제 설움에 제가 울고·배준석   219

동갑

동갑
꽃 이야기
아직도 버리지 못한 꿈
천연조미료
약수
흉년 양식 쑥
도토리묵
부지깽이 총
추어탕과 용봉탕
오미일향
행운의 숫자

동갑

시월도 간당간당 가지 끝에 걸려있다. 가을은 유난스레 소문난 잔치처럼 떠들썩하게 찾아왔다 또 철새처럼 가버릴 것이다. 동네 야산 코앞의 불구경은 성에 차지 않아 40여 년 정든 분신 같은 친구들이 생각난다. 집집마다 전화통에 불을 한번 질러본다.

눈빛만 봐도 통하는 동갑내기 5총사, 얼씨구나 갈 곳 없어 유한이란다. 총알보다 빠른 통신의 위력을 실감하며 다음 날 일찌감치 홍천행 버스 안에서 우리는 마주 보며 만면에 웃음꽃보다 고운 주름 꽃이 활짝 핀다.

맑은 가을 햇살 아래 농부들의 땀으로 빚은 농익은 들녘, 안 먹어도 배부르다. 홍천이 가까워져 올수록 점입가경이다. 강원도는 봄보다 가을이 역시 제격이다. 이 고장의 손꼽히는 명소 수타사 초입부터 꽉 찬 가을이 연출하는 풍광 앞에 모두 철없는 아이가 된다. 불과 한 달 전 푸른 빛 의연하던 초목들이 어느 틈에 광대처럼 울긋불긋 색동옷으로 갈아입었다.

우측 길섶 솔밭 사이에 10여 기가 넘는 고승 대덕 부도전 앞에 걸음을 멈추었다. 높고 낮은 부도들, 그 속에 이 고장 출신인 서곡 대사의 부도를 보면서 갑자기 옛 어른들께 들은 말이 생각난다. 법력 높은 고승은 앉아 구만리를 본다고 했다. 합천 해인사의 화재를 서곡 대사께서 이 먼 곳에 앉아서 숭늉으로 불을 껐다는 전설 같은 일화는 유명하다. 그 오랜 인고의 세월, 화합과 덕목으로 수타사를 지키는 수호신이 아닌가 싶다.

그런데 지난번 미처 못 보고 지나쳤던 부도 앞, 소나무와 뽕나무의 동거라는 팻말이 나그네 발목을 붙잡는다. 오래된 소나무에 뽕나무가 흙 한 줌 없는 10여m 높이 소나무 가지에다 싹을 틔워 20여 년 눈치 없이 더부살이하고 있다. 소나무를 보면서 어릴 적에 들은 이야기를 떠올리게 한다. 여러 식솔 거느린 바람난 이웃 아저씨처럼 이 소나무도 어쩌면 한눈팔아 들여앉힌 첩실일까? 예나 지금이나 첩실이 얼마나 얄미우면 하품도 따라 하지 않는다는데. 나무의 제왕, 올곧은 선비 같은 소나무가 어쩌다 더부살이 군식구까지 건사하느라 휘어버린 허리와 하반신의 커다란 상처 자국이 그간의 고통을 말해주는 것 같아 안쓰럽다.

긴 골짜기 옥색 노천호수 속에 낭창거리는 가을 풍경들이 왕그랑 댕그랑 지조 없이 흔들린다. 공작산 사색思色의 생태 숲길 따라 동갑끼리 모처럼 앞서거니, 뒤서거니 오롯이 즐기는 행복한 데이트다. 천혜의 맑은 공기는 폐부 깊은 곳까지 파고들어 찌든 때와 객진 번뇌를 털어낸다.

오늘의 아껴둔 명소 수타사 제일 관문인 봉황문 앞이다. 수타사 여행은 처음인 친구들을 위해 미리 특강예약을 해두었더니 박건환 문화해설사가 일행을 반갑게 맞아준다. 작은 거인 한국의 등소평이란 별칭을 얻을 정도로 박식하고 당당한 그는 건강미 넘치는 60대로 보였는데. 뜻밖에도 우리와 동갑이란다. 처음 만난 사람도 동갑이라면 왠지 반갑고 임의로워 오래된 지인 같다. 수타사를 한없이 아끼는 그 사람은 한동갑이라서가 아니라 꽉 짜인 외모와 당당한 자신감을 보면서 이곳을 찾는 많은 사람의 기억 속에 오래 남아있을 것 같다.

그는 이번에 처음 온 친구들을 위해 해설자 특유의 해박한 지식과 입담으로 사찰 내의 박물관인 보화각에 소장한 국보 월인석보와 동종을 비롯해 많은 문화재 등, 천 년 고찰의 전설과 숨겨둔 이야기까지 자상하게 들려주었다.

문득 어릴 적 어른들께 건성건성 들은 말이 생각난다. 인간은 부모님의 몸을 빌려 이승에 왔다가 한 생을 마치고 다시 저 세상으로 돌아간다고 했다. 저승으로 떠날 때 오직 한동갑만이 한배 타고 간다는 것이다.

이승과 저승 사이엔 대강이 흐르며 상시로 폭풍우와 심한 격랑이 일고 시뻘건 흙탕물이 용솟음친다는데, 그 험난한 대강을 가로지른 가늘고 긴 외나무다리가 있다는데, 너무나 어지러워 한걸음도 떼어놓지 못한다는데, 그처럼 험난한 저승길도 착하게 살다가는 평범한 사람들이 탄 뱃길에는 바람 한 줄 일지 않는다는데, 그 멀고 외로운 길에 부모와 형제간도 함께 탈 수 없고 오직 동갑만이 한배를 탄다는데, 그리스 신화 속에 레테의 강이 있다는데, 망자가 건너야 하는 저승길에 있는 레테의 강, 망자는 명계冥界로 가면서 그 강물을 마시면 과거의 모든 기억을 깨끗이 잊게 된다는데, 서양 사람들은 레테의 강을 죽음의 강, 또는 망각의 강이라 부른다는데.

인간이 사는 세상은 곳곳마다 기후가 다르고 생활습관, 문화가 모두 다르다. 하지만 사람이 죽은 후 망자의 넋이 구천 또는 천국으로 돌아간다고 믿는 것은 동서양을 막론하고 모두 한마음인 것 같다.

빨리 가려면 혼자 가고 멀리 가려면 함께 가라는 말이 있다. 이곳에 와서 부처님의 은덕으로 한배를 타고 함께 갈 또 한 사람 동갑내기 친구를 만나 든든하다. 아무리 멀고 험한 황천길도 생전에 맺은 인연, 한 동갑 벗님네와 함께라면 외롭지 않고 두렵지 않을 것도 같다마는….

한겨울 설경도 가을 단풍 못지않게 환상적이라며 동갑네들 다시 오라 신신당부 한다. 백설이 분분할 즈음 함께 오마 흔쾌히 약속하고 손 흔들며 배웅하는 그를 두고 아쉽게 돌아선다. (11.10)

꽃 이야기

어느 시인은 오월의 숲을 딸 부잣집 아침 출근 시간처럼 시끌벅적하지만 더없이 아름답다고 했다. 또 칠월의 숲은 아들 두엇 낳은 며느리 같고 가을 단풍은 머잖아 떠나보낼 딸자식을 위해 나무가 준비한 가장 고운 옷감 같다고 했다.

내가 사는 안산, 작년 여름 서해안을 강타한 태풍 때문에 동네 가까이 크고 작은 산이 폐허나 다름없었다. 그래도 그 속에서 살아남은 나무들은 씩씩하게 제 모습을 되찾고 있다.

만년송으로 잘 알려진 나무의 제왕, 소나무도 꽃을 피웠다. 바람 타고 날아온 송홧가루가 집안과 온 동네를 노랗게 물들인다. 아침 등산길에 이웃집 할머니는 솔가지에다 비닐봉지를 씌워서 탁탁 두들기자 마치 포자胞子와 같은 입자들이 투명한 봉지 속에 조금씩 쌓인다. 예전엔 닥나무 창호지에다 받았다. 꿀을 넣고 반죽해 다식판에 찍어내면 송화 다식이다. 다식은 유밀과의 하나로 잣, 흑임자를 갈아 만들기도 한다.

그중, 색깔이 곱고 향이 좋아 송화다식을 최고로 친다.

오월도 막바지로 치닫는다. 겨우내 얼어붙은 마음을 다독이듯 초봄, 진달래 철쭉꽃이 온 산하를 붉게 물들이더니 오월의 숲은 청초하다. 초록과 흰빛으로 들뜬 마음을 가라앉힌다.

동네 가로수로 새롭게 장식한 이팝나무도 하얀 꽃을 피웠다. 마치 솜 터는 기계에서 훨훨 빠져나오는 목화솜을 보는 것 같다. 또한 산자락, 길섶, 밭두렁에 흐드러진 찔레꽃도 한창이다. 지금도 은은한 향기를 맡게 되면 옛 추억에 사물사물 빠져든다. 뒤질세라 가까운 동네 야산에도 지천으로 널려있는 아카시 하얀 꽃이 출렁이는 초록 물결과 함께 환상의 향기를 동이로 쏟아내며 꿀벌들을 뇌쇄시킨다.

향기로 치면 어떤 꽃향기와 견주어도 뒤지지 않는 것이 쥐똥나무 꽃이다. 하고많은 이름 중에 어쩌다 쥐똥나무라는 하찮은 이름을 얻었을까? 그런데 꽃을 보면 또 한 번 실망한다. 다닥다닥 싸락눈처럼 자질구레 볼품이 없지만 꽃에서 뿜어내는 달콤한 향기에 독주처럼 흠뻑 취한다. 옛말에 뚝배기보다 장맛이라 했던가.

동네 공원, 끝없이 이어지는 쥐똥나무 울타리 그 너머에 바람개비 닮은 산딸나무꽃을 본다. 얼마만의 만남인가. 반가워 코끝이 시큰하다. 큰 덩치에 반듯반듯 정갈하고 눈부시게 흰 산딸나무꽃을 어릴 적 처음 보았을 때 그 이름이 어울릴까 의문스러웠다. 하지만 가을에 열매를 보면 오돌토돌 새빨간 산딸기를 쏙 빼닮아 '아! 그렇구나!' 탄성이 절로 나온다.

얼마 전, 문우이며 고향 친구인 이 여사한테서 전화가 왔다. 어느 카페에 올린 사진에서 보았다며 혹여 박태기나무꽃을 아느냐고 묻는다. 요즘 우리 동네 공원에도 활짝 피었다고 했더니 예전부터 알고 있었느냐? 이파리는 어떻게 생겼느냐? 꼬치꼬치 묻는다. 나이를 초월한 만년

문학소녀다운 순수함에 괜스레 가슴 한복판이 저릿해 온다.

박태기나무꽃, 우리 고향에선 밥풀때기꽃으로 더 잘 알려져 있다. 색깔만 아니면 영락없는 밥풀 같다. 잎보다 꽃이 먼저, 몸뚱이 건 곁가지 잔가지 할 것 없이 무질서하게 엉겨 피는데, 고운 보라색이 감도는 눈 아리게 붉은 꽃이다. 3, 4m가 넘는 훤칠한 키에 밑동과 뿌리에서 잔가지들이 쑥쑥 올라와 한 떼전을 이룬다. 무성한 잎은 다른 나뭇잎에서 볼 수 없는 애정과 사랑의 표시인 하트모양으로 꽃보다 더 아름답다. 그리고 꽃 진 가지마다 길쭉하고 납작납작한 열매가 콩처럼 생긴 것이 꽃잎 수만큼 가지 휘어지게 주저리주저리 매달린다.

어릴 적, 우리 친정 문중 재실齋室 화단에는 기화요초가 철 따라 만발했다. 춘설 속, 매화에 이어 상사화, 박태기나무꽃을 비롯해 옥매화, 함박꽃, 배롱나무꽃 그 밖에도 형형색색 이름 모를 꽃들이 무릉도원처럼 신선하고 아름다웠다. 재실 옆에 우물이 있어 하루에도 수차례 물 길으러 갈 때면 높다란 담장 너머로 들려오는 문중 할아버지의 큰 기침 소리에 놀라 종종걸음 치곤했다.

질서는 자로 재듯, 기강은 추상秋霜 같은 곳이었다. 언제부턴가 찾아오는 발길 없고 돌보는 사람 없어 대궐 같은 재실이 덩그렇게 홀로 남아 이젠 넓은 마당 잘 가꾼 화단에는 잡초만 무성하다.

아무리 많은 세월이 흘러 인심도 변했지만 어떻게 남의 문중 재실에까지 도둑이 들 수 있단 말인가? 윗대부터 내려온 수많은 고서와 문집, 당호堂號인 현판까지 싹 쓸어갔다니, 참으로 통탄할 일이다.

권불십년, 화무십일홍, 달도 차면 기운다던가? 웃자란 잡초와 우거진 쑥대가 키를 넘는다. 그런데 올곧게 성장한 아름드리 행자목杏子木은 옛 모습 그대로 백날이 하루 같은 배롱나무와 함께 꿋꿋하게 빈집을 지킨다. (11.05)

아직도 버리지 못한 꿈

"아저씨, 호접난과 산세베리아는 침실 창가에 놓아주시고요."
"장롱은 오른쪽 벽에 바짝 붙여주세요. 아, 흡족하다."

하늘 높은 줄 모르고 혼자 잘난 척 치솟는 아파트, 도시에서 시골농촌까지 야금야금 파고들어 괴질처럼 번지고 있다. 옛말에 마당 벌어진데 솔뿌리* 걱정한다더니 괜한 노파심일까. 이러다가 아름다운 이 강산이 아파트 천지로 변해버릴 것만 같다. 사람은 흙을 밟고 흙냄새를 맡아야 몸과 정신건강에 좋다는 옛 어른들께 늘 들은 말이다. 게딱지 같은 초가에서 흙과 함께 유년을 보낸 나는 객지생활 수십 년 동안 항시 단독주택만 고집해왔다.

지난 새천년 초 공기 좋은 청계사 입구, 200평 대지 위에 건평 70여 평 전원주택을 손수 지어 십수 년을 살았다. 그렇게 구석구석 정든 전원주택을 토지개발이란 명분으로 삶의 터전을 내주며 너무나 가슴이 아팠다. 민주주의 국가에서 그렇게 반강제로 주택공사에 빼앗기고 말았다.

할 수 없이 우리 형편에 맞는 집을 찾던 중 동향 친구가 경기도 안산에 먼저 와 살고 있었다. 친구 따라 강남 간다고 이곳에다 살 집을 마련했다. 상록구 일, 이동 일대는 안산에서 유일하게 아파트가 없는 단독주택단지다. 분지 같은 이곳은 바람이 적고 폭설이나 폭우가 거의 없어 우리가 이사 온 후로 비 피해를 겪어 본 적이 없다. 끝없이 이어지는 푸른 공원에는 기화요초가 철 따라 만발하고 음이온을 덤으로 내뿜는 동산들이 많아 맑은 공기와 인심까지 좋아 고향처럼 편안하다.

그런데 도심 속의 단독주택이란 것은 내가 꿈꾸어 온 주택과 다르다. 3, 4층 건물들이 판에 박은 듯 하나같다. 흙 한 줌 밟을 마당 한 뼘 없고 시멘트 바닥에 울도 담도 없는 집이다. 대문 겸 현관문을 밀면 바로 길거리다. 그런데도 요즘 흔한 자동문보다 오히려 편해서 추억 속의 빗장 없는 고향 집 사립처럼 누구나 수시로 드나든다.

새로 지은 고층아파트로 이사한 친구네 집들이 갔을 때다. 날씨도 좋은 봄날, 어쩌면 개미 새끼 하나 보이지 않고 사방으로 둘러싼 태산 같은 아파트 군락 속에 혼자 고립되어 살고 있다는 느낌이 들었다. 뿌옇게 가물거리는 아지랑이 속에 쭉쭉 뻗은 아파트 측면 날 선 모서리들이 지나가는 바람도 자를 듯 비수처럼 날카롭다. 질서정연하게 반듯반듯한 층층들이 내 눈에는 마치 차곡차곡 포개놓은 돌상자처럼 보인다. 그 커다란 돌상자 같은 아파트에 사람들을 가두고 자동 감시원이 지키고 있다.

하루가 다르게 변하는 시대, 자동화의 편안함이 가끔은 당혹스러울 때가 있다. 동, 호수를 겨우 찾아놓고 보면 경비실과 경비원은 보이지 않고 벙어리 자동문이 지키고 있다. 한참을 기다려도 이놈의 자동문은

제 분수를 잊은 듯 멀뚱멀뚱 고자세다. 짜증이 나서 손으로 몇 번 두드려 본다. 그래도 본척만척이다. 다시 잡고 흔들어 봐도 소죽은 귀신처럼 꿈쩍도 않는다. 할 수 없이 친구한테 전화로 도움을 청했다. 그제야 뺏 뺏하던 자동현관문이 고양이 걸음처럼 소리 없이 사르르 미끄러진다.

지난 수십 년, 현대인의 주거문화에 아파트가 큰 반향을 불러일으키며 턱없이 부족한 주택문제를 해결하는데 공헌한 일등공신이다. 그런데 약삭빠른 일부 가진 자들의 돈이 아파트를 돈 버는 기계로 만들어 놓았다. 수십 억대 천정부지로 뛰는 아파트 여파로 부익부 빈익빈 현상만 가중시키며 빈자에게는 그저 그림의 떡일 뿐이었다.

그렇게 수십 년이 지났건만 지금도 아파트는 현대인의 꿈과 사랑을 한몸에 받고 있다. 요즘 들어 나는 전에 없던 고소공포증이 생겼는지 딸네 집에 가서 감감한 아파트 꼭대기를 올려다보면 현기증이 일어 속이 울렁거린다. 때문에 고층아파트가 영, 정이 가지를 않는다.

아직도 나는 버리지 못한 꿈을 꾼다. 더 미루고 싶지 않아 흰 구름 머물다가는 백운호숫가 적당하게 경사진 언덕 위에다 80여 평 땅을 샀다. 삼대 적선을 해야만 남향집에 산다는데 봄이 다 가기 전에 햇살 넘나드는 남향으로 내 안에 버리지 못한 작은 꿈, 전원주택을 짓는다.

방 하나는 자연석으로 구들장을 깔고 방바닥과 벽은 황토를 발라 구수한 고향의 흙냄새를 맡는다. 가마솥을 걸어 나무로 군불을 지피며 감자와 밤. 고구마를 구워 먹으며 유년의 추억에 흠뻑 젖어본다.

거실 천장과 한쪽 벽은 통유리를 해 착한 아이 같은 햇살이 마음대로 드나든다. 겨울이 오면 벽난로 앞에서 손자와 손녀의 털장갑도 뜨고 따끈한 차를 마시며 호숫가 청둥오리 떼가 노니는 풍경을 감상해 본다.

마당엔 금잔디를 깔고 남은 땅엔 가지, 호박, 오이, 청양고추, 색깔 고운 파프리카와 여러 가지 청정채소도 가꿀 것이다.

담장과 대문이 없는 집에 꽃집아저씨가 꽃 배달을 온다. 치자와 팔손이는 거실 유리벽 앞 햇살 옆에 놓고, 관음죽은 욕실에, 허브와 재스민은 현관에, 향기는 덤으로 올려놓는다.

"아저씨, 호접난과 산세베리아는 침실 창가에 놓아주시고요."

허공에 허우적거리는 내 손을 잡고 깨우며 내려다보는 남편 얼굴이 안개처럼 가물가물 굴절된 동공이 흔들린다.

"아니, 이 사람이 꿈을 꾸나. 대낮에 무슨 잠꼬대까지." (12.06)

* 소나무 뿌리.

천연조미료

'이것 좀 봐! 40여 년 전에 피었던 그 찔레꽃이 다시 피었네!'

어머니 손바닥처럼 거칠고, 키보다 옆이 넓은 배불뚝이 간장 항아리 속을 살짝 훔쳐본다. 수줍은 백모란 같은 환상의 흰 찔레꽃 몇 송이가 진달래꽃물같이 발그스름한 간장 위에 동동 떠 있다.

참으로 오랜 기다림이다. 숙성의 파고가 피워낸 순백의 꽃잎, 그 속에 스민 향이 세상에서 가장 맛있는 짭조름하고 구수한 고향의 진한 냄새를 풍긴다. 검지를 폈다가 접고 예쁜 새끼손가락으로 살짝 찍어 맛을 본다. '환상이야!' 쌉싸래, 새크무레, 달짝지근까지 하다. 이 세상 그 어떤 화학조미료가 무슨 수로 감히 이 천연의 살아 숨 쉬는 향과 맛을 따라온단 말인가? 감동의 드라마 같은 현실에 가슴이 뛴다.

우선, 찔레꽃 몰래 간장 한 종고라니* 폭 떠다 놓고 삶아놓은 고사리에 다진 마늘 듬뿍 넣고 적당량의 간장으로 조물조물 무쳐놓는다. 들기름을 골고루 두른 다음 뚜껑을 덮고 약한 불에 김을 폭 내는데 수분을 잘 조절해야 한다. 뜨거울 때 먼저 잘게 썬 파를 넣고 살살 섞은 다음 한김이 나가면 참기름은 향만 내고 볶은 깨는 살짝 빻아서 듬뿍 넣는다. 나물은 양념 맛이 아니던가.

간장 항아리 속의 요정, 찔레꽃이 말을 건다. 천연 간장으로 천연 진간장을 만들어보라고. 귀가 번쩍 뜨인다. 그렇다. 언젠가 TV에서 진간장 만드는 과정을 상세히 보여주었는데 충격이었다. 콩 한 톨 들어가지 않고도 화학약품만으로 시중에서 판매하는 진간장 맛과 색깔이 똑같다고 하니, 언제부터 우리가 화학조미료 천국에서 산단 말인가? 혹여 시중에 지천으로 쏟아져 나와 있는 유명회사 제품들도 콩 한 톨 안 들어간 화학제품이 아닐까? 덜컥 겁이 난다. 이후부터 나는 진간장은 사 먹지 않기로 마음먹었다.

백화, 그 모습 너무 고와 며칠 미뤘다가 결국 진간장을 만들기 위해 간장을 뜨기로 했다. 예전부터 간장을 뜨려면 항아리 속에다 용수를 지른 다음 장을 퍼낸다. 가만히 생각해보니 순면으로 자루를 두어 개 만들어 자루 속에다 메주를 넣고 담그면 지렛대 눌러놓기도 편하고, 간장이 다 익으면 자루만 살짝 들어내면 간단할 것 같았다. 실천해 보았더니 일손을 많이 덜어준다.

생전 처음 천연 진간장을 손수 만들어본다. 간장과 생수는 동량으로 한다. 청태靑太는 씻어 물을 자작하게 하여 불린 다음 흑임자, 다시마, 바짝 말린 표고버섯, 마른 홍합, 황설탕, 매실 진액 여러 가지 재료를 넣고 센 불에다 펄펄 끓이다가 은근한 불로 졸이면서 간을 맞춘다. 그렇게 해서 마음 놓고 먹을 수 있는 무방부제 천연 진간장이 내 손으로 만들어진다.

시중에는 화학조미료가 지천이다. 하지만 나는 다시 우리집표 천연 조미료를 만들 요량으로 우선 냉동실 구석구석을 살핀다. 홍합, 표고버섯, 멸치조미료에 들어갈 재료들을 준비한 다음, 청태는 씻어 먼저 볶아놓는다. 은근한 불에 홍합, 흑임자, 다시마, 표고버섯, 순으로 멸치는 분만 빼고, 살짝 볶는다. 차례차례 혼합해서 볶아도 되지만 자신이 없으면 따로 볶으면 오히려 안전하다. 믹서에 곱게 갈아서 마음 편하게 듬뿍듬뿍 넣어서 먹는다.

음식을 장만하다 보면 육류는 기존의 맛이 있어 신경을 덜 써도 되지만 나물 반찬은 만드는 사람의 손끝에 달렸다. 우선 근채는 잘 삶아야 한다. 잘 못 알고 물에 담가 두었다가 삶으면 안 물러서 애를 먹는다. 물이 펄펄 끓을 때 마른 나물을 넣고 적당하게 끓으면 불을 끄고 한참 후에 씻어 다시 미지근한 물을 붓고 담가두면 부드러워진다.

잘 삶은 무시래기는 껍질을 벗긴 다음 다진 마늘, 간장과 된장을 조금 넣어야 한다. 들기름은 고사리보다 많이 넣고 만들어놓은 천연조미료를 듬뿍 넣는다. 골고루 조물조물 무쳐서 2, 30분간 배이게 두었다가 냄비 둘레에 쌀뜨물을 조금 두른다. 약한 불에 올려서 김이 폭 오르면 고사리와 같이 파와 참기름, 깨소금을 많이 넣고 고루 섞어서 한 젓가락 푹 찍어 맛을 보면 LA갈비 안 먹는다.

천연조미료, 천연 간장 만들든 말든 남편은 관심 밖이다. 여름 한철 가지나물, 열무김치, 된장에 풋고추만 있으면 밥 한 그릇 뚝딱 한다. 해마다 옥상에서 청정채소 가꾸는 재미도 쏠쏠하다. 입도 즐겁고 건강도 챙기면서 일석삼조의 효과로 나를 행복하게 한다. 봄이 오면 다시 여러 가지 씨앗을 뿌릴 것이다. 푸르고 싱싱한 풋고추, 팔뚝 같은 가지, 오이하며 끝없이 쭉쭉 뻗어 가는 호박, 동부 넝쿨이 천연 간장 항아리를 휘감을 것이다.

올해도 배불뚝이 간장 항아리에 마법 같은 찔레꽃 몇 송이 기대해 본다. (12.03)

* 종고라니 : 일명 조롱박. 또는 호리병박. 합천 지역 방언이다.

약수

오뉴월 불볕 아래 페트병에 송골송골 식은땀이 맺혀있다. 목 안까지 물배로 가득 채운 둥글고 네모난 크고 작은 플라스틱병마다 함초롬 풀잎에 머금은 아침 이슬처럼 싱그럽다. 우리 동네 야트막한 동산 기슭에 차갑고 물맛 좋은 약수가 있다. 10여 년 전 이곳 안산 상록수로 이사 왔을 때다. 그 당시는 약수터가 교회 마당 안에 있어 대문 안으로 드나들기가 여간 미안하고 불편한 게 아니었다.

결국엔 교회에서 이웃과 동민들의 편의를 위해 대문 밖에다 상수도처럼 공사하여 밤낮 가리지 않고 아무 때나 수도꼭지만 틀면 약수를 받을 수 있게 해놓았다. 상록수 주변은 말할 것 없고 먼 타동에서도 입소문을 타고 많이 와서 약수를 받아간다. 그 때문에 산 밑 도로에는 자동차와 자전거, 손수레들로 장사진을 이룬다. 하지만 약수가 항시 일정량으로 잘 나와 금방 차례가 돌아온다.

60년대 초 서울 신길동으로 처음 이사했을 때다. 시골에서 장설이 내리고 폭우가 쏟아져도 먹을 물을 동이로 이고 나르던 때가 엊그제 같은데 말로만 들은 수도꼭지를 틀자 쏴아 하는 시원스런 소리와 함께 허연 물줄기가 환상의 작은 폭포수를 연상케 했다.

그런데 서울 변두리 지역, 달동네 같은 곳은 수도시설이 완공되기까지 오랜 세월이 걸렸다. 그 당시는 수돗물을 우물처럼 그대로 받아 마셨다. 얼마만큼 세월이 지났을까? 나라 형편이 나아지면서 국민건강을 위해 라디오와 TV에서 수돗물을 끓여서 먹으라고 홍보를 했다. 그때부터 보리와 옥수수를 넣고 끓여서 먹기 시작하자 율무와 결명자, 둥굴레, 갈근葛根, 영약으로 알려진 영지버섯까지 몸에 좋다는 차 종류들이 시중에 넘쳤다.

내 고향에서는 산속 옹달샘이건 길가 우물이건 거리낌 없이 막 퍼마셔도 배탈 났다는 말을 들어본 적이 없다. 서울에 이사 와서 하루, 이틀도 아니고 매일같이 물을 끓이는 것도 예삿일이 아니었다. 그런데 때맞추어 선보인 것이 정수기다. 버튼만 누르면 차갑고 뜨거운 물이 동시에 나와 바로 받아먹을 수 있고 커피 물도 따로 끓일 필요가 없어 인기가 대단했다.

하지만 300여만 원대의 고가품이 서민들은 보고도 못 먹는 그림 속 떡과 같았다. 그런데 너도나도 정수기 회사들이 우후죽순처럼 생겨나며 할부 또는 월부로 대여까지 해주었다. 외상은 검정소만 잡아먹는다던가. 공공장소는 말할 것 없고 일반 가정에서도 정수기 없는 집이 없을 정도였다.

수십 번 망설인 끝에 가족의 건강을 위해 거금을 들여 정수기를 구입했다. 하지만 아무리 완전무결한 것은 없다지만 정수기는 눈에 보이지 않는 세균들의 온상이라고 한다. 처음 TV를 통해 들었을 때, 갑자기 쇠망치로 얻어맞은 듯 한동안 머릿속이 멍했다. 어떻게 할까. 후회가 물밀 듯 밀려온다. 궁여지책으로 정수기 물을 받아 다시 끓여서 먹기로 했다. 그런데 또다시 TV에 출연한 어느 박사 양반, 이번에는 미네랄, 칼슘, 나트륨 등 수많은 영양소를 운운하면서 숨 쉬는 생수를 먹어야 한다고 침이 마르게 역설을 한다. 조변석개朝變夕改라 했던가. 어느 장단에 춤을 출까?

우리 집 부엌살림 목록 중 제1호인 싱싱하고 멋진 정수기만 철석같이 믿어왔다. 마음씨 고운 동네 사람들은 처음 이사 온 이웃을 위해 가까운 청계산에 물맛 좋은 약수가 있다고 가르쳐 주었다. 하지만 나는 자랑삼아 우리는 정수기 물을 먹는다며 콧방귀만 뀌면서 여유작작했다.

사람은 관棺 속에 들어가도 고손자가 걸려서 입찬말을 못 한다고 한다. 옛말 어디 틀린 적 있었던가. 스스로 반성하며 동네 사람들이 끔찍이 아끼는 청계동약수터를 찾아갔다. 주차장과 도로 갓길까지 물 받으러 온 자동차들이 빼곡히 들어차 있다. 등잔 밑이 어둡다더니, 서울 차가 더 많았다.

약수터 들머리 100여m 전방부터 도로 양쪽에 기둥을 세우고 굵은 쇠사슬을 한쪽 기둥에다 고정하고 다른 한쪽엔 자물쇠를 채워놓았다. 자동차는 더는 들어갈 수 없고 사람들은 옆으로 드나들게 돼 있었다.

약수터에는 커다란 돌 거북이 밤낮 가리지 않고 입에서 콸콸 쏟아내는 물줄기 앞에 크고 작은 물통들이 꼬리에 꼬리를 물고 있다. 돌 거북 옆에 의왕시에서 수시로 수질검사를 하여 1급수 검인 표를 고상하게 팻말에다 새겨 놓았다. 동네 사람들의 생명줄 같은 식수원인 청계산 약수를 그때부터 먹기 시작했다.

그런데 의왕시 청계동 830번지 30여 가구가 주택공사에 수용되고 말았다. 늘그막에 200여 평 대지에다 손수 지은 그림 같은 전원주택을 울며 겨자 먹기로 빼앗기듯 내주고 어쩌다 안산으로 오게 되었다.

이곳에 와서 정붙이고 살아온 지 어느새 또 10여 년이 훌쩍 지나갔다. 눈에서 멀어지면 마음도 떠난다더니, 내가 사는 상록수 약수가 좋아 청계동 약수를 잊고 살았다. 언젠가 청계산에 올라 도토리를 줍고 내려오다 목이 말라 오랜만에 약수터를 찾았다. 그곳엔 항시 동민들의 건강을 지켜주고 시원하게 갈증을 풀어주는 살아 숨 쉬는 생명수의 원천이 흐른다.

그런데 어떻게 된 조화일까? '청계동 약수는 음료수로 부적합합니다.'라고 청천벽력 같은 팻말이 세워져 있다. 너무나 큰 충격에 물바가지 든 손이 부들부들 떨린다. 돌 거북은 아는지 모르는지 예나 다름없이 맑고 시원한 약수를 명징한 소리로 콸콸 쏟아내고 있었다. 누가 왜, 모태처럼 깨끗한 생명줄인 착한 물을 모함하는가?

천년고찰 청계사 약수도 이미 오래전에 수질검사에서 부적합판정을 받았고 관악산 몇 군데 약수터도 출입금지 되었다. 설악산 주전골 그 유명한 국보급 오색약수도 서서히 제 기능을 잃어간다는 안타까운 소문이고 보면, 물이 살아야만 이 세상의 모든 동식물도 살아남을 수 있을 것이다. 나는 덜컥 겁부터 난다. 더워서 목이 타고 화가 나 열이 오른다. 그래도 나는 믿고 싶지 않아 약수 한 바가지 퍼서 벌컥벌컥 들이킨다. 관자놀이가 찡하게 차가운 옛 물맛 그대로다. 요즘 사람들 대부분이 약수도, 정수기 물도 아닌 석유만큼 비싼 생수를 사서 마신다.

내가 사는 안산, 상록수 약수는 언제까지 살아있는 식수로 남아 있기를 바랄 뿐이다. (13.06)

흉년 양식 쑥

사르랑 사르랑 미풍이 분다. 재 넘어 머뭇거리는 봄이 멀리 사는 살가운 친구 같다. 하지만 북쪽은 아직도 동장군의 서슬이 푸르기만 하다. 그 기세에 이곳의 봄은 주눅이 들어 그저 턱 괴고 있는 동안 아마도 지금쯤, 따뜻한 남쪽 나라 고향의 봄은 예전처럼 겁 없이 아슬아슬 앞산 벼랑 끝에 먼저 찾아와 있지 않을까. 수줍은 봄 처녀 볼우물 같은 진달래 꽃망울이 폭죽처럼 파문으로 번질 것이다. 시샘 많은 개나리꽃도 덩달아 늘어진 가지마다 와글와글 들끓는 샛별처럼 무리 지어 필 것이다.

지난날 겨우내 추위와 배고픔에 움츠린 아이들이 이제나저제나 해동하기만 기다리다 산과 들, 개울가로 먹을 것을 찾아 몰려다녔다. 착한 햇살이 개울가부터 새싹들 눈을 틔운다. 덕분에 달짝지근 물오른 찔레순과 보송보송 고소한 버들강아지, 새큰한 진달래꽃 원 없이 따먹으며 배고픔을 잊었다. 매일같이 진달래꽃 많이 먹은 아이들의 혓바닥과 입술이 진한 보랏빛으로 물이 들었다. 엄마가 보고 놀라 참꽃 많이 먹으면 허기져 죽고 버들강아지 많이 먹으면 배 터져 죽는다고 꾸중을 들어도 배고픈 아이들에겐 쇠귀에 경 읽기였다.

얼음 녹은 일급수 맑은 개울물 속, 돌 밑에 숨어있는 가재 잡아 구워 먹고 개울 가장자리에 고기잡이 소쿠리를 바짝 대고 수초와 여뀌를 살짝 젖히면 팔딱팔딱 뛰는 민물새우가 한 움큼씩 잡혔다. 무 찰찰 빚어 넣고 자작자작 끓여 먹으면 그 맛이 별미였다.

남촌의 봄은 부지런한 고향 사람 닮아 항시 잰걸음으로 달려온다. 소복소복 볕살 고인 논두렁 밭두렁마다 혹한을 이겨낸 뽀얗게 살 오른 착한 쑥들이 봄볕 아래 하루가 다르게 쑥쑥 자란다.

사람들은 추위보다 모진 배고픔을 가까스로 견디고 나면 또다시 겨울보다 길고 높은 보릿고개가 기다리고 있었다. 보리가 익을 무렵부터 봄과 여름 사이를 사람들은 태산보다 높은 보릿고개라 했다. 죽을 둥 살 둥 힘겨운 고개를 넘기기 위해 소나무 껍질과 칡뿌리, 쑥으로 연명했다. 칡뿌리와 소나무 껍질만으로는 극심한 영양실조로 생명을 잃을 수도 있다. 하지만 인명은 재천이라 했던가. 조물주는 흉년 양식이라 불리는 영양덩어리 약초, 쑥을 우리나라 산과 들, 어딜 가나 지천으로 뿌려놓았다.

참쑥에는 곡물 중, 콩에 많이 들어있는 단백질이 풍부하고, 뼈와 치아 심장박동을 조절해 주는 무기질도 함유되어 있다. 또한, 피부를 윤택하게 하는 콜라겐과 비타민 종류들을 비롯해 인체에 필요한 성분들이 다량으로 함유된 알칼리성 식품이다.

많은 종류의 쑥이 있지만, 휘뚜루마뚜루 막 해먹을 수 있는 것이 참쑥이다. 배고플 때 그저 쉽게 뜯어다 푹푹 부드럽게 삶아 별다른 양념 없이 된장만 넣고 무쳐서 먹어도 허기를 면하고 부황을 막아준다. 생쑥은 밀가루나 보릿가루를 넣고 디딜방아에 곱게 빻아 개떡을 쪄서 먹기도 하고, 억센 쑥은 잊어버리고 삶아야 한다. 잘 으깨어 된장과 들깻가루 풀고 쑥국을 끓여 먹으며 배고픔을 면했다. 참쑥의 효능에 대해 중국의 명의 '화타와 편작'도 극찬을 아끼지 않았다고 전한다.

참쑥은 독성을 해독하는 성분까지 들어있어 병후 식욕부진에 생즙을 내어 먹으면 입맛이 돌아오고 이질성 설사에도 효과가 있다. 입에 침을 고이게 하여 갈증이 없어지는가 하면 장복하면 부인병을 예방하여 유산을 막아준다고 하니 영양 많은 식품이라기보다 가난했던 시절 없어서는 안 될 만병통치약이었다.

잦은 흉년에 여자들은 늘 등짝에 달라붙은 배를 허리띠로 졸라매고 참고 견디었다. 그래도 삼 삼고 물레질하면서 '배는 고파 등에 붙고, 일은 쌓여 태산일세.' 그렇게 한 많은 신세타령을 했다.

영감아 땡감아 일어나소. 보리방아 품들어 쑥개떡 찐다.
개떡을 찌면 적게나 찌나. 서 말치 솥에다 한 솥 찐다.
개떡 솥에는 더운 김나고. 영감님 코에는 찬바람 나네.

지금의 내 고향 앞들은 문전옥답으로 귀한 대접을 받지만 어릴 적엔 그렇지 않았다. 지형이 높아 넓은 들판이 하늘만 바라보는 천수답이었다. 때맞게 비가 오지 않으면 어쩔 수 없이 메밀이나 좁쌀 같은 잡곡을 심다 보니 늘 배고픔을 면치 못했다. 늦은 봄이면 영양실조로 죽어 나가는 노인이 더러 있었다고 한다.

해방이 되고 동네 사람들은 들판 위의 양쪽 산을 가로질러 3, 4년 고생한 끝에 저수지를 만들었다. 그 이후 지금까지 우리 동네 앞들뿐만 아니라 면민이 함께 가뭄 걱정을 하지 않고 있다. 수리 시설이 잘 돼 있어 1, 2년 비가 오지 않아도 봇도랑을 철철 넘쳐흐르는 물로 모내기를 할 수 있다. 그리고 드넓은 저수지 둑에 쑥이 지천으로 자라나 거대한 쑥밭이 만들어졌다.

언젠가 TV에서 개똥쑥의 효능에 대해 어느 유명한 박사가 이야기하자 전국이 들썩거렸다. 물론 개똥쑥에 대한 약효를 충분히 분석했겠지만, 예전에는 약쑥과 개똥쑥은 먹지 않았다. 정신을 맑게 하는 향신효과 때문에 말려두었다가 가끔 화롯불에 태워 집안을 환기시키는데 종종 사용했다. 그리고 여름철 모깃불을 피울 때 많이 사용하지만. 말린 것은 금방 타버리기 때문에 생쑥을 피웠다. 그런데 요즘에도 어느 식당 주방장은 가계 손님이 뜸하면 현관 앞에다 왠지 모르지만, 약쑥과 개똥쑥을 피우는 걸 종종 본 적이 있다.

그 시절, 고향의 길고 넓은 저수지 둑 양지쪽에 보드라운 무공해 쑥이 무한정으로 널려있었다. 봄이면 쑥 캐는 아낙과 처녀들의 발길이 끊이질 않았다. 요즘 저수지 둑은 어떤 모습일까. 흉년 양식으로 배고픔을 달래주던 고마운 쑥, 혹여 지금은 아무도 찾지 않아 저수지 둑이 쑥대밭으로 변하지 않았을까. (14.03)

도토리묵

　도토리묵을 쑨다. 가루가 한 대접이면 물은 일곱 대접을 잡으면 적당하다. 눌어붙지 않게 골고루 잘 저어 갈색이 완연하면 뚜껑을 덮고 약한 불에 10분 정도 뜸을 들여야 한다. 그리고 스테인리스 그릇에 담아 식히면 매끄러워 달라붙지 않는다.

　어느새 10여 년 전이다. 안산으로 이사했을 때다. 동네 야산인 성태산은 소나무와 꿀밤나무가 주를 이룬다. 도토리는 10년에 한 번 대풍이 든다고 하는데 때마침 이사 온 그 해, 도토리가 대풍이었다. 고향 떠나 처음으로 이웃 친구 덕에 도토리를 꽤 많이 주웠다. 껍질을 까서 물에 흠뻑 불려 동네방앗간에 가져갔더니 안 된다는 걸 사정사정해서 빻아왔다. 그런데 곱게 빻아지지 않아 거칠어 고생한 만큼 전분이 얼마 되지 않는 데다 만드는 과정이 너무 힘이 들어 오만 정이 다 떨어져 한동안 도토리를 줍지 않았다.

　하지만 배운 도둑질이란 말이 있다. 도토리묵 맛을 알고 난 후 아침 등산길에 떨어진 밤은 줍지 않아도 도토리는 그냥 두고 지나치지 못한다. 2, 3년 동안 조금씩 주운 것을 벌레 때문에 모두 껍질을 까서 냉동 보관 해두었다가 꺼내 보았다. 너무 적어 조금 더 보태려고 남편과 함께 두어 번 더 주워왔다. 요즘 산속은 각종 잡목과 뒤엉킨 망개넝쿨에 걸려 넘어지기 일쑤여서 상처가 나기도 한다. 거기다 옻나무는 왜 그리 많은지? 예전엔 옻을 먹어도 타지 않았건만 요즘은 스치기만 해도 온몸에 두드러기가 나고 가려워서 주사를 맞고 약을 먹으며 한동안 고생을 한다.

그런데 3, 4년 전부터 하남시에 도토리 전분가루 만드는 공장이 생겨 우리 동네 사람들은 힘 안 들이고 그 공장에서 손쉽게 만들어온다. 작년부터 더 편하라고 껍질을 까지 않고도 전분을 만들어 준다. 그 대신, 100kg 정량에 10만 원이던 품삯이 껍질째는 15만 원을 받는다. 하지만 껍질 깔 때를 생각하면 비싸다는 생각이 들지 않는다.

염천 더위에 손끝 하나 까딱 안 해도 비지땀이 쏟아지는데 옥상 시멘트 바닥은 불 지핀 가마솥 같다. 늘어놓은 도토리를 벽돌로 문지르면 어깻죽지가 빠져나가는 것 같다. 그래서 등산화를 신고 발끝으로 비비적비비적 비비며 엉덩이를 흔들면서 트위스트 춤을 추듯 하는 게 그나마 나았다.

동네 친구는 도토리 껍질 까다 넘어지는 바람에 허리를 다쳐 한동안 병원 신세를 지기도 했다. 그 이후로 나는 껍질 깔 때는 지팡이를 짚거나, 신혼 때처럼 남편과 손을 맞잡고 다정하게 엉덩이춤을 추며 더위를 잊는다. 그것도 잠깐일 뿐, 남편 친구들이 고스톱 칠 손이 모자란다며 전화로 불러낸다. 그러잖아도 좀이 쑤시던 판에 구세주를 만난 듯 만면에 생기가 돈다. "요대로 가마이 냅도라, 낼 아침에 내가 다 하께이." 하면서 벌떡 일어난다. 나는 부아가 치밀어 다 저녁때 또 어딜 가느냐고 버럭 소리를 질러본다. "당신도 더운데 쉬면될 걸. 뭘 그래쌌노. 내 쪼께 놀다 온데이." 곰살갑게 웃으며 남편은 휑하니 나가버린다.

또 참자. 친정아버지는 늘 참을 인忍 세 번만 되뇌면 살인도 막는다고 했다. 또한, 일시를 참으면 백날이 편하다면서 여자는 항시 참고 살라던 아버지가 오늘따라 한없는 그리움에 봇물 터지듯 밀려온다. '에라 모르겠다.' 이 보다 더한 것도 참고 살았는데, 크고 작은 일이 어찌 이것뿐이던가. 언제나 그랬듯 결국엔 또 내 몫이다.

그래도 올해 주운 도토리는 힘들여 까지 않고 껍질째 전분을 만들어 올 수 있었다. 공장에 전화를 해보니 너무 일이 밀려 11월 초에 오라고 한다. 벌써 물에 담가놓았다고 하자 공장에서 하룻밤 자고 갈 생각을 해야 된다는 것이다. 그래서 겨울 파카와 간단하게 요기할 라면과 김치, 커피까지 챙겨 넣었다. 함께 고생할 것 없다면서 남편 혼자 밤 12시경에 나갔다. 다음날 오후 여섯 시가 되어서야 지친 모습으로 집에 왔다.

2, 3년 전만 해도 새벽에 가져가면 오전 중에 만들어 왔다. 요즘은 입 소문 타고 서울근교는 말할 것 없고 충청도, 강원도, 경기도 일대에서 그 방앗간에 몰려와 장사진을 이룬다. 도토리 100kg 전분 만드는데 30분이면 끝난다. 우리는 3년 동안 주워 모은 것이 50kg도 될락 말락 하는데 200kg 이상 되는 집도 많아서 시간이 너무 오래 걸렸다고 한다.

준령 태산을 오르내리면서 고생한 걸 생각하면 그 누구한테도 나누어 주지 않겠다고 작심했지만, 그 생각은 잠깐이다. 여자들이 출산하면서 생살 찢기는 아픔을 겪을 때면 다시는 낳지 않겠다고 이를 갈며 맹세하고도 세월이 가면 그 모진 고통도 잊어버리고 또다시 아이를 가진다. 그처럼 도토리 줍기도 마찬가지다.

새로 해 온 전분을 푹푹 퍼다 묵을 몇 솥 쑤어 이웃과 나누어 먹기로 했다. 먼저 쌀집 할머니가 도토리묵을 받으며 그렇게 힘들여 만든 것을 나한테까지 챙겨주다니! 하며 주름진 눈가에 웃음꽃이 만발한다. 옷 가게 김 여사는 보자마자 언니, 너무너무 맛있겠다며 손으로 뚝뚝 떼어먹는다. 그리고 미장원, 홈마트, 세탁소, 동갑내기친구, 동생 같은 양여사와 사돈집까지, 주울 때 힘들었던 만큼 나누어 먹는 즐거움이 더 큰 것 같다.

가을 색깔 닮은 고운 도토리묵이 찰랑찰랑 손끝에 감긴다. 김치 송송 썰고, 계란 황백 지단 부쳐 곱게 썰어 넣고, 당근과 오이도 채 썰어 살짝 볶아 보기 좋게 올려놓는다. 양념간장 곁들여 먹을 때면 세상근심 다 잊는다. (12.10)

부지깽이 총

하늘이 점점 낮아진다. 설한에 빛 잃은 저녁 해가 회색구름 사이로
서둘러 모습을 감춘다. 적막 같은 어둠이 길게 드리운 낯익은 골목 안,
얼어붙은 가로등이 두어 번 진저리를 치다 어둠을 밀어낸다. 파르스름
한 수은등 불빛 아래 새하얀 얼음 꽃의 군무가 펼쳐진다. 보는 사람 없
는 칠흑 같은 밤, 난무하는 춤사위가 현란하게 한밤을 수놓는다.

밤사이 창밖의 세상은 설국으로 변했다. 우리 동네는 크고 작은 산
이 많아 모두가 아름다운 정원이다. 이른 아침 영하의 추위도 잊고 백
화만발한 가까운 구룡산에 오른다. 아무도 보는 사람 없는 흰색정원에
서 신이 내린 가장 깨끗한 화선지에 나뭇가지 붓으로 내 이름을 새겨본
다. 우리 가족 이름도 차례차례 새겨놓는다. 불현듯 이 세상에 남은 단
한 분뿐인 피붙이 내 언니, 예쁜 이름 순애順愛 쓰기도 전에 왈칵 가슴
한켠이 아리다.

정작, 내가 아는 사람이 과연 얼마나 될까? 또한 나를 기억 해주는

사람은 몇 명이나 될까. 나도 그 사람들 이름을 다 기억할 수 있을까. 옷깃만 스쳐도 인연이라면 강산도 변한다는 10년 세월, 가슴 속 깊은 곳까지 서로 주고받으며 함께 한 문우들의 이름을 사각사각 멋 부려 새겨 두고 다정한 모습일랑 눈도장으로 낙인 한다. 괜스레 못다한 사랑처럼 새록새록 애잔한 그리움이 밀려온다.

그런데 나뭇가지 쥔 손이 곱아 감각이 없어진다. 주머니에 언 손을 녹이며 넓디넓은 무색의 정원을 둘러본다. 천자만태千姿萬態, 대자연이 빚은 꿈속의 세상이다. 신선이 사는 천국은 녹지 않는 눈꽃 세상일까? 이 처연하도록 흰 설원에 먼동이 튼다. 희뿌연 새벽이 걷히며 눈부신 햇살이 설경을 감싼다. 나는 갑자기 당당하게 뻗어오는 저 햇빛에 눈꽃이 녹아버릴까 불안하다.

설경에 취해 시간이 얼마나 지났을까? 속이 쓰리다. 오늘 따라 강추위 때문인지 산에 오르는 사람이 없어 혼자란 생각에 갑자기 한기가 뼛속까지 스며든다.

서둘러 하산하는데 지난 밤 어디서 노숙하고 따뜻한 햇살 따라왔는지 산비둘기가 아침부터 꺽꺽 청승을 떤다. '지집 죽고 자석 죽고 내 혼자서 우찌 살꼬 구구구구' 음정, 박자가 어쩌면 저렇게 정확할까. 잠시 끊어졌다가 다시 이어진다.

비둘기는 한 번에 두 개씩 알을 낳는다. 그래서 여자는 어릴 적부터 비둘기 알을 먹지 못하게 했다. 초산을 하지 않고 먹으면 남매만 낳고 더는 아이를 가질 수 없다고 어른들께 늘 들은 말이다.

여기는 대도시에 인접한 야산이지만 설마 산속에 비둘기만 살까? 산토끼, 꿩 새끼 한 마리 눈 위에 지나간 흔적이 없다.

60여 년 전 우리 고향엔 한겨울에 무릎이 파묻힐 정도로 눈이 내릴 때도 있었다. 경상도는 따뜻하다고 하지만 내 고향 합천은 산악지대라 폭설이 내리다 보면 산속에 사는 야생동물들이 먹이를 찾아 마을로 내려왔다. 산토끼, 꿩, 노루, 사람냄새를 싫어해 허수아비만 봐도 돌아간다는 멧돼지까지 아예 집안으로 쳐들어왔다.

사람도 흉년에 며칠 굶으면 눈에 헛것이 보인다더니 며칠 굶은 짐승들도 사람 앞에서 겁을 먹지 않을뿐더러 눈 속에 네다리가 빠져 달아나지를 못했다. 배고프던 시절, 가축이 아닌 임자 없는 놈들이다. 그 당시에도 멧돼지 때문에 농작물 피해를 많이 입은 산촌마을 내 고향, 동물보호법이니 동물애호가니 하는 단어조차 몰랐던 때다. 입에 풀칠하기도 힘들었던 시절, 호랑이를 때려잡는다 해도 아무런 제재도 받지 않는 때였다.

우선 짐승을 잡으려고 이웃 사람들이 모였다. 여럿이 긴 부지깽이로 노루와 멧돼지를 향해 겨누면서 탕탕 큰소리를 치며 헛총을 몇 번 쏜 후 잡았다. 꿩은 그래도 한참 날아가 푸드덕거리다 눈 속에 꼬꾸라지곤 했다. 어린 마음에 새하얀 산토끼는 맑고 새빨간 눈이 하도 예쁘고 불쌍해서 제집에 가라고 어른들 몰래 집 뒤 길가에 놓아주었다. 다음날 보았더니 몇 발짝도 못 가고 얼어 죽어있었다.

겨울은 항상 기세등등한 동장군을 앞세워 칼바람 몰고 다닌다. 그렇게 혹독하게 굴다가 때론 이처럼 이미지 변신으로 사람을 감동시킨다. 그렇게 변덕이 죽 끓듯 하는 동장군도 이젠 늙었는지, 건망증이 도졌는지 삼한사온도 잊어버린 것 같다.

영하에 머무는 기온이 언제 영상으로 회복할까? 이렇게 춥고 많은 눈이 올 때면 먼 옛날, 그때가 생각난다. 왜 부지깽이로 헛총을 쏘는 걸까, 지금도 궁금하다. (11.01)

추어탕과 용봉탕

모처럼 이웃 친구들과 어울려 동네 추어탕 집으로 점심 먹으러 갔다. 아직 메마른 나뭇가지에 잔설이 분분한데 어느새 음식점 현관에 삼계탕 개시라는 글자가 크게 붙어있다. 삼계탕은 한여름 삼복 때나 먹는다는 선입견 때문일까. 겨울도 다 가기 전에 여름이 먼저 온 것 같은 느낌이다.

안으로 들어서자 넓은 홀을 꽉 메운 손님들로 시끌벅적 시골 잔칫집에 온 것 같다. 요즘 성업 중인 소문난 음식점에 가보면 여자들이 대부분인데 이곳은 남자가 더 많다.

홀 안쪽에는 어쩌다 무슨 죄목으로 목은 달아나고 등신만 남아 가부좌를 한 영계들이 값싼 플라스틱 채반에 차곡차곡 쌓여있다. 주인은 그저 영계 내장을 파내고 뱃속에다 찹쌀주먹밥과 인삼, 밤, 대추까지 탱탱하게 밀어 넣어 마치 비단옷에 시침하듯 한 땀 한 땀 정성스레 바늘로 꿰매고 있다.

현관 맞은편 벽에다 삼계탕 세일이라 커다랗게 써 붙여놓았다. 더 재미있는 것은 3월부터 6천 원으로 시작하여 9월까지 매월 1천 원씩 올린 가격표가 한쪽 벽면을 차지하고 있다.

견물생심이라 했던가? 함께 간 친구들의 눈빛이 마치 횡재라도 한 것처럼 반짝반짝 빛이 난다. 맛과 영양은 말할 것 없고 추어탕보다 싼, 삼계탕을 먹게 되었다며 입이 귀에 걸린다.

여름이면 일반 음식점들도 삼계탕을 시작하는 집이 우후죽순처럼 생겨난다. 삼복 때 깊숙한 산속 계곡 같은 곳에 가보면 일반식당과 조금 다르게 전복삼계탕, 해삼삼계탕이 있는가 하면 오골계에 잉어나 자라를 넣고 각종 한약 재료까지 첨가하여 용봉탕으로 급부상시킨다.

용봉탕 하면 항상 생각이 난다. 나는 어릴 때, 몸이 허약해서 부모님 애를 많이 태웠다. 그래서 좋다는 온갖 조약과 여름이면 용봉탕을 많이 먹었다.

부모님의 깊은 사랑과 지극한 정성으로 나는 이 나이가 되도록 건강을 유지하며 항시 그 은혜에 감사한다.

내가 먹은 용봉탕은 영계에 지렁이를 넣은 것으로 용봉탕, 또는 토룡탕이라고도 한다. 영계와 미꾸라지도 약탕관에 들어가면 용봉탕이 된다. 새끼손가락 길이 정도 되는 지렁이를 한 주먹 가량 영계에 넣고 찹쌀 두어 술과 함께 약탕관에다 폭 고아 아이가 어릴 때는 베 보자기에 꼭 짜서 물만 먹인다. 그런데 지렁이가 자라 목에 하얀 띠가 생기면 너무 커서 약용으로 쓰지 않는다.

동의보감에 지렁이를 토룡, 지룡, 구인蚯蚓이라 한다. 약효에 대해 상세히 기록도 되어 있다.

쇠고기보다 높은 단백질이 들어있어 어린이 발육촉진에 더할 나위 없이 좋다고 한다. 지렁이가 유기물을 먹고 뱉은 배설물이 토질을 기름지게 하여 농사에 없어서는 안 될 소중한 생물이라고도 했다. 또 입술을 촉촉하게 하는 성분이 들어있어 여성들이 사용하는 립스틱 재료로 지렁이가 쓰인다니 오싹, 징그럽기도 하다.

아무리 오랜 세월이 흘러갔어도 어릴 적 즐겨 먹던 고향의 추어탕 맛은 지금도 새록새록 기억 속에 맴돈다. 가끔 생각이 나면 내 손으로 해먹기도 하지만 친구들과 어울려 사 먹기도 한다. 어디에 유명하다는 무슨무슨 추어탕 해서 먹어보면 지방에 따라 많은 차이가 난다. 대부분 과하게 첨가한 들깨 맛 때문에 추어탕 고유의 맛과 향을 느낄 수가 없다.

5, 60년대 내 고향은 무슨 이유인지 한여름 삼복 때는 추어탕을 먹지 않고 음력 7, 8월부터 끓여 먹는다. 미꾸라지도 가을이오면 배 밑에서부터 노르스름하게 벼 이삭을 닮아간다. 동네 아이들은 그때부터 매일 냇가에 나가 지천으로 널린 여뀌와 제핏잎을 섞어 몇 아름씩 돌멩이로 짓이겨 웅덩이에 집어넣는다. 조금 있으면 물고기와 미꾸라지. 개구리까지 기절하여 허연 배를 드러내고 물 위로 둥둥 떠오른다. 그때 소쿠리로 잽싸게 건져야지 마취가 풀리면 금방 달아난다.

그렇게 남자아이처럼 봇도랑과 물꼬 밑, 개울가로 쏘다니며 놀이 삼아 잡아온 미꾸라지와 잡어로 끓인 추어탕은 가을이 다 가도록 밥상에 올랐다.

나는 지금도 가끔 철부지 적 추억을 생각하며 고향에서 해먹던 그 방식대로 추어탕을 끓여 먹는다. 우선 미꾸라지에 소금을 뿌려서 20여 분 두었다가 깨끗하게 씻어 흙냄새를 없애고 물을 잘팍하게 부어 폭 익혀서 소쿠리에다 짓이겨 뼈를 걸러낸다. 적당히 국물을 잡아 한소끔 끓으면 배추와 무 잎을 손으로 뚝뚝 잘라 살짝 데쳐 생강을 조금 넣고 한동안 끓인 후 먹을 때쯤, 적당히 간을 하고 제피가루와 파, 마늘 매운 풋고추는 숭숭 다져서 듬뿍 넣는다.

화학조미료 한 알갱이 넣지 않아도 부글부글 끓을 때, 톡 쏘는 특유의 제피향과 얼큰하고 맛깔스러운 추어탕, 휘휘 저어 한 국자 푹 떠서 먹으면 혀끝에 감기는 그 맛, 추억을 음미하며 향수를 말아먹는 것이다.

미꾸라지는 양질의 단백질과 끈적끈적한 점액질이 뛰어난 강장효과 뿐만 아니라 숙취 해소에 제일이라 한다.

추어탕과 용봉탕은 요즘도 건강보양식으로 손꼽힌다. 하지만 나는 용봉탕과 달리 추어탕은 보양식이란 생각이 들지 않는다. 지난날 서민들의 고픈 배를 채워주고 몸과 마음을 덥혀주던 미꾸라지국이란 말처럼 그냥 편하고 정겹게만 느껴진다. (11.05)

오미일향五味一香

어디선가 개살구처럼 시금털털한 바람이 분다. 고향의 내음 같은 걸쭉한 막걸리 바람이다. 골목에서만 불던 낯익은 바람이 입소문을 타고 거센 태풍으로 변해 13억 중국인을 사로잡고 현해탄을 건너 일본열도를 강타한다는 기분 좋은 소식이다.

연일 30도를 웃도는 삼복더위도 날려버릴 시원한 TV뉴스를 보면서 어릴 적 아련한 추억들이 슬며시 고개를 내민다. 어느 날 어머니는 흰 무명보자기를 씌운 항아리를 안방 구들목에 신줏단지 모시듯 앉혀 놓고 이불까지 둘러주며 근처엔 얼씬도 못하게 했다.

그로부터 4, 5일이 지난 뒤 시크무레한 보리찐빵 냄새 같기도 하고 달짝지근한 홍시 내음 같기도 한 싫지 않은 내음이 방안 가득했다. 밤이 되자 구들목에서 무슨 소리가 나는 것 같아 귀를 가까이 바짝 대고 들어보았다. 악머구리 떼 들끓듯 뽀그락뽀그락 점점 크게 들린다. 도대체 저 속에 무엇이 들어있을까? 덜컥 겁이나 언니 방으로 갔으나 무슨 소린지 궁금하여 좀처럼 잠이 오지를 않았다. 아침에 몰래 문틈으로 들여다보았더니 어느새 항아리는 알몸으로 웃목에 동그마니 앉아 있었다.

우리나라 전통 농주인 막걸리의 주재료는 쌀과 누룩이다. 찹쌀, 멥쌀, 보리, 밀가루, 옥수수, 좁쌀 등 곡물 종류가 다양하게 쓰인다. 하룻밤 불려서 고들고들하게 찐 고두밥에 누룩을 버무려 항아리에 적당량의 물을 붓고 이불로 감싸주면 5, 6일 후 전통주인 막걸리가 탄생한다.

조상님 기일이나 귀한 손님 접대용은 술 항아리에 용수를 지르고 전술 즉, 청주를 뜬다. 노르스름한 황금빛 맑고 귀한 술이다. 막걸리는 특유의 맛과 다양하게 들어 있는 성분처럼 이름도 많다. 맑게 뜨면 청주, 탁해서 탁주 또는 탁걸리, 희다고 백주, 집집마다 담가 먹는다고 국주, 밥풀 띄우면 동동주, 약주, 농주, 막 걸러서 막걸리다. 서민들의 생활 속에서 함께 울고 웃던 그 오랜 세월 배고파 허리띠 졸라매던 시절, 막걸리 한 사발로 허기 달래던 서민들의 술, 천 년의 탈을 벗고 이제야 귀한 대접 받으며 날개 돋친 듯 세계를 향해 비상하고 있다.

예전부터 차茶 문화가 발달한 사찰에서 스님들 중 간혹 막걸리를 곡차라 하며 즐겼다는 들은 말이 생각난다.

이 나라 백성처럼 순한, 전통곡주의 영양과 탁월한 효능이 뒤 늦게 전문가들에 의해 속속 밝혀지고 있다. 발효과정을 거치면서 단백질, 탄수화물, 비타민, 미네랄 등 생리활성화 물질인 생 효모가 만들어진다는 것이다. 또한 생 막걸리 한 병에 들어 있는 유산균이 요구르트 백 병과 맛 먹는다고도 한다. 그리고 쌀에는 질 좋은 단백질이 콩보다 높게 들어 있고 맥주나 포도주, 위스키 보다 칼로리는 낮기 때문에 다이어트 술로 여성들의 사랑을 독차지하리라고 전문가들은 말한다.

때맞추어 다른 술에선 찾아보기 힘든 건강에 좋은 술이라기보다 보약이란 말이 나올 정도다. 혈압 강하. 유해산소 제거, 암세포성장억제,

간 기능 개선, 혈중 콜레스테롤 수치까지 낮춘다고 하니 세상 천지에 많고 많은 술중에 만병통치약이 막걸리 말고 또 있을까?

아직은 기초단계이기 때문에 세밀한 연구가 더 필요하겠지만 옥에도 티가 있듯 막걸리의 특성상 음주 후 숙취 때문에 세계화의 걸림돌이 되지 않을까, 우려하는 목소리도 크다.

이렇게 활짝 열린 막걸리 시대를 맞아 매일경제신문은 유명마트와 지난 해 연말 품질과 특성을 알아보기 위해 유명마트 서울역점에서 막걸리 품평회를 가졌다고 한다. 우선 매출 상위권에 속하는 지역별 제품 16종 중 '생 막걸리 10종 살균 막걸리 3종, 칵테일 막걸리 3종' 등, 전통 주 박사들의 평가를 받았다고 한다.

최근 국내뿐만 아니라 중국, 일본은 물론이고 미국까지 진출한다는 막걸리 열풍을 감안한다면 품질은 더 향상되지 못했다는 평이었다. 생막걸리, 살균막걸리 할 것 없이 맛의 조화를 맞추기 위해 인위적인 감미료와 지나친 인공 첨가물을 넣어 고유의 청량감이나 신선도가 떨어지며 지역별 개성이나 특징을 찾아볼 수 없어 안타깝다는 전문가들의 뒷이야기였다.

혼자 생각에 자체적인 품질관리를 위해 누룩과 살아있는 효모를 이용하는 업체가 과연 얼마나 있는지? 우리나라 전통주인 막걸리는 기술이 필요치 않다. 인공첨가물로 맛을 낼 필요는 더더욱 없다. 전통방식 그대로 술을 담근다면 말이다.

하기야 콩 한 톨 넣지 않고도 똑같이 간장을 만들어내는 시대에 우리는 살고 있다. 하지만 아무리 첨단기술이 앞선다 한들 누룩 한 줌 섞지 않고 어찌 오묘한 자연의 맛을 넘본단 말인가? 만약 내 나이 50대에 지금처럼 막걸리 회오리바람이 몰아쳤다면, 전통방식 그대로 옛 솜씨 되살려 보여주면 전통곡주의 명인은 따 놓은 당상堂上인데.

막걸리의 주 재료인 누룩을 만들려면 밀을 약간 거칠게 갈아 가루는 일부 빼내야 한다. 질지 않고 보슬보슬하게 반죽을 해서 메주처럼 꼭꼭 밟아 띄우면 되는 것을….

잘 뜬 누룩에는 특유의 구수한 내음이 난다. 고두밥에 누룩을 섞어 물과 함께 어우러지면 단 맛, 쓴 맛, 신 맛, 구수한 맛, 걸쭉한 맛 그리고 향은 하나, 오미일향五味一香, 이것이 살아있는 곡주다. 이렇게 환상적인 감칠맛을 알고나 있는지?

대지를 달달 볶는 삼복더위에 목이 탄다. 살얼음 숭숭 띄운 막걸리 한 사발 쭈우욱 들이키고 싶다. (11.07)

행운의 숫자

　몇 해 전 남편과 종합 건강진단을 받았다. 그 때 남편 간장에 이물질이 발견되어 다시 초음파검사를 하고 왔다. 며칠 후 결과를 보러 가야 하는데 걱정이 되는지 남편은 바쁘다며 나더러 갔다 오라고 하여 할 수 없이 혼자 갔다. 무슨 일인지 담당의사는 다시 정밀검사를 해보자고 하여 한 달 후 예약 날을 잡아놓고 왔다.

　그런데 우리 집 대문 앞에 처음 보는 고급 승용차 한 대가 터억 버티고 있었다. 산뜻한 초록색 번호판에 고유넘버 6000번, 보는 순간 왠지 기분이 좋아 마음이 편안해진다. 바쁘다던 사람이 집에서 동창친구와 한가롭게 바둑을 두고 있었다. 태연한 척 해도 꽤나 불안했던 모양이다.

　다시 정해진 날짜에 병원에 갔다. 주차장에 꽉 들어찬 승용차들 중, 맨 먼저 6060 번호판이 눈에 들어온다. 불안한 마음을 애써 가라앉히며 차례를 기다리는데 남편은 조바심이 나는지 연신 화장실을 들락거린다. 차례가 되어 심호흡을 크게 하고 의사 앞에 앉았다. 무슨 말이 나올까 조마조마하여 바짝 긴장이 된다. 팔에다 볼펜으로 동그라미를 그리고 주사기로 약을 넣어 반응검사를 한다. 잠시 후 검사 자국이 벌겋게 툭 부르튼다. 검사결과 간디스토마 균이라 한다. 디스토마 균은 간장에 똘똘 뭉쳐 간 영양분을 섭취하면서 수가 점점 늘어나면 결국 사람의 목숨까지 앗아가는 무서운 병균이라고 한다. 전에는 치료약이 없어 완치가 불가능했지만 지금은 알약 하나면 백 퍼센트 완치된다면서 담당의사가 안심하라고 한다.

그 후로 길거리에 세워 둔 자동차건 달리는 자동차건 차의 뒤꽁무니를 먼저 보는 습관이 생겼다. 차종은 상관없이 번호판에 숫자 6을 많이 보면 기분이 좋고 그날 일진이 좋았다. 그래서 은행 예금통장, 컴퓨터 등 비밀번호 숫자 한 두 자리는 꼭 6자를 넣고 사용한다.

그런데 이번엔 내 몸에 예기치 못했던 이상이 생겼다. 검사 결과 갑상선 결절성증식증이란 병명이다. 이물질을 제거하는 수술을 받게 되었다. 이 나이까지 살면서 큰 수술을 몇 번 받았다. 젊을 때는 담담했는데 나이를 먹을수록 마음이 약해져 수술할 날이 잡히면서 불안해 밤잠까지 설치게 된다. 부엌살림도 정리하고 가족들 옷가지며 이불빨래 등 집안 구석구석 쓸고 닦으면서 밤이 그렇게 지루한 줄 몰랐다.

병원에서 입원하라고 전화가 왔다. 내 병실은 6층 6인실. 숫자 6, 또 한번 나를 안심시킨다. 정해진 병실에 목례를 하며 들어서자 모두 처음 본 사람들이다. 몸은 비록 불편하여 침대에 의지해 있지만 나을 거라는 희망에 찬 눈망울이 별처럼 빛이 난다. 동병상련이라 했던가? 모두들 나이와 병명을 묻고 걱정하지 말라며 오래된 지인처럼 위로의 너그러움도 잊지 않는다. 영원처럼 긴 하룻밤이 지나고 창밖에 희뿌연 새벽이 자분자분 다가온다. 머뭇거리는 어둠 속에서 오만가지 잡념으로 뒤척이는데 병실 천정에서 수십 개의 전등이 일시에 번갯불처럼 빛을 발한다. 눈앞에 물동이만한 링거 병을 든 간호사가 화안한 얼굴로 다가선다.

"속옷 다 벗고 계세요. 10시에 수술 들어갑니다."

옛말에 울어도 시집은 가야 한다고, 올 것이 오고 말았구나. 가슴이 철렁하더니 숨이 가빠온다. 시간이 얼마나 지났을까? 남편과 딸아이가 병실에 들어선다. 으시드시 지나가는 시간을 비집고 환자용 침대 하나가 무사통과로 불쑥 들어온다. 초록색 복장의 두 장정 손에 번쩍 들려 수술실로 직행이다.

딸아이 보드랍고 작은 손에 잡혀 그대로 마냥 머물고 싶다. 따뜻한 피붙이 체온이 시린 가슴을 감싼다. 눈을 뜨면 눈물이 날 것 같아 눈을 감았다.

"보호자는 밖에서 기다리세요."

철커덩 철문 닫히는 소리에 눈을 번쩍 떴다. 남편 얼굴, 예쁜 딸아이 모습을 다시 볼 수 있을까? 눈을 감지 말걸 후회로 가슴이 미어진다. 긴 복도 옆의 굳게 닫힌 수술실을 몇 개 지나 6호실 문이 활짝 열리면서 미끄러지듯 들어간다. 나를 위해 존재하는 것 같은 숫자 6에게 행운을 걸고 다시 한 번 주사위를 던진다.

병실에서 함께 내려온 간호사가 '수술 잘 하고 오세요.' 하며 손을 꼬옥 쥐어준다. 참았던 서러움이 울컥 넘어온다. 초록색 옷, 두건, 마스크 등 초록으로 완전무장한 의사와 간호사가 수술대를 빙 둘러싼다. 덜컥 겁이 난다. 무섭고 두려워 심장이 멎을 것 같은데 누구도 힘이 되어 줄 수 없는 온전히 내 몫이란 생각에 외로움이 어둠처럼 밀려온다.

갑자기 한 겹뿐인 윗저고리를 훌렁 벗긴다. 수치심과 민망함에 분하고 억울한 생각이 들어 살갗이 부르르 떨린다. 뛰쳐나가고 싶은 충동에 심장이 벌렁거린다. 아니 이것들이 무당 찜 쪄 먹었나. 금방 알아채고

테이프로 사지를 꽁꽁 묶어버린다. 어쩌랴 체념으로 요동치던 심장이 가라앉고 참았던 눈물이 쏟아진다. 의사가 거즈로 눈물을 닦아주며

"무서우세요? 하나도 안 무서워요. 한숨 자고 나면 금방 끝납니다. 숨, 크게 들이쉬고 하나 둘 세어 보세요."

온 우주가 빙빙 돌아간다. 찰나, 시커먼 장막이 눈을 덮친다. 얼마나 시간이 지났을까, 사방에서 벼 탈곡기 돌아가는 것 같은 소음이 고막을 뒤흔든다.

"정신이 드세요? 눈 떠보세요."

천근만근 되는 쇳덩어리로 누르는 듯 눈을 뜰 수가 없다. 심한 약 냄새에 비위가 뒤틀려 울컥울컥 토악질이 난다. 누군가 눈 뜨라고 계속 흔들면서 이름을 묻는다.

"이름이 뭐예요." 내 이름을 대자 "남편 이름은요." 어렴풋이 생각은 나는데 졸음이 쏟아진다.

"혈액형이 뭐예요." 어디서 많이 본 것 같은데, "자면 안됩니다. 가족들이 기다리고 있어요." 가족이란 말에 정신이 번쩍 들어 애잔한 그리움에 눈물이 귀 볼을 적신다. "눈 떠요. 혈액형 알아요?" "오형."

어렵게 눈이 떨어진다. 회복실 천정이 바둑알 만하게 보이더니 점점 커진다. 남편과 딸을 보며 아, 살았구나. 보이지 않는 신에게 감사하다고 소리치고 싶은데 참기 힘든 통증이 엄습해 온다. 남편과 딸이 침대를 밀고 병실 복도로 들어서는데 먼저 눈에 들어오는 6층, 사방에 걸려 있는 행운의 6자 들이 나를 반긴다. 나는 천지신명께 감사드리며 늘 건강을 지켜 주십사하며 두 손 모아 빌어본다. (07.02)

2 부전부월

변소와 화장실
파마
치매 약
왜 그래야 되는데요
일부다처
삼총사
부전부월
딸
굽이굽이 뒤돌아본 길
함벽루와 해월이
현대시 백년도 지나고
책을 묶으며

변소와 화장실

　호텔화장실에 잘 못 들어왔나? 얼마나 깔끔한지 사람들이 두리번거린다. 5리나 되게 줄 서서 기다리다가 안으로 들어갔다. 틀림없는 고속도로 휴게소 공중화장실이다. 감미로운 음악이 흐르고 재스민향기가 코끝을 자극한다. 벽면과 바닥 모두 유리처럼 매끄러운 인조대리석으로 장식 돼 있고 한쪽 옆 넓은 공간에는 호텔 로비처럼 소파까지 마련해 놓았다. 반대편 세면대엔 냉, 온수는 기본이고 비누와 샴푸, 로션까지 비치해 두었다. 여행객 중 머리를 감는 여자도 있다.

　제아무리 깨끗해도 화장실이다. 향긋한 꽃향기만으로도 그야말로 최상의 서비스다. 언제부터 우리나라가 하루에 수백 명이 들락거리는 공중화장실에다 하루 이틀도 아니고 어떻게 모든 걸 무료 제공하는지 이해가 안 된다. 우리보다 문화와 경제성장이 훨씬 앞선 유럽도 내가 가본 곳 중에서는 공중화장실을 대리석으로 치장했다거나, 음악이 흘러나온 곳은 없었다. 가는 곳마다 그저 깨끗하고 각기 다른 꽃향기가 코를 즐겁게 해주었을 뿐이다. 유럽은 물맛 없기로 정평이 나 있다. 물맛 좋고 인심 좋은 우리나라와 달리 건건하고 맛없는 물 한 모금도 공짜는 없었다. 그 당시 서유럽에서는 국민소득 4만 불 시대를 맞고 있었다. 그런데 가진 자들이 더 무서웠다. 어딜 가나 화장실 사용료를 받았다. 태산처럼 커다란 남정네가 화장실 바로 앞에 책상하나 떠억 하니 갖다 놓고 한 아름 되는 배를 안고 앉아 오물 값을 꼬박꼬박 받아 챙겼다.

60년대 초, 남편 따라 청운의 꿈을 안고 서울에 왔다. 신길동 변두리 시장에다 가게를 얻어 자영업을 시작할 때다. 그 시절엔 화장실이란 단어를 아예 몰랐다. 처음 시장변소를 찾았다. 후미진 곳 벽에다 붉은 페인트로 시장 공중변소라는 커다란 글씨가 보였다. 그 당시는 시골이나, 서울 화장실이 별반 다를 게 없었다.

4, 5m 앞부터 악취가 코를 찔렀다. 그야말로 공중변소다웠다. 남녀 변소가 사이좋게 서로 마주 보고 있었는데 문짝에다 한쪽은 남자용, 다른 쪽은 여자용이라 붉은 페인트로 크게 써놓았다.

볼일을 보러 들어가 쪼그리고 앉았다. 신문지와 함께 오물이 차곡차곡 쌓여 엉덩이에 닿을 듯, 위로 올라올수록 좁아지며 뾰족한 것이 흡사 이집트의 피라미드를 연상하게 했다. 좁은 공간 벽엔 온갖 흉측한 낙서와 원색 그림들이 가히 예술의 경지에 이른다. 그런데 이건 또 뭐란 말인가. 문짝 맨 위에다 시커먼 글씨로 옆을 봐, 무엇 때문일까? 고개를 돌렸다. 뒤를 봐, 나도 모르게 눈이 뒤로 돌아간다. 다음은 위를 봐, 야트막한 천정에다 커다랗게 뭘 봐 OOO야, 너무 기가 막혀 아니! 이런 순 불한당 같은 놈들 같으니라고, 그 날은 볼일도 잊어버리고 나왔다. 내가 꿈꾸던 서울이 이런 곳이란 말인가.

시장변소는 급할 때 뛰어도 일 분 거리로, 밤이 올까 두려웠다. 눈비 오고 바람 불 때 요강의 고마움을 절절하게 노래한 어떤 시인처럼, 나

역시 지난날을 잊지 못한다. 아무리 굴리고 함부로 해도 깨지지 않는 스테인리스 요강, 춥고 눈비 올 때 한없이 고마워서 아직도 버리지 못해 간수하고 있다.

몇 해 전 중국의 장가계를 여행할 때였다. 그곳만큼 한국인들이 많이 찾는 여행지도 없을 것이다. 천하절경이라는 수식어가 늘 따라붙는 장가계는 옛 중국, 한나라 유방의 탄압을 피해 희대의 책략가 장량이 숨어 살던 곳이다. 그 후 장 씨들의 집성촌이 되어 장가계라고 한다.

천첩옥산, 십리화랑 그림 같은 길을 걷다 보면 산수화전을 보는 듯 명산 영봉 앞에 마치 신선이 된 것 같다. 걸어서 왕복 2시간 거리, 공기 좋고 눈이 즐거우니 시간이 언제 지나가는지 몰랐다. 가이드가 가리키는 손끝 너머 백수 치렁치렁한 할아버지 바위와 담배 피우는 아버지 바위, 붓을 거꾸로 꽂아놓은 어필봉 등, 300m 높이에 자연이 만든 돌다리는 하늘에 매달린 것과 같다 하여 천하제일교라 부른다.

가히 신이 만든 걸작이다. 자연의 힘을 빌려 인공으로 만든 수심 72m의 보봉호, 그곳에서 유람선을 타고 40여 분을 둘러본다. 맑고 넓은 호수, 그 속에 기암괴석들이 겁 없이 빠져들어 물결 따라 살랑거린다. 그런데 아무리 둘러봐도 일본사람이나 유럽, 선진국 사람들은 눈을 씻고 보아도 안 보인다. 오나가나 한국 사람들만 진을 칠 뿐, 무슨 이유일까. 나중에 화장실을 들어가 보고서야 원인을 알았다.

60년대 초, 내가 사용했던 시장통 변소는 양반이었다. 천하절경 장가계 화장실이 이럴 수가 있을까. 옆만 간신이 막아놓고 앞과 위는 뻥뻥 뚫려있다. 화장지가 있을 리 만무하다. 모두 낭패를 당한다. 변소 앞엔 오물이 흘러나와 질척거려서 무논의 일꾼들처럼 바짓가랑이를 둘둘 말아 올린 수많은 사람이 오만상으로 일그러진다. 이 무슨 팔자에도 없는 고생이란 말인가. 아무리 천하절경이든, 세상에 없는 비경이든 간에 이런 곳은 다시는 찾지 않으리라 맹세를 했다.

21세기, 새천년을 맞은 그 나라 사람들은 생각도 없고 앞 못 보는 청맹과닌가? 또한, 이런 곳에다 외화를 낭비하는 우리나라 관광객들이 미련한 건지 도무지 이해가 안 된다.

요즘 우리나라 지하철이나 고속도로 휴게소 화장실은 가정집보다도 오히려 깨끗하다는 평이다. 모처럼 외출했을 때나 여행을 할 때 깨끗한 화장실을 만나면 여행의 즐거움은 배가 된다. (12.03)

파마

사각사각 세월의 길이를 자르는 마법 같은 가위손, 신들린 손바람이 한바탕 춤을 춘다. 부스스 헝클어진 수많은 사연이 무거운 어깨 위로 우수수 쏟아져 낙엽처럼 흩어진다.

파마할 때마다 괜스레 가슴이 설렌다. 푹신한 회전의자에 앉으면 다소곳 고개 숙인 새색시가 된다. 사그락 달그락 잦아드는 가위 소리가 마치 먼 데서 들려오는 자장가처럼 가물가물 몰려오는 졸음, 잠깐 꿈속을 헤맨다. 긴 세월 저편에 빛바랜 추억들이 무성영화 필름처럼 끊어졌다 이어진다.

오십여 년 전, 내가 처음 파마를 했을 때다. 마치 흑인 머리 같이 꼬불꼬불 짧은 모습이 너무나 낯설었다. 하지만 그때는 스무 살갓 피어난 꽃봉오리같이 예쁘기도 했건만 그 곱던 모습은 어딜 가고 지금 거울 속 내 모습은 야속한 세월이 속절없는 할미로 바꿔놓았다.

1950년대 중반까지 6·25전쟁이 휩쓸고 간 농촌에서는 가파른 보릿고개에서 허덕지덕 살아갈 때였다. 그토록 어렵던 시절에도 한발 앞선 사람들의 선견지명은 놀랍게도 읍내에 미용실 문을 열고 처음으로 불파마를 선보였다.

그 시절, 소위 신여성이라 부르던 멋쟁이들이 먼저 파실파실 날리는 파마를 하기 위해 미장원으로 모여들었다. 우리 동네 친구 언니도 결혼 후 터 생기고 맨 처음 불파마를 했다. 불파마는 짧게 할 수가 없어 요즘 인기가수 인순이 머리스타일과 비슷했다. 집안의 할아버지가 보고는 '저저, 활태바구니* 같은 머리 꼬락서니 하고는….' 혀를 차며 보는 눈들이 곱지 않았다.

그 옛날 여인들의 머리 모양은 수눅처럼 바른 앞가르마를 탔다. 동백기름 발라 반달 같은 얼레빗과 촘촘한 참빗으로 곱게 빗어 머리카락 한 올도 흐트러짐 없이 자주색 댕기 물려 반듯하게 쪽을 찌던 시절이었다. 그런데 동네 뉘 집 갓 결혼한 새댁 머리 모양이 뒤엉킨 실타래같이 커다란 더벅머리를 보고 놀라지 않을 수가 없었다.

내 나이 열아홉 살 되던 해 결혼을 했다. 그 시절엔 결혼하고도 일 년 동안 친정에서 시집갈 준비를 하며 지내다가 이듬해 시댁에서 길일을 택해 보내면 시집을 갔다. 남편은 어릴 적 아버지를 여의고 편모슬하에서 오 남매 중 막내로 어렵고 힘든 유년을 보냈다고 했다. 당시 전례에 바깥사돈이 안 계시면 안사돈이 신행 전 며느리를 보러왔다.

이듬해 초봄에 시어머님이 막내며느리를 보러왔다. 옛말에 비둘기란 놈은 몸뚱이는 나뭇가지에 있으면서 마음은 콩밭에 있다고 한다. 나도 비둘기처럼 엉뚱한 생각으로 마음은 다른 데 있어 괜스레 가슴이 콩닥거렸다.

그 당시에는 긴 머리를 틀어서 쪽을 찌고 예식을 올리던 때다. 이 좋은 기회에 파마해볼 요량으로 남편더러 시어머니께 승낙을 받아 달라

졸라댔다. 마침내 시어머니께서 허락하였다.

철없는 신랑, 각시는 찢어진 입을 귀에 걸고 파마하러 읍내로 줄달음질 쳤다. 그때는 이미 위험한 불파마는 없어지고 약품을 사용했다. 그런데 짧게 빠글빠글 볶은 내 머리 꼴이나 5, 6년 전 긴 활태바구니 같은 꼴이나 오십 보 백 보였다. 우리 친정 집안의 며느리와 시집간 딸 중 내가 맨 처음 파마를 했다. 그렇게 어영부영 한 해를 보내고 가을 추수가 끝나갈 무렵 시댁에서 택일擇日을 받아왔다.

그때까지도 우리 친정에는 종답을 부치며 문중 일을 도맡아 보던 고지기가 있었다. 집안의 딸이 시집갈 때는 남자와 여자 고지기 두 사람이 따라갔다. 울어도 시집은 가야 한다는 만고의 진리를 어길 수가 있겠는가. 아버지와 함께 가마 대신 코로나 택시를 불러 타고 나도 울며불며 시집을 갔다.

굽이굽이 아홉 살이 재 넘어 무주구천동보다 깊고 좁은 산골, 그 골짝에 머물던 가을 해는 유난히 짧았다. 산 그림자가 서서히 개울물에 몀 감을 때쯤 저녁상이 들어왔다. 여자로 태어나 시집가면 처음 받아보는 떠억 벌어지게 차린 진수성찬 큰상이다. 하님*이 옆에 앉아 새색시가 먹을 동안 시중을 들어준다. 상을 물리면 하님과 친척들이 나누어 먹는다.

여느 잔칫집과 다름없이 시끌벅적하던 취객들이 어둠과 함께 돌아가고 온종일 손님 접대를 마친 일가 친인척들이 새색시 방에 빼곡히 들앉는다. 수많은 눈총을 감내하느라 긴장 탓인지 피로가 뼛속까지 스며든다.

나이 차가 많아 보이는 맏동서가 수고한 친척들을 위해 푸짐하게 차린 술상을 들여온다. 술잔을 한 순배 돌린 후, 새색시한테도 술을 권하자 깜짝 놀란 하님이 새아씨께 무슨 술이냐고 정색을 한다. 그러면 노래라도 하라고 억지를 부린다. 하님이 보다 못해 한소리를 한다. 방방

곡곡 양반 집안을 수없이 다녀보았지만 시집온 첫날 이런 대접은 처음 받아 본다고 펄쩍 뛰자, 우리도 시집온 첫날 노래를 시켜서 불렀다면서 여자는 일단 시집을 온 이상 백정 집이면 소 다리를 들어줘야 하고 그 집안 풍습을 따라야 한다는 개똥철학을 내세운다.

쉽게 포기할 것 같지 않아 나는 하님더러 먼저 안방 노마님께 허락을 받고, 사랑채 어르신께도 허락을 받아오라고 했다. 옆자리에서 가만히 웃고 있던 나이가 지긋한 양반이 난감한 표정으로 장난이니 개의치 말라면서 하님을 붙들어 앉힌다. 자존심이 상했는지 모두 얼굴이 붉으락푸르락하더니 또다시 그런데 우리 집안에 지금까지 파마하고 시집온 사람이 없었는데 자네가 처음이라며 따지고 든다. 하님이 아씨는 이미 작년 봄에 노마님께 허락을 받았다고 하자 잠잠해진다.

세월이 지난 후 설 명절 때 친인척들이 모이면 지난 이야기를 종종 한다. 지금은 거의 고인이 되었지만 파마를 할 때면 늘 흘러간 그 시절이 가슴속 깊은 곳에 진한 그리움으로 남아있다. (13.06)

* 활태바구니 : 목화를 활로 틀어 담던 커다란 대바구니.
* 하님 : 시집갈 때 따라가서 새색시 시중을 들던 여자 하인.

치매 약

예전에는 환갑만 지나도 장수한다고 했다. 그런데 요즘 우리나라 사람 평균수명이 80세가 넘는다. 이와 같은 추세라면 100세 시대가 조만간 도래하지 않을까 싶다. 어릴 적 우리 친정 집안에 연세 많은 할머니는 늘 사람 나이 80이 넘으면 남의 나이를 먹고 산다고 했다. 쓸데없이 명줄만 길게 타고 나서 남 못 할 일 시킨다며 그렇게 미안해했다.

어느 날 TV에서 치매를 앓고 있는 아내를 나이 든 남편이 보살피며 생활하는 모습을 상세하게 보여주었다. 늙으면 다시 어린아이가 된다더니 남편의 끝없는 희생을 아는지 모르는지 천진무구한 동심의 세계로 되돌아가 무아경無我境을 헤매는 걸 보며 괜스레 짠하고 까닭 모를 아픔이 밀려온다.

재경합천출향문인회 정기모임이 있던 날이다. 저녁 식사가 거의 끝나갈 때쯤 식당 미닫이문이 사르르 열리더니 007가방을 든 말쑥한 정장 차림의 멋진 청년이 환하게 웃으며 들어선다. 뜻하지 않은 이방인의 등장에 열네댓 명 문인들이 일제히 의아한 눈빛으로 바라본다. 기분 좋게 잘 생긴 청년은 코가 바닥에 닿을 만큼 허리를 굽혀 공손히 인사를 한다.

그러고는 명함부터 돌린 후, 자신은 어느 제약회사 영업사원이라고 한다. 가방에서 노트북을 꺼내놓고 며칠 전에 방영한 TV 화면을 보여준다. 유명한 모 박사가 치매약을 개발했다며 강연하던 그때 화면이 생생하게 저장이 되어 있다. 한쪽에서 '어, 며칠 전에 치매 약품을 개발했다는 그 박사 아녀?' 문인들은 거의가 6, 70대를 훌쩍 넘긴 원로들이다. 암보다 무서운 것이 치매라며 예방약이 나와 천만다행이라면서 영업사원의 기막힌 구변에 모두 주소와 전화번호를 적어주고는 약을 주문했다.

연세 많은 어르신과 치매 환자는 비타민 E, C 및 종합비타민과 오메가-3 같은 지방이 풍부한 음식, 등 푸른 생선, 녹색 채소, 과일, 건과류와 올리브유를 많이 드시라고 영업사원은 권한다. 치매와 건망증은 다르다고 하지만 나는 요즘 들어 부쩍 지갑과 현관 열쇠 둔 데를 몰라 쩔쩔매는 것을 보다 못해 남편이 번호 키로 바꾸었다.

예전에 이웃 사는 친구 할머니는 예순도 되기 전에 노망기가 심했다. 가끔 놀러 가면 그 할머니는 항시 독방을 쓰고 있었다. 처음에는 거동이 불편해서 실내에서도 지팡이를 짚고 겨우 다니더니 점점 심해졌다. 늘 혼자 있다 보니 실어증과 운동부족으로 다리가 굳어 어린아이처럼 앉아서 엉덩이로 밀고 다녔다. 식구들이 들일하러 나갈 때면 집이 비어 어쩔 수 없이 방문을 밖에서 걸어 잠그고 나갔다. 그렇지 않으면 아무 데나 기어가 떨어져 전신에 상처를 입기 때문이다.

노망이 들어도 음식을 보면 허겁지겁 손으로 집어 먹었다. 거기다 대소변을 가리지 못하니 도로 아기가 되는 것 같았다. 할머니들이 벽에

똥칠할 때까지 살까 염려된다는 말뜻을 그때 비로소 알았다.

　주문한 약이 다음날 택배로 배달되었다. 남편도 치매예방 약이라면 좋아할 줄 알고 두 사람분을 주문했더니 예상이 빗나갔다. 자기 사전에 치매 따윈 존재하지 않는다며 당신이나 많이 먹고 건강하라고 아예 손도 대지 않는다. 영업사원 말이 치매 예방뿐만 아니라 노안에도 좋다며 4개월 복용하고 그 후 5년 지나 한 번만 더 먹으면 치매 걱정은 없다고 했다. 영업사원에게 들은 대로 아무리 설득을 해도 먼 산만 바라보며 들은 척도 하지 않는다. 좋은 약 나 혼자 다 먹는다면서 천하장사 항우가 고집으로 패했다더니 나중에 후회해도 그때는 이미 늦다고 반협박을 해봐도 소용이 없다. 그러는 남편이 남 편인지 내 편인지 하도 미워 도다리 눈이 되어 흘겨보았다.

　그 후 혼자 2개월 가까이 복용했을 때쯤 아침에 일어났더니 갑자기 어지러워 눈을 뜰 수도 없고 계속 구역질이 나왔다. 바로 병원에 가서 혈압부터 재보니 상당히 높다고 한다. 영양제 주사도 맞고 혈압약과 어지럼증이 가라앉는 약을 먹으며 3일에 한 번씩 주사 맞고 치료를 했다. 하지만 2주가 넘도록 증세는 호전되지 않았다.

　아무래도 이상해서 먹고 있는 약을 모두 챙겨 서울중심가에서 약국을 하는 고향 친구를 찾아갔다. 약사 친구는 치매약을 보더니 낯설다며 무슨 약인지 묻는다. 그간에 있었던 사실을 털어놓았다. 친구는 급하게 약을 꺼내주고는 똑똑한 사람도 별수 없다고 핀잔을 하며 알약 몇 개를 더 처방해 준다. 저녁에 한 번 더 먹으면 괜찮을 거라고 하면서 요즘 노인들을 겨냥한 의약품이 아닌 건강기능식품으로 등록하여 법적으로 아무런 제재를 받지 않고 이와 같은 약을 팔고 있다고 알려준다. 다음 날 일어나니 모처럼 정신이 맑아 날아갈 것 같다.

　이리저리 생각하다 치매 약 상자를 꺼내놓고 깨알보다 작은 글씨들을 차근차근 훑어보았다. 마침 상담전화가 보인다. 서둘러 전화를 걸었다. 아가씨가 받으면서 언제, 어디서, 어떻게 구매를 했느냐고 묻고는 상대방은 말할 틈조차 주지 않고 바쁘다고 일방적으로 전화를 끊어버린다. 다행히 제약회사 주소도 있다. 오랜 친구에게 사실대로 말하고 자동차 좀 빌리자고 부탁했더니 마침 내일은 시간을 낼 수 있다고 한다. 내비게이션에 회사 주소를 입력하고 용인을 향해 달려가 우여곡절 끝에 회사를 찾았다.

정문으로 들어가려 하자 경비실에서 저지한다. 친구와 나는 그대로 밀어붙여 회사 안에다 정차해 놓고 사무실로 들어갔다. 그간의 사정을 직원에게 말했더니 그제야 깍듯이 대하며 어디엔가 통화를 했다. 좀 바꿔달라고 하여 그 아가씨에게 심한 부작용 때문에 고생한 것을 대충 말했더니 본사 전화번호를 불러주었다.

다음날 그 번호대로 전화를 해보았다. 젊은 남자가 부드럽고 친절하게 받으며 조금만 기다려 보라고 한다. 오후에 전화가 왔다. 주소를 불러주면서 약을 부쳐주는 즉시 송금해 주겠다고 하여 택배로 부쳤더니 다음날 곧바로 돈이 들어왔다.

생전 하지 않던 실수까지 저지른 걸 보면 나도 어쩔 수 없이 나이가 들었다는 생각이 든다. 거금을 들여서라도 치매가 무서워 예방하려다 한 번 들어간 돈, 돌려받기까지 너무 힘이 들었다. 그래도 스스로 생각해보면 대견하다. 비록 남들은 웃을지라도…. (13.09)

왜 그래야 되는데요

시민들의 애마, 전동차는 항시 초만원이다. 언제부턴가 혹여 비어있지 않나 눈길이 경로석으로 먼저 간다. 요즘 6, 70대는 명함도 못 내밀지만 가끔 경로석에 눈감고 눌러앉아 자는 척하는 간 큰 젊은이도 더러 있다.

얼마 전, 30년 지기 모임이 있던 날이다. 서둘러 전동차 안으로 들어선다. 언제나 그랬듯 빈틈없이 들어찬 일반석에 앉아있거나 그 앞에 서 있는 젊은 층은 거의 스마트 폰 삼매경에 빠져있다. 현란한 손놀림은 과히 경지에 가까운 진풍경이다.

한쪽 경로석엔 만삭인 임산부와 4, 5세쯤 되는 아이 옆에 30대로 보이는 아이 엄마가 태연한 모습으로 편하게 앉아있다. 나와 함께 승차한 지긋한 나이의 할머니가 한참을 지켜봐도 아무 반응이 없자,

"아기 엄마 내가 허리 수술을 해서 많이 아파요. 아기는 무릎에 앉히고 한자리 좀 내줘요."

한다. 그런데 젊은 여자는 뜻밖에

"나도 아파요."

한다. 그러자 할머니는 다시

"아이 하나 무릎에 못 앉힐 정도로 아파?"

하자

"왜 그래야 하는데요? 아이가 그렇게 안 하겠다는데."

"아니 아이가 하자는 대로 다 받아주어. 어떻게 자식 교육을 그렇게 시켜?"

"너나 잘해."

옆에서 가만히 지켜보니 할머니 말에 약간 무리가 있긴 하다. 그렇지만, 젊은 사람이 너무 심하다는 생각이 든다.

할머니는 잔뜩 화가 나서

"뭐야, 이 새파랗게 젊은 것이 80 늙은이와 맞먹어? 너는 에미, 애비도 없냐? 세상천지에 이런 XX이 다 있나. 참으로 기가 차네!"

할머니 음성이 높아지자 전동차 안의 눈들이 이쪽으로 다 쏠린다. 그런데 갑자기 젊은 여자가 삿대질까지 하면서 큰소리로

"야, 아이가 싫다 하잖아. 왜 그래야 하는데?"

이번엔 아이도 덩달아 앙칼지게

"하지 마."

하며 할머니를 똑바로 쳐다본다. 나이가 많고 적고 간에 두 사람 다 보통이 아니었다. 참으로 어지간한 사람들이다.

"아이구! 저런 에미한테 뭘 배우겠나? 그 에미에 그 새끼일세."

드디어 여기저기서 질타가 쏟아지자 젊은 여자는 입이 쏙 들어갔다. 전동차 안은 때아닌 구경거리였다.

옛말에 상기둥을 치면 대들보가 울린다든가. 맞은편 경로석에서 만

삭의 임산부가 무릎에 있는 아이를 서 있는 남편한테 맡기고 얼른 일어나 자리를 양보한다.

온갖 사람이 다 모이는 곳에는 별의별 일이 다 있지만 이렇게 황당한 광경은 난생처음이라 큰 충격이었다. 고령화 시대에 필요 이상으로 노인이 많다 보니 알게 모르게 현실로 나타나는 노인에 대한 푸대접을 피부로 느끼게 된다.

서 있는 노인을 전혀 의식하지 않고 온갖 질타를 감내하며 끝까지 경로석을 지키던 젊은 여자, 아무리 생각해도 이해가 안 된다. 말하는 음성을 들어봐도 특별하게 아픈 것 같지도 않은데 젊은 여자는 목적지에 다 왔는지 아이를 유모차에 태우고 아무 일 없었던 것처럼 천천히 출구를 빠져나간다.

무엇이 저 꽃같이 예쁜 여인을 그렇게 만들었을까. 등 돌리고 나가는 그녀의 쓸쓸한 뒷모습에서 왠지 측은지심이 든다.

요즘에 와서 전동차처럼 버스에도 경로석이 있다. 하지만 있으나 마나다. 누구든지 차지하고 앉으면 나이 든 사람한테 양보하는 것을 거의 본 적이 없다.

예전엔 버스가 대중교통의 전부였던 시절도 있었다. 어쩌다 볼일이 있어 출퇴근 시간과 맞물려 버스를 타보면 그야말로 콩나물시루 같았다. 어떤 남자는 그런 틈을 타서 일부러 밀어붙이며 이상한 행동을 했다. 그럴 때는 슬며시 옷핀으로 아무 데나 사정없이 찔러버리면 더는 장난을 치지 않았다. 또한, 좌석에 앉아있는 여자에게 우정 쓰러지면서 어느새 목걸이를 낚아채 갔는지 목걸이가 없어졌다고 펄펄 뛰는 사람도 흔히 있는 일이었다.

그런데 요즘 전동차 안에서는 8, 90년대와 같이 그런 불미스러운 일은 내가 볼 때는 일어나지 않았다.

정확한 시간으로 시민들의 편한 발이 되어주는 전동차, 여름엔 시원하고 겨울엔 따뜻하다. 힘없는 노인들에게 전동차만한 낙원이 따로 없다. 또한, 역사 내엔 불편한 노인들과 장애인을 위한 배려로 에스컬레이터와 엘리베이터가 곳곳에 설치돼 있어 편안하게 이용할 수 있다.

어느 때 어느 곳에서나 서로를 조금씩 배려하고 한발 양보한다면 얼굴 붉히며 언성 높이고 주변 사람들까지 씁쓸하게 하는 일은 없을 것이다. (12.04)

일부다처

TV에서 정글 속 부족들을 보여 줄 때가 있다. 벌거벗은 채로 산짐승과 물고기를 잡아먹으며 원시인처럼 산다. 말로만 들은 구석기시대를 보는 것 같다. 간혹 가족과 함께 보기가 난감할 때도 있다.

어떤 부족은 얼굴 여기저기 생살을 뚫고 불필요한 장신구를 달고 살면서도 불편함을 느끼지 못하는 것 같다. 치부도 가릴 줄 모르는 짐승처럼 살아간다. 그러나 직립보행直立步行 동물은 오직 인간만이 누리는 특권이다. 비록 짐승같이 생활하지만, 네발로 기어 다니는 짐승과는 달리 누가 가르치지 않아도 활을 만들어 사냥하고 불을 피워 익혀서 먹을 줄 아는 걸 보면 그들도 인간임에 틀림이 없다.

우리나라 TV 방송국 취재진이 아프리카 어느 오지마을을 찾았다. 그곳 사람들은 아이 어른 모두 옷을 입고 생활한다. 둥그렇게 움막처럼 생긴 좁은 집에서 여러 식구가 함께 살고 있다. 물 부족과 열악한 환경 속에서도 더 많은 식구를 거느린 한 남자가 유독 카메라 세례를 받고 있다. 여섯 명의 마누라를 두고 스무 명이 넘는 자녀들과 오글오글 한 집에서 사는 간 큰 남자다.

예부터 우리나라는 반상의 계열과 기강이 서릿발 같았다. 조선 군주 시대 백성들은 생살여탈권生殺與奪權이 임금께 매여 있다고 생각하며 임금의 말은 곧 법이라 여겼다. 그때는 고관대작은 말할 것 없고 일반백성도 여유만 있으면 일부다처도 별반 문제가 되지 않던 시절이다. 역대 임금 중엔 적, 서 왕자와 공주, 옹주를 무려 스물두 명이나 둔 임금도 있었다.

어느새 내가 시집온 지도 50여 년이 되었다. 시댁 친인척 중에 먼 시숙 되는 분은 여유 있는 생활 때문일까. 늘 바람 잘 날이 없었다. 올 바람은 그래도 젊어 한때라지만 남자의 늦바람은 1,000m 회오리바람보다 더 무섭다는 어른들의 경험담이다.

그 손윗동서 말에 의하면 한번은 젊은 아가씨 하나를 아예 집으로 데리고 들어왔다고 한다. 자식을 삼 남매나 낳은 마누라다. 고생고생하다 먹고살만 하니 남편이라는 사람이 어쩌면 이렇게 할 수 있을까. 시앗을 보면 돌부처도 돌아앉는다는데, 아무리 개도 안 물어갈 본처의 자존심이지만 이렇게 짓밟을 수가 있단 말인가. 그래도 여자다. 마룻바닥에 털썩 주저앉아 새파랗게 젊은 아가씨 앞에서 체면이고 무엇이고 눈물이 쏟아지더라고 했다. 딸자식 같은 아가씨를 보면서 남자가 가잔다고 강아지 새끼처럼 쫄랑쫄랑 따라온 너보다는 그래도 내가 낫다는 생각을 하니 측은지심惻隱之心으로 오히려 불쌍해 보이더란다.

맨몸으로 따라온 아이를 당장 옷가지며 화장품과 필요한 일용품을 모두 사다 주고 빈방까지 내주어야 했다. 그 후 함께 목욕탕도 가고 시장가면 장바구니 들고 딸아이처럼 따라다니는가 하면 시키지 않아도 청소와 설거지도 곧잘 했다. 그렇게 한 달여 동안을 잘 지내더니 어느 날인가 갑자기 이제 그만 가야겠다고 나서더란다. 갈 곳이라도 있느냐 물어보았더니 설사 갈 곳이 없더라도 어느 세상에 사모님 같은 분이 또 있겠느냐고 했다. 더는 사모님 가슴을 아프게 할 수 없다면서 눈물을 흘리며 갔다고 한다.

그런데 저녁에 들어온 철없는 남자는 사실을 알고 꼬리에 불붙은 황소처럼 천정이 낮다고 길길이 뛰었다. 다음날 당장 데리고 오라는 남편 성화에 손윗동서는 그 아가씨를 찾아갔다. 오지 않겠다는 걸 사정사정해 집으로 데리고 왔다. 하지만 아가씨 생각은 확고했다. 이제 고향으로 돌아가서 과거는 깨끗이 지우고 새로운 인간이 되겠다면서 사모님을 만나지 않았으면 한평생 이 바닥에서 인간쓰레기로 살았을 거라고 했다. 사모님같이 어진 분이 있어 다시 태어나게 되었다고 이제부터라도 개과천선改過遷善하여 올바른 인간이 되어 그 은혜 항상 잊지 않겠다면서 큰절을 올리고 떠났다고 한다.

불과 4, 50년 전만 해도 내 고향에서는 여자에게 남자의 실수는 이유가 될 수 없었다. 그저 이해와 인내로 자신을 지키고 한 가정을 지키는 가모로서 도리요 본분이라 여겼다. 여유만 있으면 그 시절은 일부다처는 남자의 자존심을 과시하는 힘이라 생각했다.

유달리 괴팍하고 자유분방한 성격이지만 시숙은 탁월한 사업수완으로 수백억대 중소기업의 신망 있는 사장이었다. 문중 어른들은 늘 그 사람은 돈복과 처복을 타고났다면서 하나같이 허물보다 칭찬이 자자했다. 돈다발이 쌓이면 그 어떤 허물도 파묻히는 것일까?

갈수록 태산이라 했던가. 환갑이 코앞일 때 시숙양반은 아이를 가졌다면서 또 배부른 여자를 데리고 왔다. 어쩌랴. 집을 사서 딴살림을 차

려 주고 친정엄마처럼 돌봐 주었더니 어느새 그 아이가 이십 대 꽃미남
으로 훌쩍 자랐다면서 쓸쓸하게 웃는다. 너그럽고 어진 성격은 타고난
천성이다. 하지만 그도 여자일진대 어찌 가슴에 맺힌 한이 없었겠는가.
명산고찰을 찾아 불심으로 용서하고 용서도 받으면서 마음의 즐거움을
얻는다고 했다.

　옛말에 빈자貧者는 마음뿐이고 인심은 광에서 난다고 한다. 그러나
가졌다고 모두 베풀고 사는 사람이 과연 몇몇이나 될까. 집안에서 그
형님은 살아있는 부처요 전설이다.

　아직도 먼 오지마을의 원시인처럼 일부다처! 너무나 먼 옛날 이야기
같다. (13.06)

삼총사

사진첩을 정리한다. 고향 떠나 외로운 객지에서 처음 사귄 친구들과 오래전 찍은 사진 몇 장이 눈에 들어온다. 추억 속의 낯익은 얼굴들을 차근차근 살펴보니 왈칵, 그리움이 봇물 터지듯 밀려온다. 간밤 꿈을 꾼 것 같은데 어느새 50여 년 세월이 덧없이 훌쩍 지나갔다.

서울 변두리 시장에서 자영업을 시작한 지 겨우 1년, 봄꽃 자지러지게 웃는 삼월 중순께였다. 단합대회 겸 친목을 도모한다는 시장번영회 주선으로 처음 관광버스 타고 강화도 전등사에 갔다.

모처럼 고삐 풀린 망아지같이 다니다 보니 하루해가 짧게만 느껴졌다. 옹기종기 모여 찍은 사진 속에 20대의 초롱초롱 이슬 머금은 꽃봉오리들이 손발 오글거리는 티 없이 맑은 아기처럼 순진무구하게 남아있다. 젊음도 가슴 저린 추억도 찰나처럼 지나간 세월마저도 한순간 흑백사진 속에 꽁꽁 묶여있다.

1960년대 초, 전국에서 맨주먹 쥐고 모여든 겁 없는 사회초년생들이었다. 가진 것은 없지만, 억만금이 부럽지 않은 젊음이 있어 하면 된다는 신념으로 똘똘 뭉쳤다. 우선 안 놀고, 덜 먹고, 안 써야 모은다는 3가지 원칙을 정해놓고 연중무휴, 아침 6시에 가게 문을 열고 자정에 닫았다.

그런데 언덕이 무너지면 길이 된다 했던가. 전등사에 갔다 온 후, 더욱 열심히 일해서 매월 회비를 모아 1년에 한 번 쉬기로 했다. 왜 아니겠는가. 눈뜨면 매일 똑같은 일상에서 잠시 벗어나 한 번쯤은 대자연 속에 묻혀 쌓인 스트레스를 풀고 싶었으리라.

아무리 젊어 고생은 금을 주어도 못 산다지만, 긴 세월 기억 속에 묻어둔 가슴 아픈 이야기가 너무나 많다. 가게라고 손바닥만 한 공간에서 출산하는 친구도 더러 있었다. 삼총사 중 한 친구는 한겨울에 아이를 낳았다. 비닐이나 전기장판이 없던 시절, 한대寒帶와 다름없는 찬 바닥에서 산후 몸조리 같은 건 먼 나라 이야기일 뿐이었다.

별빛 새어드는 함석문짝 틈새로 몰아치는 칼바람에 뼈마디까지 시리고 아렸다. 여자는 출산할 때마다 이승과 저승의 문턱을 넘나들며 사대 육천 마디가 다 물러난다고 한다. 하지만 그 시대 남자는 거의가 왕자과였다. 한 가정의 가장으로서 별 도움이 되지 않았다. 하기야 아직도 반세기 전이나, 지금이나 변할 줄 모르니 말이다.

산모가 너무 많이 부어 눈도 뜨지 못했다. 피붙이 하나 없는 객지에서 모두가 같은 형편이고 보니 안타깝게도 친구로서 고작 미역국 한 냄비 끓여다 주는 것이 전부였다.

그렇다고 오갈 데 없는 그 당시 형편으로 가게 문을 닫을 수도 없었다. 살 에이는 맞바람을 막기 위해 급한 대로 이불 홑청을 커튼처럼 둘러놓고 갓난아기와 산모가 몸서리쳐지는 추위와 맞서야 했다. 그렇게 모진 고생 다 겪으면서 시장이란 한울타리 안에서 울고 웃던 격동의

10년 세월, 모두가 수족 같은 친구들이었다.

그중에서도 고향은 다르지만, 나이가 비슷한 또래 셋이 같은 환경에서 자연스럽게 만나 어릴 적 고향 친구처럼 임의로웠다. 그처럼 단짝인 우리는 삼총사란 별칭답게 늘 함께 어울렸다. 일부러 같은 천으로 모양까지 똑같은 옷을 맞추어 입었다. 그렇게 언제까지나 헤어지지 않고 오순도순 함께할 것으로만 믿은 철없던 시절이었다.

의지할 곳 없는 힘든 환경에서도 모두 사회에 잘 적응해 나갔다. 너나없이 손발 잦아지게 노력한 만큼 생활의 여유가 생기자 저마다 부푼 꿈을 안고 더 나은 내일을 위해 멀리 또는 가까운 곳으로 눈물을 머금고 뿔뿔이 헤어졌다. 하지만 우리는 지난날을 잊을 수가 없었다. 매달 이산가족처럼 만나 눈시울 붉히며 못다 한 정 나누던 때가 엊그제 같은데, 돌아보니 옛이야기처럼 가물거린다. 어느새 희던 안색 검어지고 검던 머리 백발이 성성하다.

눈에서 멀어지면 마음도 멀어진다더니 언제부턴가 함께 울고 웃던 한 친구의 소식이 끊겼다. 또 무엇이 그녀에게 아문 상처를 덧나게 했을까? 참는데 이골이 난 사람이라 차차 나아지면 소식을 전해주리라 믿었다. 그런데 야속하고 무정한 친구가 영혼의 감기라는 우울증으로 고생하다 한 많은 이 세상을 스스로 하직했다는 거짓말 같은 사실이 풍문으로 들려 왔다. 세상살이 너무나 허무하여 눈물도 안 나왔다.

옛말에 개똥밭에 굴러도 이승이 났다고 한다. 한 번 가면 다시 못 올 멀고도 외롭고 험한 길을 이웃 마을 놀러 가듯 훌훌 다 버리고 떠났단 말인가. 그 후, 부부지정이 남달랐던 그녀의 남편마저 아내 뒤를 따라 세상을 떠났다고 한다. 나이 든 남자가 홀로 남아 무슨 수로 그 큰 허무감과 단장斷腸의 아픔을 견디어 내겠는가? 하지만 흔히, 세월이 약이라고 말을 한다. 당장엔 참을 수 없는 아픔이지만 남은 가족을 위해 어쩌랴. 산사람은 배고프면 먹게 되고 세월 가면 잊히는 것이 인지상정인 것을….

어느 누군들, 언젠가는 가야 할 길인 줄 번연히 알건마는, 아직은 못 다 한 이야기가 태산 같은데, 먼저 간 몇몇 친구의 생시 같은 잔영殘影만이 빛바랜 사진첩에 남아있다. 다시는 돌아오지 않을 강물 같은 세월에 굽이굽이 감고 온 지난날의 추억들을 가슴속에 곱게 묻어둔다.

(15.06)

부전부월附箋斧鉞

　아침이슬 함초롬 머금은 보랏빛 유혹, 꽃잎에 내려앉은 볕살 비집고 나나니벌떼가 깜냥 없이 깝죽거린다. 다소곳 고개 숙인 새색시 닮은 동부꽃이 시큰둥하게 아침 손님을 맞고 있다.

　우리 집 넓은 옥상 한쪽에다 텃밭을 꾸민지 몇 해 되었다. 작은 텃밭에는 봄이 오면 상추와 고추, 가지와 부추, 향긋한 미나리까지 청정 먹을거리 채소들이 우리 가족의 정성과 사랑을 먹고 반들반들 윤기가 자르르 흐른다. 아무거나 붙당기며 넝쿨손 뻗어 가는 호박과 오이는 끝없이 감고 오르기를 좋아한다. 동부 넝쿨도 엉성하게 만들어 놓은 울타리를 타고 하늘 끝까지 오를 기세다. 삼복 지나면 거의 끝나는 오이와는 달리 동부는 찬 서리 내릴 때까지 꽃을 피우고 열매를 맺는다.

　청초하고 냉정한 동부꽃, 열정의 빨간빛도 부드러운 분홍빛도 아닌 것이 마치 아집으로 똘똘 뭉친 손윗동서 입술처럼 파르르 떨고 있다. 꽃말도 심상찮은 반드시 오고야 말 행복이란다. 청순하고 가냘픈 이미

지와는 달리 겁 없이 야무진 자기주의다.

　먼 나라 인도가 안태본으로 알려진 동부는 초봄에 먼저 파종을 한다. 성질이 급해 이파리가 나오자마자 줄기부터 뻗고 본다. 이파리 사이에서 고갱이와 줄기가 형성되어 사물거리는 봄바람에 특이하게 연둣빛 작은 꽃망울이 맺힌다. 점점 자라면서 다시 황금빛 꽃망울로 변하는데, 어쩐지 흔한 생김새 같지 않고 낯이 익어 기억을 더듬어본다.

　엄마가 손수 누에 쳐서 명주실 뽑아 오색물감 들인 비단 실로 친구들과 동양자수를 놓던 때다. 베갯모에는 다산을 염원하는 새끼 거느린 원앙鴛鴦과 부富의 상징인 활활 핀 모란을 수놓았다. 설, 추석이면 부전 노리개를 만들어 조카들 비단 복주머니에 올망졸망 달아주던 그 노리개 중에 부월斧鉞과 흡사하다. 60여 년 긴 세월이 훌쩍 흘러버린 지금, 동산에 불쑥 솟아오르는 보름달처럼 떠오른다. 그 부전부월 닮은 노랑 꽃망울이 차츰차츰 변하면서 신비의 비색 청초한 보랏빛 꽃이 활짝 핀다.

　그때 노리개 수가 어림잡아도 대여섯 가지는 된 것 같다. 부전조개와 부전나비 고추와 버선, 부월 등 새록새록 떠오르는 옛 추억을 펼쳐놓고 그때처럼 다듬다듬 부전 노리개를 한번 만들어 본다.

　우선 갖가지 모양을 화선지에 그려 색색의 비단 천에다 먹지를 깔고 본을 뜬다. 잘 드는 가위로 마름질하여 오색실로 모양 따라 촘촘하게 새발뜨기로 꿰맨 다음 목화솜을 젓가락으로 꼭꼭 밀어 넣는다. 붉고 푸른 고추와 하얀 외씨버선, 은도끼 금도끼가 손간데 없는 천의무봉天衣無縫처럼 완벽한 부전 노리개가 내 손끝에서 탄생한다. 손가락 끝 마디만 한 형형색색 앙증맞은 노리개를 아이들 복주머니에 조롱조롱 매달아주었다. 그 당시 사람들은 귀신이 싫어하는 붉은 고추와 무서운 도끼날을 아이 몸에 지니게 하면 잡귀를 물리치고 재앙을 막아준다고 믿었다.

　예전에 미처 몰랐던, 자연은 지극히 섬세하여 작은 꽃망울 하나에도 거듭되는 변화를 보니 아름답고 신비하다. 그렇게 한 송이 꽃으로 환생하기까지 오랜 인고의 아픔을 거듭하지만 누구를 위한 환골탈태란 말인가.

날마다 가까이에서 보며 청초해서 더 고운 동부꽃, 무슨 이유로 흔한 꿀벌은 고사하고 정작 기다리는 멋쟁이 범나비도 흐드러진 들꽃 찾아 떠났는지 오지 않고. 시정잡배 같은 떠돌이 말벌 새끼 하나 코빼기도 안 비친다. 그런데 무슨 짝에 분수없이 촐랑대는 나나니벌떼만 오뉴월 쇠파리 들끓듯 한다. 그토록 부질없는 기다림에 동부 꽃은 지쳤을까? 한나절도 못 배기고 노랑 꽃망울 속으로 고운 모습을 하르르 숨겨 버린다.

금년처럼 유난스런 해운은 처음 본다. 오랜 가뭄에다 전국의 기온이 연일 35도를 웃돌며 살인적인 무더위가 계속된다. 그러니 우리 집 옥상의 작은 텃밭이 오죽할까. 아침저녁 물 주며 아무리 정성을 쏟아도 화덕 같은 불볕 아래 모두 타들어 간다. 그래도 동부는 꽃을 피우고 열매를 맺으면서 더 이상 영글지 못하고 꼬투리째 떨어져 버린다.

그토록 애타게 기다리던 단비가 내려 며칠 동안 만물이 생기를 되찾는 듯했다. 하지만 해갈의 기쁨도 잠시 뿐, 폭우를 동반한 광적인 태풍 앞에 견디지 못하고 잘 자라던 오이, 호박, 동부 넝쿨이 모두 초겨울 된서리 맞은 무청처럼 시들어 버린다. 부추꽃, 고추꽃도 다 떨어져 선떡부스러기 같이 옥상 바닥에 굴러다닌다.

옛말에 밥 잘 먹기는 하느님 덕이요. 옷 잘 입기는 마누라 덕이라 했다. 아무래도 올해는 애잔한 동부꽃을 오래 못 보게 될 것 같다. 보랏빛은 외로움을 상징한다. 과년한 처녀와 젊은 새댁은 멀리한 색깔이다. 그 때문일까. 벌과 나비도 찾지 않는 외로운 동부꽃, 내년에는 가뭄과 태풍 없이 부전부월 닮은 황금빛 꽃망울이 오랑조랑 많이 맺기를 기대해 본다. (12.10)

딸

그리움의 높이만큼 세월은 가고 외로움의 깊이만큼 청춘은 간다고 누군가 말했다. 노인은 과거를 바라보고 청춘은 미래를 바라본다고 한다. 추억은 사라지는 것이 아니라 가슴속에 차곡차곡 봉인해 두는 것이라 했다.

요즘 들어 부쩍, 새벽하늘 별만큼이나 많은 지난날의 사연들이 때때로 아우성치는 소리가 환청처럼 들린다. 철없던 시절, 부모님의 끝없는 사랑 속에 근심, 걱정 모르고 그저 주는 대로 받으면 되는 줄로만 알았다. 그때는 조혼早婚하던 시절이었다. 부모의 절대적인 뜻에 따라 열아홉 살에 결혼하여 스물한 살에 첫아이를 낳았다.

아이가 백일도 되기 전에 남편은 느닷없이 늦은 나이에 군에 입대한다는 것이다. 자유당 시절, 병역기피자들이 의외로 많았다. 결혼 후 아이가 생기자 책임감 때문인지 혼자 고민하다 결국 자신의 심경을 진지하게 털어놓았다. 아무리 생각해봐도 이와 같은 시대는 조만간 바뀐다며 우선 군 복무부터 마쳐야 할 것 같다면서 제대할 때까지 친정에 가서 두 분 보살펴 드리고 아이 잘 키우라며 지원 입대를 했다.

신혼의 꿈을 접고 외로운 친정 부모님 모시고 아이와 마음 편하게 기다리기로 했다. 내 어머니는 아들딸 10남매를 낳아 홍역으로 일곱을 잃고 딸 셋을 겨우 붙잡았다며 말끝마다 눈물이었다. 막내딸마저 시집보내고 두 분이 노후에 외롭고 적적하던 차에 백일 지난 외손자를 품에 안으며 세상에 없는 보물을 얻은 듯 금이야 옥이야 하며 어머니는 기뻐도 울고 슬퍼도 울었다.

입대하고 얼마나 지났을까. 친정집에 군사우편이라 적힌 편지가 날아오기 시작했다. 신혼의 단꿈과 그리움을 싣고 편지는 일주일에 한두 번씩 어김없이 날아오고 날아갔다. 나는 소월 시 한 수를 사연과 함께 띄워 보냈다.

그립다 말을 할까 하니 그리워
그냥 갈까 그래도 다시 더 한 번
　　― 중략 ―

의외로 남편은 답장 첫 줄에, '저녁 해는 지고서 어스름의 길/ 저 먼 산엔 어두워 잃어진 구름/ 만나려는 심사는 웬 셈일까요/ 당신이야 올 길 바이없는데/ 발길은 누 마중을 가잔 말이냐/ 하늘엔 달 오르며 우는 기러기'라고 시인이라도 된 양 써서 보냈다.

그렇게 3년 동안 주고받은 편지가 400여 통 되었다. 국방부 시계는 고장 없이 잘 돌아 36개월의 기나긴 시간이 짧은 새벽 꿈을 꾼 듯 지나갔다. 제대 후 또 눈 깜짝할 사이 1년이 가고 친정에서 둘째 아이를 낳았다. 많은 식구에다 우리까지 15명의 대가족이 한집에서 생활한다는

게 너무 벅차고 미안했다. 둘째 아이 첫돌 지나고 분가를 하게 되었다.

고향 떠나 서울로 이사 오던 날, 딸자식은 시집가면 이웃집 개보다 못하다는 옛말이 절절하게 가슴에 와 닿았다. 3년 동안 너무나 짧은 행복, 긴 이별 앞에 어머니는 또 주름진 눈가에 피보다 진한 눈물을 쏟아낸다. 내가 전생에 무슨 죄를 그리도 많이 지었던고? 목울음 삼키며 동구 밖에 홀로 서서 딸자식 뒷모습만 망연자실 바라본다. 후세에 다시 만나는 날, 어쩌면 당신 딸을 몰라볼까. 머릿속에 깊이깊이 봉인해 두려는 건 아니었을까.

대구에서 서울행 비둘기호 완행열차표도 모두 매진되고 입석만 남아 있었다. 노인이나 아이 딸린 사람은 노숙자처럼 바닥에 신문지를 깔고 앉았다. 대전역에서 겨우 자리가 났다. 열서너 시간 고생 끝에 자정이 다 되어 서울역에 도착했다.

아침에 일어나보니 신길동 대신시장이란 간판이 시장입구에 걸려있다. 남편은 시장 제일 목 좋은 코너를 잡아 다섯 평도 못 되는 가게를 얻어 말끔히 수리해 놓았다. 단층건물인 가게 정수리에 '경남한지협동조합 서울직매소'라는 긴 간판이 두 눈에 가득 찬다.

남편 고향은 산골짝 맑은 물이 내를 이루며 항시 넘쳐흘렀다. 넓은 냇가에는 긴 세월에 닳고 비바람에 부대낀 크고 작은 몽돌들이 보석을 깔아놓은 듯 반짝거렸다. 천혜의 지형 덕에 조상으로부터 물려받은 장판지와 창호지를 생산하는 곳이었다. 그곳 처녀들은 한지 공장 기술자로 웬만한 시골 농사꾼 부럽지 않은 쏠쏠한 돈벌이로 시집갈 준비를 톡톡히 했다. 지금은 밭두렁과 야산자락에 천연한지 원료인 닥나무가 점점 줄어들고 있다.

그 당시 집안 형님뻘 되는 분은 5. 6년 전 서울에 먼저 올라와 서대문에서 지물포를 해 돈 많이 벌었다고 고향에 소문이 자자했다. 제대

후 남편은 신길동 대신시장에 가게를 얻었다고 집안 형님께 말했더니 가게 수리 끝나면 전화하라고 했다. 당신이 수년간 거래하는 벽지회사에 연락하여 동생이라고 하면 금방 물건을 넣어줄 거라고 했다.

남편은 장사경험도 없는 데다 맨주먹 쥐고 서울에 와서 가게만 겨우 얻어 수리해 놓고 우선 이사부터 했다. 물건을 진열하려고 철석같이 믿고 있던 형님 댁을 찾아갔다. 그런데 뜻밖에도 부부싸움이 벌어져 누가 오는지 가는지 신경도 안 쓰고 죽여라 살려라 집안이 벌컥 뒤집혔다. 형수라는 사람은 만약, 벽지회사에 전화하여 물건 넣어주는 날엔 바로 이혼한다며 입에 게거품을 물고 넘어지는 걸 보고 그냥 왔다는 것이다.

어쩌다가 정든 고향 뒤로하고 오매불망 잊을 수 없는 부모님 곁을 떠나 천리타향에서 하루가 지나갔다. 그런데 내 한평생 믿고 의지할 남편이 형님 댁에 갔다 와서 흐느끼며 한없이 울었다. 세상에 태어나 그처럼 남자의 진한 눈물은 처음 보았다. 수많은 세월이 흘러갔어도 그때의 참담했던 기억을 나는 영원히 잊을 수가 없다.

그렇다고 언제까지 울고만 있을 수는 없었다. 남편은 벽지공장마다 직접 찾아다니며 우선 거래를 시작하고 서울 시내 지물포에 장판지와 창호지, 벽지까지 도매하기 시작했다. 초봄에 이사 와서 여름도 되기 전, 고급화선지를 비롯해 많은 종류의 양지까지 도매를 시작하자 주문이 쇄도했다. 고향 한지조합에서는 전화 한 통이면 많은 양의 물건을 영등포 천일화물로 하루걸러 보내왔다. 나는 가게에서 소매하고 남편은 자전거에다 물건을 집채만큼 싣고 서울 시내 크고 작은 지물포마다 누비고 다녔다.

열심히 일한 끝에 2년 만에 집을 샀다. 그런데 또 셋째 아이를 가졌다. 지물포는 기온이 영하로 떨어지면 이듬해 봄까지 4, 5개월 동안 쉬는 날이 많았다. 남편은 시간만 나면 팔도에서 모인 시장친구들과 관리

사무실에서 육백치고 장기, 바둑 두며 밤낮이 바뀌었다.

혼자 가게 보고 살림하며 식구들 치다꺼리하기도 힘이 드는데 겨우
내 속을 많이 끓인 탓인지 입맛이 돌아오지 않았다. 배가 부르지 않아 이
웃에서도 임신한 줄을 몰랐다. 봄이 되어 장사가 되기 시작하자 손님은
밀려들고 무거운 비닐 장판과 벽지 박스 올리고 내리며 온종일 혼자 씨
름하다 보면 녹초가 되어 저녁도 거른 채 그대로 잠들 때가 허다했다.

예정일은 50여 일 남았는데 새벽에 일어나보니 피곤하여 하혈하는
줄도 몰랐다. 그 시절엔 아무리 급해도 통행금지 해제될 때까지 기다려
야 했다. 병원도 아침 6시면 문을 열었다. 가까운 영등포 중앙산부인과
에 혼자 갔다. 산모가 영양실조에다 일을 너무 많이 하여 태반이 자궁
벽으로부터 떨어져 하혈한다는 것이다. 촉진제 주사 맞고 바로 아이를
낳아야지 그렇지 않으면 산모가 위험해진다고 한다.

겁 없이 혼자 생각으로 첫아이도 아닌데 이웃 조산원에서 낳으려고
집으로 왔다. 아침부터 손님들은 밀리는데 남편은 '혼자 쩔쩔매면서 그
몸으로 아이 낳겠느냐?'며 토종닭을 사다 찹쌀 넣고 끓여주었다. 무섭
고 겁이 나서 가뜩이나 없는 입맛에 몇 숟갈 뜨고 늦게서야 조산원에
갔다. 60대 산파할머니는 사정을 듣고 우선 청진기로 진찰을 해보고는
너무 늦었다고 한다.

객지 생활하면서 내가 고달프고 힘들 때면 항시 친정어머니가 보고
싶어 눈물부터 쏟아진다. 산파할머니는 눈물을 닦아주며 아직 젊었으
니 자식은 가지면 되지만 어른이 우선이라며 위로를 하는데 염치없이
눈물만 쏟아진다. 촉진제 주사를 맞고 30분 만에 두세 번 힘주고 아이
를 낳았다. 그런데 아이가 꼼지락거렸다. 산파할머니는 아이를 거꾸로
들고 볼기짝을 찰싹 때리자 입에서 양수를 쏟아내며 제대로 울지도 못
했다. 산파할머니가 격앙된 목소리로 삼신할머니 고맙습니다. 감사합

니다. 이렇게 예쁜 공주를 점지해 주시다니요! 상기된 얼굴로 너무나 좋아했다.

바로 후산이 끝난 뒤 참기름을 끓여 식힌 후 아이 전신에 바르고 융에 싸서 따뜻한 아랫목에 뉘어놓고 두어 시간 후 목욕을 시켰다. 그리고 모유 먹기 전에 우선 끓여놓은 참기름을 찻숟갈 하나 정도 먹이는데 어찌나 잘 받아먹던지 믿어지지 않았다. 조산한 아이는 목욕 전에 식물성 기름을 먼저 발라주어야 피부가 땅기지 않는다고 한다. 양수를 너무 많이 먹었다면서 배내똥 누기 전, 참기름을 먼저 먹여야 나중에 자라서 속병이 없다고 했다.

예정일보다 한 달 반이나 먼저 조산을 했다. 요즘 같았으면 인큐베이터에 두어 달 들어가야 했을 것인데 인명은 재천이라 했던가? 어쩌면 태아의 명줄인 탯줄이 새끼손가락보다도 가늘었다. 뼈와 가죽뿐인 작은 다리는 새끼줄처럼 배배 꼬여 2kg도 되지 않은 것이 세상에 나올 수 없어 얼마나 양수를 먹었던지 계속 울컥울컥 토했다. 그런데 아이는 모유와 우유 가리지 않고 주는 대로 먹으며 순하게 잠만 잔다.

4월 중순경 새집으로 이사하고 아이 낳아 산후조리 실컷 하려고 했는데 초이레도 되기 전에 퇴원하여 또다시 바쁜 일상으로 돌아왔다. 그나저나 산모는 차치하고 아이를 뉘일 데가 없었다. 손바닥만 가게에 온종일 손님이 끊이질 않아 품에 안고 젖 먹일 시간도 없었다. 어쩔 수 없이 한대 같은 가게 다락에다 요를 깔고 솜이불로 다독여 놓았다.

3월 초 서울 날씨는 쌀쌀했다. 아이는 기저귀가 젖으면 딸꾹질을 하며 먹은 것을 자꾸 토했다. 남편이 보더니 몸도 성치 않은 것을, 혼자 군담하면서 무슨 생각을 했는지 가게 수리하고 남은 가느다란 각목으로 작은 상자를 만들었다. 30w 백열전구를 상자 바닥과 사방에 닿지 않게 윗부분에 달아 불을 켜고는 이불 속 맨 아래 넣어두었다. 두어 시간 후 이불 속에 손을 넣어보았더니 고향 안방 아랫목처럼 따뜻했다.

자리가 따뜻하자 배고픈 줄도 모르고 잠만 잔다. 갓난아이 울음소리도 나지 않고, 초이레 전 산모가 푸석푸석한 티도 나지 않아 옆집에서도 두 달 동안 아이 낳은 줄을 몰랐다. 그렇게 잠만 자던 순둥이는 다락 생활을 마치고 새집으로 이사했다.

동네 사람들이 아이가 크다며 백일이 지났느냐고 물어본다. 옛말에 아이는 작게 낳아 크게 키우라는 말이 있다. 그때 만약, 몇 초만 늦었으면 어찌 되었을까. 아찔하다. 순해서 잘 자고 잘 먹어서 백일 때 첫돌 지난 아이 같았다. 건강하게 잘 커 준 딸이 고맙다. 지금도 그때를 생각하면 늘 안쓰럽고 미안하다. (14.06)

굽이굽이 뒤돌아본 길

내 나이 20대 초, 남편 따라 서울에 왔다. 조상 대대로 농업이 천직인 고향 산골에서 10리 밖에도 나가본 적이 없었다. 막내로 태어나 불면 날아갈까, 쥐면 꺼질까 끝없는 사랑으로 세상인심 무서운 줄 모르는 산골촌뜨기가 말만 들은 서울, 무엇이 내 앞에 전개될지 아무것도 모른 채 그렇게 동경했던 수도 서울에서 숨 쉬고 있다는 것이 꿈만 같았다.

콩나물시루 같은 비둘기호 완행열차, 열세 시간 오랜 여행으로 아이 어른 모두 파김치가 되어 한숨에 자고 서울에서의 첫 아침을 맞았다.

울도 담도 없는 시장바닥 다섯 평도 안 되는 가게 바닥에서 얇은 함석문짝 너머 와자지껄 떠드는 소리에 잠을 깼다.

쪽문을 밀고 밖에 나와 보니 코앞이 노점상들이다. 좌판 위엔 여러 가지 채소와 찬 거리가 놓여 있었다. 한가운데 눈에 익은 거칠고 딱 바라진 시루에 병아리처럼 노란 콩나물이 시골 밥상 위의 푸짐한 밥그릇처럼 고봉으로 담겨있다. 이사 올 때 어머니가 담가주신 김치와 마른반

찬이 있었지만, 갑자기 콩나물국이 먹고 싶었다.

　나이가 지긋한 아줌마한테 "콩지름 오 원어치만 주세요." 했더니 "아, 콩기름은 저 앞에 기름 가게에 있어요." 아차, 콩나물이지? 지금 같았으면 경상도 사투리란 걸 거리낌 없이 말했겠지만 그때는 차마 용기가 나지 않아 기름 사러 가는 척하고 다른 가게로 갔다. 서울사람과의 첫 대화를 그렇게 한 것이 50여 년이 지난 지금도 어제처럼 느껴진다.

　1960년대 초, 서울 변두리 신길동 대신시장에 첫발을 내딛었다. 거상의 부푼 꿈을 꾸며 팔도에서 모여든 사람들 대부분이 2, 30대 전후였다. 젊음과 넘치는 패기만으로 앉은뱅이도 걸린다는 날고뛰는 시장 바닥을 주름잡았다. 그 바닥에서 살아남기 위해 통금시간만 해제되면 시장 안은 사람들로 시끌벅적했다.

　그들 못지않게 남편도 새벽부터 자정까지 주문받은 물건들을 자전거로 실어 날랐다. 그런데 흔한 옷가게도, 식품가게도 아닌 지물포는 어린아이 둘이나 딸린 여자 혼자서는 너무 벅찬 업종이었다. 손님들과 온종일 입씨름하다 보면 배는 왜 그렇게 금방 고프던지? 매일같이 점심은 건너뛰게 되고 손바닥만 한 가게에서 네 식구 치다꺼리하랴, 살림하랴, 장사하랴 하루에 수차례 젖먹이 업고, 큰아이 손 붙들고, 무거운 물건 머리에 이고 배달까지 해야 했다.

　온갖 고생 겁 없이 미련하게 내 앞에 주어진 몫은 열과 성을 다했다. 남편도 바쁜 와중에 짬짬이 부업으로 좁은 집에서 더 넓고 큰 집을 사고팔며 한해 두세 번씩 이사를 다닌 덕분에 신길동 가마골에서 제일 좋은 새집을 장만했다. 또한 집 담장 바로 옆에 비어있는 택지를 사서 가건물 점포 몇 개를 만들었다. 그곳에서 나오는 세가 꽤 쏠쏠했다.

　이웃 할아버지 할머니들을 만나면 젊은 새댁이 시장에서 그렇게 열심히 일하더니 벌써 이런 좋은 집에 산다며 칭찬을 했다. 이곳 가마골은 옛날부터 내려오는 말이 있는데 이 동네 들어와 모은 재산은 이곳에서 살아야만 그대로 유지된다는 것이다. 만약 다른 곳으로 가면 아무리 많은 재산도 모두 없어진다며 이사 가지 말라고 신신당부를 했지만 흘려들었다.

10여 년 갖은 고생 다한 만큼 돈도 많이 벌었다. 그런데 남편은 그것으로 만족하지 않고 또 다른 꿈을 꾸었다. 소매장사 백날 허우적거려 봐도 큰돈은 벌 수 없다며 벽지생산 공장을 하겠다고 한다. 그 방면의 전문가와 친구들을 만나 사업계획과 공장설계를 되 짜듯 말 짜듯 하더니 사당동에 비어있는 공장을 세를 얻어 결국 일을 벌였다. 가게와 집, 땅을 팔아 모두 사업밑천에 들어가고 살림집은 전세를 얻어 공장 옆으로 이사했다.

그때 내 나이 30대 초였다. 지난 10여 년 어린 나이에 온갖 고생 다한 걸 생각하면 가슴속에다 벌 잡아넣은 것처럼 괜스레 불안하여 일이 손에 잡히지 않았다. 하지만 우여곡절 끝에 기어이 공장을 개업했다. 가까운 지인들의 기대 반 우려 반 속에서 공장은 순조롭게 돌아갔다. 나는 오랜만에 집안에 들어앉아 아이들 돌보며 남들처럼 남편이 벌어다 주는 돈으로 편한 생활을 애써 꿈꾸면서 전업주부로 돌아왔다. 그러나 산 넘어 산, 물 건너 바다였다.

회사는 늘 자금부족으로 은행 대출을 받고, 약속어음으로 그때그때 위기를 모면해 나갔다. 그렇게 고생한 끝에 몇 년 후 제주도를 비롯해 전국에 대리점을 두고 남편은 신흥재벌의 꿈을 꾸며 물건 주문과 수금하러 밤낮없이 전국을 누비고 다녔다. 가방에는 수금한 현금과 수표가 늘 가득했다. 회사형편이 좋아지면서 마당이 넓어 시원하고 아름다운 덩굴장미가 담장을 뒤덮은 단독주택을 사서 이사를 했다. 1976년에는 소비자 중앙회에서 중소기업을 대상으로 설문조사한 결과 소비자 선호도 1위로 선정되어 우리 회사가 금상의 기쁨까지 안았다.

호사다마라던가, 전국에서 규모가 제일 큰 전라도 광주대리점 두 형제가 갑자기 수억 원대의 부도를 내고 잠적해버렸다. 설상가상으로 또 다른 거래처에도 부도가 났다. 계속 돌아오는 어음을 막다 보니 회사 사정이 점점 어려워져 오래 버티지 못하고 결국 부도가 나고 말았다. 그렇다고 남편은 사업을 끝낼 사람이 아니었다. 많은 거래처와 협의하여 부도 이후의 재료 구매는 현금으로 들여오고 이전의 잔금은 조금씩 갚아나가기로 결정을 보았다. 전과 다름없이 공장은 쉬지 않고 가동하였지만, 부도 이후의 어렵고 힘든 고충은 이루다 말할 수가 없었다. 사는 집은 거래처에 담보로 내주고 다시 전세를 얻어 나왔다.

그때 내 나이 40대 초, 생활비와 한창 중·고등학교 다니는 아이들 교육비마저 걱정하게 되었다. 궁하면 통한다든가. 옛말에 배운 게 도둑질이라고, 나는 사당동 골목시장 주변에다 가게를 얻어 다시 지물포를 시작했다. 새벽 4시에 일어나 도시락 다섯 개씩 싸서 아이들 학교에 보내고 빨래하고 집안 치우다 보면 시간은 왜 그리 빨리 가던지? 그때는 늦어도 8시까지 가게 문을 열어야 했다.

나는 경리 아가씨 한 명 데리고 여섯 식구 생활비에다 삼 남매 교육비 하며… 가게세 또한, 없는 집 제사 돌아오듯 왜 그렇게 빨리 돌아오는지 올해 보증금 올리면 다음 해는 월세를 올렸다. 2년에 한 번 올려받는 전셋값도 모두가 내 몫이었다. 그 와중에 아들 둘이 대학에 들어갔다. 한 학기를 마친 큰아들은 집안 사정을 알고 군에 입대했다. 다음 해 둘째까지 입대하고 나니 온 세상이 빈 것처럼 허전했다.

딸아이가 고등학교 3학년쯤에 큰아들이 먼저 병역의무를 마쳤다. 다음해 둘째도 제대하여 모두 복학을 했다. 딸아이도 뒤질세라 대학시험에서 합격했다. 삼 남매를 한꺼번에 대학에 보내면서 장하고 뿌듯했지만, 한편으로 내 어깨가 더 무거워졌다.

남의 속을 모르는 이웃 사람들은 통, 반장의 입을 통해 삼환지물포 아저씨는 벽지회사 사장인데, 아줌마가 벌어 아들딸 삼 남매를 모두 대학에 보냈다고 억척 아줌마로 소문이 나 있었다. 생활비, 교육비, 모든 가정사를 나한테 일임하고 남편은 오직 당신이 하는 일에 심혈을 기울인 끝에 회사사정도 점점 좋아졌다. 하지만 회사의 사장이기 전에 한 가정의 가장인 사람이 밤중인지, 새벽인지 시간개념이 전혀 없었다. 친구들과 골프하고, 고스톱 좋아하고 술 한 동이 지고 오지는 못 해도 먹고는 올 정도로 밤새도록 마셔도 자세하나 흐트러짐 없이 집에 와서 바로 잠이 들곤 했다.

그 당시 내가 운영하던 가게는 사당1동 사우촌, 고급주택단지 길목의 사거리 코너였다. 일곱 평도 채 못 되는 작은 가게에 생각 외로 손님이 많았다. 대부분 가게에 와서 직접 벽지색깔과 무늬를 고르지만, 전화로 카탈로그 가지고 와서 견적을 뽑아 보라는 분들도 있었다. 줄자와 연필, 공책 하나 가지고 견적을 내러 가면 100여 평 대지에 거의 2층 호화주택들이었다. 최고급 도배장판으로 꾸밀 경우 평균 300에서 350만 원까지 견적이 나왔다.

도배일 끝난 후 계산하러 온 어떤 사장님은 부부가 함께 벌어도 한꺼번에 삼남매를 대학공부 시킨다는 게 어렵고 힘들 텐데 정말 대단하다며 계산한 후 수표 10만 원을 더 줄 때도 종종 있었다.

내 나이 40대 말, 삼 남매가 모두 대학을 졸업할 무렵이었다. 회사형편이 나아지자 이제 당신은 고생 그만하라면서 매사에 자기위주 성격인 남편은 갑자기 가게를 처분하고 다음 해 의왕시 청계동에 200여 평 대지를 사서 노후를 위해 전원주택을 지어 이사했다.

내 나이 50대 초, 여태까지 가장 아닌 가장 노릇하다 갑자기 많은 시간이 남아돌았다. 늦은 나이임에도 공부 못한 한을 지울 수 없어 신설동 수도학원에 10년 한도 잡고 수강신청을 했다. 도시락 싸서 매일 9시에 집을 나와 3번씩 차를 갈아타고 다니며 5시까지 공부하고 학원을 나왔다. 늦게 배운 도둑질에 날 새는 줄 모른다고, 버스 속이 건 전동차 안이건 틈만 나면 만학의 꿈을 불태우며 하루에 4시간 이상 자본 적이 없었다. 그렇게 공부하여 검정고시 시험에서 중학교와 고등학교 합격 자격증을 받았을 때, 내가 이 세상에 태어나서 가장 행복한 순간이었다. 갑자기, 웃고 있어도 눈물이 난다는 유행가 노랫말이 떠올랐다. 남편도, 아들딸도 모르는 외로운 눈물이 웃고 있어도 두 볼을 타고 자꾸 흘러내렸다.

그런데 청계동으로 이사하기 직전이었다. 생전 처음 들어본 이름도 얄궂은 '아이. 엠. 에프'라는 놈이 청정지역인 우리나라로 떠들썩하게 금융 위기를 몰고 왔다. 하지만 우리 회사와는 별 상관없는 줄 알았다. 그 당시 소자본으로 꾸려나가던 중소기업들이 먼저 큰 타격을 받았다. 그 위기를 극복하지 못하고 도산하는 회사들이 우후죽순처럼 늘어났다.

드디어 나라에서 국민에게 금 모으기 운동에 동참해 달라고 호소했다. 국가의 위기 앞에 온 국민의 마음이 하나 되어 장롱 속에 깊이 묻어둔 결혼반지와 어린아이 백일반지, 첫돌반지 등 아낌없이 들고 나와 은행마다 줄을 섰다. 아이 엠 에프라는 그놈도 감동의 황금물결 앞에 그만 고개 숙이고 서서히 물러갔다.

그 여파로 대리점들이 휘청거리자 회사는 또다시 위기를 맞았다. 나는 지독하게도 학운學運이 없음을 한탄하며 꿈을 접어야 했다. 그 당시 우연히 의왕시 소식지에 내손동 도서관에서 매주 월요일 오후 2시 문예창작을 한다는 기사를 보고 내 눈이 전광석화처럼 번쩍 빛났다. 소녀적, 소월 시에 푹 빠져있던 일이 생각나 밤잠 설치며 설레는 마음을 진정하고 도서관을 찾았다. 내 나이 59세 늦깎이로 배준석 시인을 운명처럼 만났다.

그러나 남편은 회사를 일으켜 보려고 온갖 고생 다하면서 버티어 나갈 무렵, 의왕시 청계동 일대가 그린벨트에서 풀리자마자 주택공사로 모두 수용 되었다. 안 되는 놈은 뒤로 넘어져도 코가 깨진다더니 재개발도 아니고, 피땀 흘려 일군 개인 재산을 하루아침에 반강제로 주택공사에 빼앗기고 말았다.

내 나이 60대 초, 남편은 어쩔 수 없이 집과 공장을 처분하여 은행빚, 사채를 정리하고 조그마한 단독주택을 사서 안산으로 내려왔다. 수십 년 만에 처음으로 편한 잠을 자면서 조상님께 깊이 감사드린다.

그동안 5, 6년 문학 공부를 하여 2006년 봄, 「文學散策」으로 시가 아닌 수필부문에 신인상 당선을 하여 등단했다. 이 모두가 꿈만 같아 정녕 꿈이라면 영영 깨지 않기를 빌면서 스승께 깊이 감사드렸다.

다음 해 2007년 봄, 철없는 아이처럼 멋모르고 「내 자리는 왼쪽이다」라는 첫 시집을 발간했다. 그리고 3년 후 2010년 가을, 고희古稀,기념 수필집 「연분」을 부끄러운 줄 알면서도 알몸 들어내듯 내 삶의 흔적들을 세상의 거센 물결 위에 쏟아 놓고 말았다.

아무리 노력해도 운이 따라주지 않으면 인력으로 안 된다는 것을, 내 나이 칠십 줄에 들어 굽이굽이 되돌아보며 알기까지 참으로 오랜 세월이 걸렸다. 앞으로 건강이 허락하는 날까지 욕심 부리지 않고 글 쓰는 즐거움으로 보람을 찾고 싶다. (14.08)

함벽루와 해월이

황강에 발 담그고 유유히 흐르는 세월을 씻고 있다. 함벽루涵碧樓, 유구한 역사와 함께 말없이 지켜보았을 강변에 잠시 머물렀다 날아갈 듯 날렵하다. 희고 긴 돌기둥은 마치 먹이 찾아 강물에 첨벙 뛰어든 학의 다리처럼 가냘픈데 찰방찰방 노래하는 물결이 함께 있어 700여 년을 견디어 왔으리라.

누각에 올라 주변 경관을 둘러본다. 확 트인 넓고 맑은 강물, 끝없이 펼쳐진 눈부신 백사장, 누각 바로 옆 무리 진 왕대밭 속에 남정석벽汀石壁南, 그 위의 천년고찰 연호사와 대야성 성벽, 강 건너 옥수처럼 맑고 넓은 정양호 등 합천팔경 중 오경으로 꼽히는 절경이다.

함벽루는 고려 충숙왕 8년에 당시 합주지사 김영돈이 창건했으며 700여 년 동안 일제침략, 6·25전쟁 등 온갖 국난을 이겨낸 합천의 지방 문화유적지다. 정면 3칸, 측면 2칸의 2층 누각인 오량구조 팔작지붕, 목조와가로 처마 빗물이 황강에 바로 떨어지는 운치 있는 배치다.

오랜 세월, 내로라하는 시인묵객들의 사랑을 한 몸에 받으며 발길이 머물던 곳, 누각 내부엔 조선시대 성리학의 대가인 남명 조식, 퇴계 이황의 시액 몇 편이 걸려있고 뒤쪽 바위엔 함벽루라 새긴 우암 송시열의 친필이 선연하게 음각되어 있다. 그중 남명의 시 한 수를 적어본다.

喪非南郭子 상비남곽자　남곽자 같이 무아지경에 이르진 못해도.
江水緲無知 강수묘무지　흐르는 강물만 멍하니 바라본다.
欲學雲浮事 욕학운부사　뜬구름의 일을 배우고자 하나.
高風猶破之 고풍유파지　높은 풍치가 오히려 깨어 버리네.

첫 구는 남곽자와 같이 잠시 자신을 잊고서 경치를 멍하니 바라본다는 뜻이리라. 그러나 어지러운 세상을 살아가는 남명은 함벽루에 올라 눈앞에 펼쳐지는 순수한 자연에 몰입하며 무아지경에 빠져보고 싶었을 것이지만 바쁜 국사에 여념 없어 그런 여유를 가질 수 없는 안타까운 마음을 잠시 틈을 내 누각에 올라 몇 수 남겼다고 전해온다.

60여 년 전 어릴 적 초파일이면 어머니를 따라 함벽루 옆에 있는 연호사에 가곤했다. 6·25전쟁이 끝나고 세월이 조금 지난 후, 연중 부처님 오신 날만은 과년한 처녀들도 가까운 사찰 나들이는 허용했다. 동구 밖 출입도 어림없었던 시절, 음력 사월이 다가오면 근동의 친구들과 모처럼 만날 생각에 일이 손에 잡히지 않았다. 그날 입을 옷가지를 다듬고 만질 때면 가슴 설레는 기쁨이기도 했다. 분홍색 물항라 단 넓은 주름치마에 눈처럼 흰 모시적삼 매듭단추 여며 입고 금박무늬 자주색 갑사댕기 차림이면 그 시절 최고의 멋쟁이 차림이었다.

옛말에 염불은 마음이 없고 잿밥에만 눈독 들인다더니 다 큰 처자들이 십수 명 뭉쳐 다니며 부처님 전 불공은 나중이다. 읍내에 있는 사진관에 우르르 몰려가서 꿈같은 시절의 추억 한 자락 사진 속에 묶어두고 다 늦게 연호사 큰 법당에 들러 부처님께 절 몇 번 올린 둥 만 둥 뒷전이고 함벽루에 올라 욕심 없는 대자연 속에 흠뻑 빠져들었다.

그 옛날 경치 좋고 물 있으면 정자 짓고 봄가을 꽃놀이, 단풍놀이 몇 순배 술잔이 오가면 시 한 수 읊어야만 행세하는 선비라 할 수 있었던 그 시절의 문화였다. 누각에는 어느새 이 고장 시인묵객 한량들이 다 모인 듯싶다. 이름난 명기, 명창들의 장구와 가야금, 노래와 춤이 질펀하게 한바탕 어우러진다.

그 가운데 합천의 명기, 해월이도 상석에 우아한 모습을 드러낸다. 한 떨기 모란처럼 화사했던 한 시절은 가고 하릴없이 뒷방에 물러앉은 퇴기지만 한때는 이 고장 제일가는 명기다운 풍모가 잔잔하게 배어있다. 황진이가 송도삼절이면 합천의 해월이는 거문고의 대가요 달인이 아니던가.

해월이 섬섬옥수 거문고 소리를 듣기 위해 사월 초파일 누각 주변에는 사람들이 구름 같이 모여들어 숨죽이며 기다린다. 고운 옥빛 모시치마 위에 짙은 갈색 거문고가 주인 손끝만을 기다린다. 거문고는 울림통, 현, 궤, 안족, 술대 등으로 구성되어 있다. 또한 정악용 거문고와 산조용 거문고가 있는데 구조는 거의 같고 크기만 약간 다르다. 안족은 돌배나무와 벚나무를 쓰고 궤는 오동나무로 쓴다. 오동나무 공명판 위에 명주실로 꼰 6개의 줄을 걸고 3줄은 16개의 궤위에 얹어놓고 나머지 3줄은 가야금처럼 안족으로 받쳐 놓았다.

드디어 높고 낮은 음률이 흘러나온다. 왼 손은 줄을 짚고 오른 손은 술대를 잡아 튕긴다. 한을 토해내는 듯, 흐르는 강물에 서러움마저 쏟아내고 저려오는 빈 가슴에 무엇으로 그 목마름을 채울 것인가. 평소에도 가끔 누각에 올라 강물을 벗 삼아 거문고를 뜯으며 세월을 보내던 해월이.

무엇이 한 여인을 그 토록 방황하게 했을까. 검은 비단보자기에 거문고를 쌓아들고 떠돌며 방랑을 했다. 넓은 호수가 있고 비교적 큰 우리 마을에 들러 종일 호숫가에 정신 놓고 앉았다가 다저녁때 마을로 내려와 들어 줄 몇 사람만 있으면 거문고를 뜯으면서 노래 가락을 뽑았다.

청산은 내 뜻이요 녹수는 님의 정이
녹수 흘러간들 청산이야 변할 손가
녹수도 청산 못 잊어 울어 니어 가는고
-황진이

매화 옛 등걸에 춘절이 돌아오니
옛 피던 가지에 피움 즉도 하다만은
춘설이 난분분하니 필동말동 하여라
-매화(평양기생)

황진이와 매화를 능가했던 합천의 해월이. 달 밝은 밤 함벽루에 올라 심연의 늪에 빠져 흐느끼듯 거문고를 뜯는 그녀의 손은 마치 검은 학이 춤을 추는 것 같았다고 한다.

어느새 반세기란 세월을 훌쩍 보내고 누각에 놀라보니 '산천은 의구하되 인걸은 간데없다'고 노래한 야은의 시구를 떠올리며 내 가슴 한켠이 이리도 아려옴은 무슨 까닭일까.

세월처럼 흘러가는 면경 같은 황강 물에 지난날 내 모습을 찾아보건만 한 가닥 연초록색 바람이 옷깃을 흔들 뿐이다. (08.05)

현대시 백 년도 지나고

봄은 소리로 오고 가을은 빛으로 온다고 했던가? 가을은 잘 차린 잔 칫상처럼 풍성하다. 가을은 멋과 낭만이 함께 어우러진 자연 속 갤러리 다. 여기저기서 시 낭송과 시화전, 출판기념회 등 크고 작은 문학행사 로 가을 산 단풍만큼이나 화려하고 다양하다.

우리나라 현대시 100년사에 빛나는 육당 최남선의「해에게서 소년에 게」가 1908년 11월 1일 『소년』지에 처음 발표되었다. 한국시인협회 와 한국현대시인협회는 이날을 시의 날로 정했다.

5년 전, 2008년 11월 1일 현대시 100주년 시의 날을 맞아 우리 문 학회에서는 군포 갈치저수지 옆 야외에서「별들의 잔치」를 열었다. 잔 잔한 음악 속에 시인들의 시 낭송과 문후작가회 5집 출판기념회도 함 께 가졌다.

그 이후 문후작가회는 해마다 별들의 잔치로 시의 날 축제를 열고 있다. 2012년 11월 1일 시의 날을 맞아 가을 문학기행 차 순흥 소수서원을 찾았다. 오방색 단풍잎이 마지막 절정인 가을 끝자락, 그윽한 솔 향기 코끝에 감겨오는 소수서원 정원에서 소곤소곤 별들의 잔치가 어우러졌다. 긴 세월, 한결같이 우리 문학회는 연중 수차례 문학기행을 떠난다. 반복되는 일상에서 잠시 벗어나 철 따라 변하는 대자연과 하나 되어 견문도 넓히면서 자칫 소외감에 무기력해지는 자신을 되돌아보게 하는 활력소가 되고 있다.

2013년은 어느 때보다 배준석 시인의 활동이 돋보인 해였다. 안양 석수도서관의 초빙으로「길 위의 인문학」특강의 진수를 보여주며 대단한 반향을 불러일으켰다. 또한, 우리나라 내로라하는 유명 작가들의 그 시절 시집, 소설, 수필집 등 전설 같은 귀한 책자들을 전시하면서 우리 문우들의 개인 작품집들도 함께 전시되었다. 그 밖에「해설이 있는 시 낭송」을 비롯하여 시사전, 문학이후, 사화집 등을 내고 팀마다 동인지 출판기념회 등 쉴 틈 없이 바쁜 가운데서도 알찬 한 해를 보냈다.

작년과 올해 문우들의 땀 흘려 가꾼 일 년의 결실인 작품 보따리를 모두 풀어 놓았다. 고운 꿈 가득 찬 수많은 이야기 보따리 속에 해맑은 가을볕에 잘 여문 알곡 같은 작품들이 금화처럼 쏟아져 나와 안 먹어도 배부른 가을 들녘처럼 풍성했다. 또한, 늘 그랬듯 배준석 시인은 문학이후를 이끌어 갈 젊고 참신한 숨은 인재들을 시인의 예리한 안목으로 발굴하여 한 번은 거쳐야 할 관문인 신인상 등단의 기쁨과 희망, 그리고 꿈을 심어주었다.

그런데 언제부턴가 나는 사계절 중 가을은 왠지 너무 짧다는 생각이 들어 괜스레 아쉬워 까닭 없이 우울하고 초조해진다. 안산 우리 동네는 좌, 우 가까운 곳에 철 따라 변하는 아름다운 공원이 끝없이 펼쳐져 있다. 가을은 항시 이곳을 먼저 찾아와 무지갯빛 채색으로 곱게 물들일 때쯤이면 곳곳마다 가을 문학축제도 절정을 이룬다.

며칠 전, 고향 출향문인회 초대회장인 청송 김송배 시인의 출판기념
회에도 다녀왔다. 행사장은 서울 중심가에 위치한 결혼예식장이었다.
초대장에 화환이나 꽃바구니를 사절한다고 했지만, 식장 입구에 화려
한 화환들이 먼저 환하게 초대 손님들을 맞고 있다. 식장 안으로 들어
서자 우리나라 유명 원로시인, 작가들은 다 모인 듯했다. 현재 한국문
인협회 부이사장인 김송배 시인은 시집을 비롯해 산문집, 시론집, 시
창작교재 등 스물네 권의 책자를 내고도 출판기념식은 처음 한다고 사
회자가 말한다. 평소 한결같이 자상하고 선한 인품을 항상 존경해왔지
만 정말 이 시대가 원하는 청빈한 선비정신의 진면목을 새삼 엿볼 수
있었다.

몇 해 전 나는 변변찮은 첫 시집을 내고 구름 속을 둥둥 떠다니는 듯
했던 그 기분은 7년여 세월이 흐른 지금도 잊지 못한다. 수필집 출판기
념회 때도 몇 날을 가슴 설레며 철없이 밤잠까지 설쳤는데 그때를 지금
생각하면 부끄럽기 한량없지만 그래도 행복했다.

올가을도 별들의 잔치를 문후작가회 사화집 출판 기념회와 함께 거
행했다. 그때 그 시절을 생각하며 육당의 시 「해에게서 소년에게」 2절
까지만 옮겨본다.

처……ㄹ썩, 처……ㄹ썩, 척, 쏴…… 아.
따린다, 부순다, 무너 바린다.
타산 같은 높은 뫼. 집채 같은 바윗돌이나.
요것이 무어야, 요게 무어야.
나의 큰 힘 아니냐, 모르나냐, 호통까지 하면서
따린다, 부순다, 무너 바린다.
처……ㄹ썩, 처……ㄹ썩, 척, 튜르릉, 꽉.

처……ㄹ썩, 처……ㄹ썩, 척, 쏴…… 아.
내게는, 아모 것도, 두려움 없어,
육상에서, 아모런, 힘과 권을 부리던 자라도,
내 앞에 와서는 꼼짝 못하고,
아모리 큰 물건도 내게는 행세하지 못하네.
내게는 내게는 나의 앞에는
처……ㄹ썩, 처……ㄹ썩 척, 튜르릉, 꽉.
　　　　– 최남선 「海에게서 少年에게」

　10년이면 강산도 변한다고 한다. 그런데 내가 걸어온 10년은 사치
스런 추억이 아니다. 문학은 내 평생 소원이고 꿈이었다. 자칫 꿈으로
끝날 뻔했던 가슴 태운 그 소원이 뒤늦게 느닷없이 한 줄기 빛처럼 찾
아왔다. 환상의 꿈이 아닌 드라마 같은 현실에서 또 다른 꿈을 꾸며 신
께 감사드리고 운명처럼 만난 스승께 늘 감사드린다. 항시 함께하며 안
보면 몸살 나는 안양문인클럽, 식구 같은 문우들 너무나 사랑한다.
　앞으로 건강이 허락하는 한 누가 알아주지 않아도 관여치 않는다.
욕심부리지 않고 지금과 같이 문학을 사랑하며 작가라는 긍지로 항상
글 쓰는 즐거움이 영원할 내 말년의 청사진을 그려본다.
　오늘따라 괜스레 코앞의 불타는 늦가을처럼, 잦아드는 가슴속 그리
움 하나 무단이 들썩거린다. (13.11)

책을 묶으며

화덕 같은 무더위는 지치지도 않는지, 아직도 기세등등하여 밤이면 열대야로 잠 못 이룬다. 하지만 절기는 날씨와 상관없이 가을을 재촉하는 백로다. 첫 이슬이 내린다는 백로, 가을은 고양이 걸음처럼 살금살금 늦여름 화구 속으로 겁 없이 기어든다.

처서에 비가 오면 십 리 천 석을 감減한다는 옛 어른들께 들은 말이 생각난다. 흉년이 든다는 이야기다. 올해 처서에 비가 오더니 계속되는 궂은 날씨 때문에 채소가 금값으로 뛴다.

연례행사처럼 반복되는 물 피해를 보며 농촌에서 잔뼈가 굵은 나는 농부들의 고통을 피부로 느끼게 된다. 불 난 자리는 있어도 큰물이 쓸고 간 자리는 흔적도 없다고 한다.

칠월 장마는 꾸어서라도 댄다고 한다. 칠월이면 양력 팔월이 아닌가. 늘 이맘때면 심한 가뭄으로 애간장을 태우다가 기다리던 단비, 해갈의 기쁨도 잠시일 뿐이다. 또다시 장마와 태풍 앞에 우는 농심, 그렇게 수천 년 이 땅을 지켜온 농심은 천심이라 했다.

거센 비바람에 거목은 부러지고 뿌리째 뽑혀도 힘없는 잡초들은 채이고 짓밟히며 그 무서운 바람 앞에 이리저리 쓰러졌다, 스스로 일어선다. 그래서 이 땅의 백성들을 민초라 했던가?

내가 사는 안산, 이곳으로 이사 온 지 십여 년이 되었다. 지명이 말해주듯 그동안 눈사태나 큰 비바람 한 번 겪어본 적 없는 편안한 곳이다. 올여름 뜻밖에도 서해안을 강타한 불청객 곤파스란 놈이 철없이 저지른 광란으로 안전지대에 몰아닥친 재앙은 너무나 컸다. 상상을 초월한 광풍의 괴력 앞에 인간은 한없이 나약했다.

우리 동네는 단독주택이 주를 이룬다. 여기저기 옥상에서 간장 항아리들이 폭풍우에 휩쓸려 서로 부딪치며 깨지는 소리가 흡사, 금속성같이 지축을 흔드는 뇌성과 함께 자지러진다. 우리 집 옥상에도 김장때나 꺼내 쓰는 커다란 고무통과 자질구레한 생활도구들이 남의 집 옥상과 길바닥으로 날아가 버렸다. 항아리가 깨져 담아둔 소금은 흔적도 없고, 뚜껑이 날아가는 바람에 간장과 된장은 빗물로 범벅이 되었다.

거리엔 가로수가 뿌리째 뽑히고 넘어져 자동차 발목을 꼼짝없이 묶어 놓았다. 상가 간판들은 무기로 돌변해 날아다니며 사람을 공격하는가 하면 곳곳에 전신주가 부러지고 쓰러져 전기가 끊겨 상가는 모두 철시를 했다. 전화, TV가 다음날까지 불통 되어 라디오로 뉴스를 들으며 5, 60년대로 되돌아간 느낌이 들었다. 동네 가까운 산속은 6·25전쟁 때처럼 수십 년 된 나무들이 폭격을 맞은 듯 전쟁터를 방불케 했다.

나는 그 와중에 수필집 원고 마지막 퇴고를 마쳤다. 그런데 긴장이 풀렸는지, 유난스런 폭풍우에다 늦더위에 지쳤는지 계속 30도를 웃도는 염천에 개도 안 한다는 감기몸살이 엄습해 왔다. 오한과 신열로 입안이 바짝바짝 마르며 목이 부어 물도 못 삼키고 입맛이 떨어져 아무것도 먹고 싶은 게 없다. 온몸이 결리고 옆구리가 너무 아파 병원에서 초음파를 해보았으나 이상이 없다고 한다.

배고프던 시절, 감기는 식사 때가 되면 밥상 아래 내려앉는다고 했다. 밥 먹으라고 상머리에 내려앉던 토종 감기와 달리 요즘 매몰찬 신종독감은 오히려 상위에 먼저 올라앉아 밥 대신 독한 양약과 항생제를 장복하게 한다.

예기치 못한 광풍에 놀라고, 찜통 같은 무더위와 싸우며 마지막으로 훑어본 수필집 원고 보따리를 출판사에 넘겼다. 이 나이에 언감생심 두 번이나 출판의 기쁨에 만감이 교차한다. 이래저래 팽팽하던 긴장이 늘어진 활줄처럼 풀려 오만 전신이 다 아프다. 3년 전 멋모르고 시집을 묶을 때는 잘 몰랐다. 이번 수필집을 묶으면서, 물론 나이 탓도 있겠지만, 한더위와 맞물려 20여 일을 자리보전 하고 앓았다. 사람들은 책 한 권 세상에 내놓으면서 흔히 산고産苦의 아픔에다 비유함을 어렴풋이 알 것 같았다.

절절 끓는 한여름도 처서와 백로가 지나면 한풀 꺾일 것이다. 내 마음도 맑고 푸른 가을 하늘을 나는 듯 무거운 짐을 내려놓고 나니 편안하다. (10.09)

3 고삐

태평이
산통점
눈 위의 발자국
봉제사
함박눈 내리는 날이면
꿈꾸며 걸어가다
아세
두고 온 고향·1
두고 온 고향·2
전쟁이 할퀸 상흔
뒤늦게 찾은 보람
고삐

태평이

우리가 숨 쉬는 지구 상에는 바닷가 모래알보다 많은 생명체가 존재한다. 그들은 누군가 지어준 이름을 꼬리표처럼 달고 더불어 살아간다. 그중 만물을 지배해 온 인간의 수가 자그마치 70억이 넘는다고 한다. 그 많은 인구의 절반이 여자라는 사실이다. 그런데 5, 60년 전만 해도 우리나라는 여자가 월등하게 많았던 것 같다. 우스갯말로 남자 한 사람에 여자는 두 트럭 반에다 한 명은 트럭 뒤에 울면서 뛰어간다는 말이 있었다.

나라마다 기후와 풍습, 문화가 다르지만 우리나라처럼 남아 선호사상, 남성우월주의 나라도 드물 것이다. 딸자식도 배 아파 낳은 자식이다. 어느 부모 없이 예쁜 단어 골라지어 애지중지 불러주던 이름이 있다. 그런데 여자는 시집을 가면 이름은 없어지고 뜻밖에도 새아기, 새사람, 새댁, 누구네 며느리, 누구 마누라, 아무개 엄마로 통한다. 또 친정이 부산이면 부산댁이라 불렸다. 이름 아닌 같잖게 많은 별명을 마치선심 쓰듯 붙여주며 힘없는 여자에게 꽁꽁 올가미를 씌웠다.

별명은 그 사람의 장단점과 익살, 유머가 함축돼 있다. 그러나 딱히 누가 지었는지 잘 모른다. 이름보다 별명으로 더 많이 통하는 사람도 있는가 하면 좋은 별명 덕에 부자가 되는 사람도 있다고 들었다. 더 재미있는 일은 할아버지의 별명이 아들과 손자까지 대물림으로 내려오기도 한다는 것이다.

유난스런 겨울 끝자락처럼 오슬오슬 가슴 시린 유년의 추억들이 물안개 같이 피어오른다. 어릴 적 내 친구 할아버지는 동네 사람들이 독면장獨面長이라 불렀다. 왜 하필 독 면장일까, 늘 궁금했는데 아버지께 듣고 이유를 알고는 얼마나 배를 쥐고 웃었는지 모른다. 말똥만 굴러가도 웃는다는 철없던 시절이 아니던가.

그 시절 시골 사람들은 선거가 무엇인지 듣도 보도 못했다. 처음으로 선거를 하다 보니 홍보가 미비한 탓도 있었을 것이다. 몇십 리 밖의 출입도 거의 없었던 꼬장꼬장한 시골 선비양반이 생전 처음 면장선거를 하러 갔다. 그때 선거용지에다 본인의 이름 석 자를 크게 써놓았다고 한다. 그 이후부터 면민이 다 아는 독 면장이 되었다. 그런데 할아버지 별명을 동네에선 아들도 독 면장, 지금의 손자도 독 면장으로 부른다.

친정 일족 중엔 이름 대신 맨밥으로 불리던 멀대같은 아저씨도 있었다. 집안 잔치 때나 동네 사람들이 모여 중요한 회의 도중일 때도 쓸데없이 불쑥 끼어들기 일쑤였다. 손위 어른들께서 마뜩잖아 "또, 저저 싱겁기는" 핀잔이었다. 그때 옆에서 누군가 작은 소리로 "달리 맨밥이던가." 갑자기 여기저기서 모두 잔기침 참듯 캑캑하다 한꺼번에 웃음보가 터진다. 그렇지만 아저씨는 주사酒邪로 누구와 싸우거나 남에게 피해를 주는 일은 없을뿐더러 건강하고 훤칠한 외모에 아들딸 낳고 잘 사는 가장으로 손색이 없었다.

기억은 머릿속에 남고 추억은 가슴속에 남는다고 했던가. 다저녁때 내려놓은 빛 잃은 햇살처럼 아슴아슴 생각이 난다. 지금도 내 고단한 기억 속을 맴도는 또 한 사람이 있다. 조무래기 아이들의 돌팔매를 피할 줄 모르던 사람, 비 오면 남의 집 처마 밑에 쪼그리고 앉아 추적추적 날비를 맞던 사람, 굶기를 밥 먹듯 하며 남루한 누더기에 사철 발 벗고 살던 사람 동네 사람들은 그를 일러 태평이라 불렀다.

바로 옆 동네에 부모형제와 그 사람 처자가 산다고 했다. 때때로 형제들이 찾아서 집에 데려다 놓고 성찬에다 새 옷으로 갈아 입혀 집에만 있으라고 사정사정 붙들어도 소용이 없다고 한다. 그런데 이상하게도 태평이는 다른 동네는 가지 않았다. 항시 우리 동네서만 이집 저집 헛간이나 짚동 사이에서 자고 집집마다 돌아다니며 말도 표정도 없이 밥을 주면 먹고 안주면 굶었다. 우리 집에는 2. 3일에 한 번씩 찾아왔다. 동네 예닐곱 살 또래 여자아이들이 괜스레 떼쓰며 말 안 듣고 울 때마다 '태평이에게 시집보낸다.' 하면 그만 울음을 뚝 그치게 한 태평이.

시골농번기, 모내기하는 날은 부지깽이도 한몫한다는 말이 있다. 어머니 혼자 많은 일꾼 새참하랴, 점심하랴, 소 죽 끓이랴 뒤돌아볼 새 없이 바쁠 때에 태평이가 마침 찾아오면 어머니는 태평이가 이웃사촌보다 낫다고 했다. 이것저것 일을 시키면 실어증으로 말은 못해도 국솥에 불도 때고, 나물도 다듬으며 어머니 일손을 많이 거들어주었다. 하지만 하룻밤 자고 나면 새벽같이 어디론가 가버렸다.

어머니는 항시 태평이를 사람이 모자라긴 해도 천성이 착해 남을 해코지할 줄 모르는 티 없이 맑고 순한 심성이라며 측은지심이 앞선다고 했다. 2. 3일이 멀다고 껑충껑충 찾아오면 어머니는 하루 같이 반갑게 맞아주며 다독다독 따뜻한 밥을 배불리 먹였다.

그 사람도 결혼해서 자식까지 둔 어엿한 가장이라 했다. 무슨 충격을 받았기에 한 남자의 말문을 그토록 닫게 했을까. 부모와 처자가 있는 고향 집 지척에서 피붙이의 소중한 연을 끊고, 실어증에 걸려 그토록 자신을 학대하며 바보처럼 살아가던 태평이. 50여 년이 지난 지금 무단이 생각이 난다. (13.02)

산통점算筒占

요즘 우리나라 사람 평균 연령이 80세를 넘어섰다. 지난 5, 60년 전만 해도 환갑 진갑 지나면 장수한다 했는데 어느새 내 나이 그 시절 부모님 나이를 훨씬 넘겼다. 생각하면 한나절 꿈을 꾼 것 같은데 때때로 돌아보면 겹겹이 쌓이고 서린 자욱한 잔상들이 골 깊은 그리움만 남아 가슴속 깊은 곳까지 꽉 차있다.

어릴 적, 막내인 나는 어머니가 마을 어디를 가든 한사코 치맛자락을 붙들고 쫄랑쫄랑 따라다녔다. 그 당시 우리 마을엔 산통점을 잘 치는 시각장애인인 여자 점술가가 있었는데 마을에선 아이 어른 할 것 없이 '태사'라 불렀다. 그녀는 아들딸 남매를 두고 일찍 혼자되었다. 당시 태사 집에는 요즘 마을회관처럼 사람들 발길이 끊이지 않았다.

눈 밝은 사람 못지않게 아이들을 잘 키우면서 바느질, 길쌈, 모든 집안일을 예민한 감각으로 거의 손색없이 해냈다. 거기에 점술이 신통하다는 입소문을 타고 먼 곳에서 먼저 알고 점 보러오는 사람들이 줄을

이었다.

태사가 점을 칠 때 사용하던 산통이라는 점통은 아름다운 매화와 모란꽃이 새겨진 차갑도록 희고 고운 순은이었다. 산통 양쪽 끝은 약간 도보록하게 막혀있고 중앙에 산가지가 들락거리는 작은 구멍이 있었다. 그리고 성냥개비 같은 산가지에는 많고 적은 눈금들이 정교하게 나 있었다.

가끔 태사의 점치는 모습이 떠오른다. 먼저 그 사람의 생년월일부터 물어본 다음, 산통 양쪽에 난 구멍을 엄지와 중지로 막고 아래위로 흔들면서 웅얼웅얼 무슨 주문을 외웠다. 한참 후 산가지를 집어내어 다듬다듬 만지며 눈금을 세어본 후 통에 넣고 손가락 열두 마디를 엄지로 짚으며 같은 방법을 수차례 반복했다. 그렇게 산가지를 넣고 흔들 때면 산통에서는 명징한 소리가 났다.

어머니와 태사는 동갑이면서 가까운 이웃이자 친구 이상으로 친분이 각별했다. 그때는 모두 배고픈 시절이라 가끔 태사와 어려운 친척들을 불러 배불리 먹이던 어머니는 그 옛날 천석꾼 집안의 구 남매 중 맏딸이라 했다. 부잣집 딸답게 음식 솜씨가 남다른 데다 손이 커서 제사를 모실 때나 별미를 할 때는 늘 푸짐하게 장만하여 배고픈 이웃들과 나누어 먹었다.

내 나이 예닐곱 살 되던 해 정초였다. 우리 가족 일 년 신수점을 보고 나서 태사는 내 얼굴을 양손으로 다듬다듬 만져보고, 손가락 마디를 몇 번씩 짚어본 다음,

"아뿔싸, 애석한지고. 너거 막내는 여자가 남자 사주로 너무 과하게 타고났니라."

하여 명이 짧다면서 한숨을 내쉰다. 그 말을 듣고 또 기함을 한 어머니는 "이놈의 사주야 팔자야, 내가 전생에 무슨 죄를 그리 많이 지었던

고." 하며 또 눈물보가 터진다.

내 어머니는 아들 넷, 딸 여섯 십 남매를 낳아 모진 전염병으로 잃고 겨우 딸 셋을 붙들었다. 눈에 넣어도 아프지 않을 자식들, 일곱 남매를 애장골에 묻고는 눈이 오면 울고, 비바람 몰아칠 때면 한밤을 꼬박 새우며 어린 것이 추워서 어쩔거나 애끓는 목울음을 삼키면서 울고 또 울어 어린 나도 멋모르고 겁이 나서 따라 울었다. 약 한 톨 없던 시절 하루가 멀게 견디기 힘든 편두통마저 항시 어머니를 괴롭혔다.

언제까지 울고만 있을 수 없던 어머니는 무슨 수가 없겠느냐고 태사한테 매달린다. 태사는 산통을 연신 흔들며 산가지와 손가락 마디마디를 수없이 짚어보고 나서

"사람은 이승에 올 때 칠성님 전 명을 받아 아버님 전 뼈를 빌고 어머님 전 살을 빌어 이 세상에 태어났다"면서 절에 가서 칠성당에 아이 이름을 올리고 부처님 전에 정성을 다해 수명장수를 빌어보라고 했다.

어머니는 태사 말이 떨어지기 무섭게 집에 와서 목욕 재개하고 다음날 새 옷으로 갈아입고 합천읍에 있는 연호사를 찾아갔다. 칠성당에 내 이름을 올려놓고 밤새워 부처님 전에 일천 배를 올리면서 수명장수를 빌고 또 빌었다. 다음날 집에 오면 다리가 붓고 아파서 며칠 동안 걸음을 옮기지 못했다.

집안에서 살림만 하던 어머니는 생전 처음 절에 가서 큰스님의 설법을 들으며 새로운 경험을 하게 되었다. 인간의 능력으로 미치지 못하는 불가능도 부처님의 끝없는 도량과 자비로 무엇이든 가능하다고 믿게 되었다. 그 후 어머니는 초하루와 보름, 한 달에 두 번 장설이 쏟아져도 억수장마에도 빠짐없이 시오 리 길을 걸어 절을 찾았다. 그리고 밤새워 무릎이 닳도록 절을 하며 돌아가실 때까지 딸자식의 수명장수를 빌었다.

산통점이 무엇인지 모르지만 태사의 말 한마디에 어머니는 희망의 끈을 붙들고 놓지 않았고 더는 울지도 않았다. 절에 갈 때마다 목욕하고, 새 옷 갈아입고 찧어놓은 쌀도 다시 절구질해서 깨끗한 무명보자기에 싼 채로 부처님 전에 놓고 천 배, 때론 이 천 배를 올리며 밤새도록 딸자식의 수명장수를 비는 것이 낙이었다. 지성이면 감천이라 했던가. 내가 이 나이가 되도록 건강을 유지하며 사는 것도 어머니의 무한한 사랑 때문이다. 이제 갚을 길 없는 은공을 쓰리고 아픈 가슴에 묻고 산다. (13.01)

눈 위의 발자국

살금살금 도둑고양이처럼 간밤에 기척 없이 장설이 내렸다. 이렇게 춥고 폭설이 잦은 걸 보면 여름에 또 얼마나 덥고 많은 비가 올까 걱정이 앞선다. 하지만 지금 창밖 세상은 눈부신 흰빛으로 정지된 아름다움의 극치를 이룬다. 아무리 달나라를 오가는 첨단과학시대라지만 인간의 능력으로는 어림없는 무채색 정원에 날 선 새벽공기를 비집고 조촘조촘 여명이 밝아온다.

하얀 백설기처럼 다복다복 눈 쌓인 길을 누가 먼저 흠집 낼까? 갑자기 골목 안의 무법자 자동차가 먼저 꿈틀거린다. 시커먼 짐승처럼 커다란 발자국을 길게 남기며 굼실굼실 기어 나온다.

문득 수많은 추억이 앙금처럼 가라앉은 내 고향 겨울 풍경들이 선연하게 떠오른다. 어릴 적 겨울 아침에 일어나면 하늘이 좁은 산골이 갑자기 흰색뿐인 설국으로 변했다. 우리 집은 바로 산 밑이었다. 한겨울 폭설이 쏟아질 때면 먹이 찾아 인가로 내려온 동물들이 눈 덮인 안마당과 넓은 텃밭에 남긴 하얀 발자국들이 자박자박 낙인처럼 찍혀있었다.

어느 시인은 눈 위의 개 발자국을 매화꽃으로, 닭 발자국을 대나무 잎으로 보는 안목에 놀랐다. 예나 지금이나 시골에 눈이 오면 동네 개들이 제 세상 만난 듯 눈 위에 뒹굴며 떼로 몰려다닌다. 머리 나쁜 달구새끼는 눈을 모이로 아는지 온종일 파헤친다. 또한 눈 온 다음 날은 포근하여 거지들이 빨래하는 날이라 했다. 그런데 겨울철 별미 같은 삼한사온三寒四溫이 자취를 감춘 요즘, 눈 덮인 빙판길이 호랑이보다 무섭다.

어릴 적, 일 년에 몇 차례씩 기일이 돌아오면 제사를 모신 후 친척들이 먼저 음복하고, 동네 사랑방마다 밥과 장만한 음식들을 푸짐하게 보냈다. 동네 사랑방은 상시로 타성 이성 할 것 없이 남정네들이 모여 놀면서 오늘은 누구 집, 다음엔 또 뉘 집일까? 제삿날을 꼽고 있었다. 사랑방뿐만 아니라 이웃에도 밥과 음식을 골고루 담은 함지박을 언니와 재종숙모들이 머리에 이고 나는 술 주전자와 등불을 앞에서 들고 추워서 벌벌 떨며 집집마다 돌렸다. 긴 세월 우리 고향에 이어져 내려온 인정과 애환을 함께 한 전통문화였다.

새벽녘에 잠깐 눈을 붙이는 둥 마는 둥 하는데 좀처럼 큰소리를 내지 않던 어머니께서

"순애야! 영애야!"

갑자기 언니와 나를 큰 소리로 부르는 바람에 깜짝 놀라 나와 보니 축담에 포개놓은 볏섬 하나가 없어졌다. 지난밤 초저녁부터 새벽까지 부엌과 볏섬 위에다 등불을 켜서 올려놓고 모두 새벽녘에 잠시 눈을 붙였다. 그때 누군가 등불을 끄고 볏섬을 가져간 것이다. 제삿날과 섣달 그믐날은 의례적으로 집안 곳곳에 초저녁부터 아침까지 등불을 켜두었다.

우리 고향에는 곳간에 곡식과 귀중한 물건이 들어있어도 자물통을

채우지 않았다. 방문도, 대문도 항상 열어놓았다. 마당이나 축담에 여러 가지 곡식들을 그대로 쌓아두어도, 남의 것은 건드리지 않는 인심이었다. 그런데 새벽녘에 누군가가 볏섬을 훔쳐간 것이다.

그 옛날, 농촌에는 새끼를 꼬아 만든 섬이나 가마니는 곡물을 담아 저장하는 데 없어서는 안 될 생활도구였다. 가마니는 짜는 틀이 있어 쉬웠지만 섬은 그렇지 않았다. 새끼줄을 가늘게 꼬아 여러 가닥을 길게 펴놓고 짚으로 촘촘하게 엮어서 손으로 만들었다. 한 섬이면 얼추 벼두어 가마니가 들어간다.

어쩌다 양식 걱정까지 하게 되었다며 어머니는 걱정이 태산 같았다. 답답하면 샘을 판다 했던가. 동네 산통점을 치는 태사 집에서 점卜이라도 쳐본다고 나가는 어머니 따라 나도 쫄랑쫄랑 따라 갔다. 어머니는 평소에 마실 온 것처럼 아무런 내색도 하지 않았는데 태사가 먼저

"내가 자네 집에 갈 때마다 짚고 오르내리던 그 나락 섬이 없어졌구먼."

어머니는 우정 아니라고 펄쩍 뛴다.

"나를 속이지 말고 귀신을 속여라."

태사는 가져간 사람이 남이 아니라며 힘들지만 그냥 두라고 한다. 어머니가 누구냐고 아무리 다그쳐도 꿀 먹은 벙어리 같았다. 그렇지만 한번 짚어나 보라고 하자 태사는 산통도 흔들지 않고 손가락 열두 마디를 몇 번 짚어보고는 하늘도 땅도 안 보이는 깊은 곳에 있다면서 찾을 생각하지 말라고 마음을 다독여 준다.

어머니는 마음을 비우려 해도 답답한지 집 뒤 대밭에도 들어가 보고 뒤 안을 둘러보다가 대밭 끝에 약간 경사진 길가에 살짝 미끄러진 방고무신 발자국을 보게 되었다. 우리 집 뒷길에는 산 아래 응달이라 눈이 잘 녹지 않았다. 어머니는 집에서 나간 눈 위의 발자국을 따라가 보

았다. 그런데. 6·25때 파놓은 방공호 앞에서 발자국이 딱 멎었다. 굴 속은 깊고 어두워 촛불을 밝히고 아버지와 함께 들어가 보았더니 우리 나락 섬이 거기에 웅크리고 있었다.

유리창 너머로 펼쳐진 설원에 내 고향 모래알처럼 많은 이야기가 포개진다. 저 티 없이 맑은 눈 위에 또 얼마나 많은 발자국이 흠집을 남기고 지나갈까. (13.01)

봉제사 奉祭祀

설이 코앞이다. 그런데 인천공항은 때 아닌 해외로 나가는 여행객들로 북새통을 이룬다. 금년 설처럼 연휴가 길면 해외에서 즐기려는 사람들이 갈수록 늘어난다고 한다. 그렇잖아도 가까운 친인척들이 거의 객지에 떨어져 살다 보니 설이나 추석 연휴 때 고향 한 번 가는 것도 쉽지 않다.

돌아가신 부모님 기제사忌祭祀도 모시지 않는 종교도 있다고 들었다. 더욱 놀랄 일은 가까운 곳에 사는 친형제가 제사에 참석하여 절은 아예 하지 않을뿐더러 제상에 올린 음식마저 먹지 않는다는 것이다. 그러니 친인척은 말할 것 없고 친 동기간이 추석이나 설이 돌아와도 서로가 불편해서 점점 왕래를 하지 않는다고 한다. 조상 산소는 말할 것 없고, 부모님 가신 날을 기리는 제상 앞에서 머리를 숙이지 않는다니 조상 섬기기를 하늘처럼 알며 잔뼈가 굵은 나로서는 도무지 이해가 되지 않는다.

5, 60년 전만해도 대가족이 한 울안에서 3, 4대가 함께 살았다. 층

층시하 어렵고 힘든 일도 많았지만 어른을 공경하는 마음가짐과 형제간의 우애가 자연스레 깊어져서 가족의 소중함이 은연 중 몸에 배이게 된다.

그 시절엔 일반적으로 조혼을 했다. 어린 나이에 자식을 낳게 되고 더러는 며느리와 시어머니가 같이 출산하는 경우도 많았다. 한 부엌에서 팔촌까지 난다는 말이 있고 보면 어렵잖게 생전에 고손자高孫子를 보았을 것이다. 그래서 사대봉제라 한다. 4대인 고손까지 기제를 모시다가 5대가 되면 시제로 올려 모시게 된다.

추수가 끝나는 시월 중순이면 우리 고향에서는 지금도 예나 다름없이 가장 중요한 연중행사가 조상님께 시제를 모시는 일이다. 때문에 일 년 열두 달 중, 음력 시월을 상달이라 높여 부른다.

맏형은 부모와 같다 하여 장형부모長兄父母라 했다. 전례에 따라 맏형에서 장손으로 이어져 기제를 모시며 대종가로 내려온다. 그런데 우리는 집안사정으로 4형제 중 막내인 내가 15년 여 부모님 기제사와 시월 시제까지 모셔오다 작년 추석부터 큰댁 둘째 조카 집으로 모셔가게 되었다.

똑같은 자손이고 형제간이지만 형편 따라 처음 제사를 모셔올 때면 추석부터 모셔야 한다. 아무런 절차도 없이 모셔 와서 제삿날, 산해진미로 진수성찬을 진설해 올려도 조상은 그렇게 성의 없는 성찬은 운감殞感을 하지 않는다고 한다.

기제를 차남이나 손자가 모셔오려면 설이나 추석 전 기제사 때, 새로 쌀을 사서 새 그릇에 가득 담아 모셔올 집주소를 적어 쌀 위에 올려 제상 앞에 놓는다. 파제罷祭 후 생시처럼, '어머님 아버님 돌아오는 추석부터 제가 모시겠습니다. 우리 집으로 저와 함께 가시자.'며 절을 올리고 쌀그릇을 안고 자동차 앞자리에 앉아 '어머님 여기는 어디어디쯤

입니다. 이제 다 왔습니다.' 생시처럼 길안내를 한다. 집에 와서 다시 쌀그릇과 냉수를 상에 올려놓고 큰절을 올린 후 높은 곳에 두었다가 추석 차례상에 그 쌀로 메를 지어 올린다.

우리 시아버님은 사월 초파일이 기제 날이다. 15년 전 내가 부모님 기제를 모시고 올 때처럼 파제 후 조카도 똑같이 '할머니 할아버지 돌아오는 추석부터 제가 숙모님처럼 정성껏 모시겠습니다. 저희 집으로 가시자.'며 큰절을 올린 후 이번엔 질부가 쌀그릇을 안고 가서 그대로 두었다가 추석차례 상에 그 쌀로 메를 지어 올려야 한다고 차근차근 일러주었다.

조카 집으로 기제를 모셔간 후 무거운 짐을 내려놓은 듯 홀가분했다. 그런데 웬일인지 추석이 가까워질수록 뭔가 모르게 불안하고 허전해서 좀처럼 마음이 가라앉지를 않아 집안을 서성거린다. 내 마음이 이러할진대 내색은 않지만 남편은 얼마나 서운했을까?

시어머님은 팔순을 훨씬 넘게 장수하였다. 반면 시아버님은 남편이 어릴 때 돌아가셨기 때문에 기억이 전혀 없다고 하면서도 얼굴에 서운함이 그림자처럼 지나간다.

지난 50여 년, 긴 세월이 쏜살같이 지나갔다. 댕기머리 처녀이던 내가 결혼할 날 며칠 앞두고 참으로 신기한 꿈을 꾸었다. 시아버님이 내 방에 들었다고 친정 부모님이 얼른 들어가 인사를 올리라고 했다. 엉겁결에 매무새를 고친 후 방안으로 들어서자 깨끗하게 의관을 정제하고 의젓하게 앉아계셨다. 큰절을 올리고 잠깐 살펴보다가 그만 생시 같은 꿈을 깼다. 마른 듯한 체구에 얼굴이 갸름하고 약간 가무잡잡한 피부로 보였다. 나중에 시집가서 꿈 이야기를 했더니 시어머님과 손위시누님이 그 말을 듣고 내가 꿈에 본 모습과 똑 같다고 했다.

40대에 홀로된 시어머님은 가난밖에 물려받은 게 없어 굶기를 밥 먹듯 하면서도 5남매를 혼자 힘으로 훌륭하게 키워낸 장한 어머니다. 평소에 시아버님 말이라면 원망이 구구절절 하였다.

그날 꿈 이야기를 듣고 긴 한숨을 토하면서 막냇자식 울음소리는 저승까지 들린다더니, 아무리 며느리 사랑은 시아버지라 하지만 그 먼 길을 혼자 오다니! 시어머님은 끝내 목이 메어 말을 맺지 못했다.

명절이나 기제 때마다 정갈한 마음으로 제수용품을 미리 준비하면서 무엇을 빠뜨린 것은 없는지 늘 긴장을 늦추지 않았다. 상위에 제물을 진설하고 물러서면 항시 꿈에 본 시아버님 모습이 그림자처럼 잔잔하게 떠오른다. (11.02)

함박눈 내리는 날이면

날씨와 서방님 속은 언제 어느 때 변할지 아무도 모른다. 조금 전까지만 해도 멀쩡하던 날씨가 대한 땜하느라 갑자기 한치 앞도 분간할 수 없이 아예 눈 폭탄을 퍼붓는 것 같다.

다 저녁때까지 희끄무레한 회색 창 너머로 그저 산만하게 쏟아지는 눈발이 그칠 줄을 모른다. 폭설이 발목의 복숭아뼈까지 덮일 지경으로 장설이 내리면 도시의 골목 안에 있는 온갖 허물도 다 덮어준다.

이런 날, 살며시 눈을 감으면 환하게 밝아오는 눈 덮인 내 고향, 그리운 산야의 겨울풍경들이 휠휠 흩날리는 눈꽃 속에 사물거린다. 탁 트인 텅 빈 들판에 시리도록 흰 세상이 끝없이 펼쳐진다. 마치 이음매 없는 깨끗한 화선지를 깔아놓은 듯 티 없이 맑은 지난 시절이 하얀 꿈속 같다. 시간을 거슬러 오늘의 교차점에서 아득한 설렘으로 다가오는 유년의 추억들을 무채색 화선지에 차곡차곡 새겨본다.

먼 옛날 조용한 산촌에 요란스런 가을이 서서히 깊어지면 아버지는 남보다 먼저 가을걷이를 서둘렀다. 기름진 토양에서 맑은 햇살 받아 잘 여문 유실한 오곡들을 거두어 오밀조밀 갈무리를 하고 보리갈이와 마늘을 심고 나면 가을걷이가 얼추 끝이 난다. 하지만 잠시 쉴 틈도 없이 지붕과 담장을 이기 위해 아버지는 이엉을 엮는다. 그 시절에는 농촌 마을 어디를 가나 게딱지처럼 다닥다닥 어깨를 맞댄 초가들이 포근하고 정겨웠다.

200여 호 되는 우리 동네는 가을이면 한해도 거르지 않고 새 짚으로 갈아 인 지붕들이 황금빛으로 반짝였다. 월동준비가 거의 끝이 날 무렵이면 설, 추석 다음으로 중요한 시월 중순 시제를 지낸다. 집안 문중에서 한 해 동안 땀 흘려 가꾼 오곡백과로 선산에 시제를 모시고 조상의 음덕을 기린다.

시월상달의 연례행사가 끝날 때쯤, 된서리와 함께 겨울이 성큼 다가선다. 그때는 냉장고가 없던 시절이 아니던가? 엄마는 항상 기온이 뚝 떨어지기를 기다렸다가 다음 해 늦은 봄까지 먹을 갖가지 김치를 담근다. 지붕 이고 김장하는 날은 집안 친척과 이웃들이 돌아가며 함께했다. 김장 항아리와 무 묻을 구덩이를 파서 저장하고 콩 삶아 메주 만들고 청국장까지 띄워놓아야 엄마의 겨울나기는 끝이 난다.

아버지는 마지막 월동준비가 그저 남아있다. 맹추위 막아줄 닥종이로 방문을 바른다. 작년 이맘때 바른 문이 흠 없이 깨끗해도 아버지는 해마다 그랬듯 방문마다 새 옷으로 갈아 입혔다.

우선 문짝을 떼어 문살에 물을 뿜어 헌 종이는 모두 뜯어낸다. 우리나라 천연한지 닥종이는 천연실크 명주처럼 흰빛도 아닌 것이 노란빛도 아닌 것이 환상의 상앗빛만 한사코 고집한다. 질기고 부드러운 감촉으로 오랜 친근감이 손끝에 와 닿는다. 비단결 같은 닥종이에다 풀을 먹이면 정교한 문살 위에 주저 없이 휘감기며 혹독한 칼바람과 팽팽하게 밀고 당기며 한 치의 양보 없이 오기로 겨우내 버팅긴다.

먼저 안방 문고리 옆에 은은한 가을 정취 묻어나는 은행잎 하나둘 넣고 종이 한 겹 살짝 덧바르면 소박한 멋이 문살에 물씬 풍긴다. 그런데 종이 속의 예쁜 은행잎이 어린 내 눈에는 마치 노랑나비처럼 보여 겨울 동안 저렇게 나붓이 엎드려 있다가 따뜻한 봄이 오면 진짜 나비로 변해 나풀나풀 날아갈 것만 같았다. 그리고 작은방 문살 속엔 장독대 옆에 심어놓은 국화 꽃잎을 따서 넣는다. 한겨울 방안에 쌉싸래한 국화 꽃 향기가 내내 풍길 것만 같았다. 사랑방 문에는 왠지? 살짝 벌레 먹은 감나무 이파리로 멋을 부렸다.

아버지는 군담처럼, 바늘구멍에 황소바람 들어온다면서 문설주와 돌쩌귀 사이에다 종이를 여유 있게 마름질하여 문풍지를 붙여 꼼꼼하게 외풍을 막았다. 옛 어른들은 비유와 과장법도 시인처럼 구사하며 가난하지만, 마음은 항상 넉넉했다. 가끔 아버지는 가난은 죄가 아니라 부끄럽지 않고, 살아가는 동안 조금 불편할 뿐이라며 가난 앞에 임금님도 물러선다고 했다. 아무리 가진 것이 많아도 욕심이 많은 자는 마음이 늘 가난하다고 했다.

천연한지 원료인 닥나무는 야산 기슭이나 밭 언덕에 자생했다. 한번 심으면 해마다 뿌리에서 수없이 많은 가지가 2, 3m 높이로 훤칠하게 자란다. 여름에 밑동에서 바짝 잘라 땅을 파고 돌로 구들장을 깔아놓고 그 위에 닥나무를 올린 다음 가마니와 볏짚으로 싸서 흙을 덮고 밑에서 불을 지핀다. 익으면 삼과 같이 껍질을 벗겨 양잿물을 넣고 푹푹 삶아 수십 번 손질하면 깨끗해진다. 기계에 곱게 갈아서 네모난 커다란 통에다 적당량의 물을 붓고 닥을 풀어 고운 발틀로 떠내면 천연한지가 탄생한다.

일 년 중, 농부에겐 겨울 동안은 몸과 마음을 쉴 수 있는 유일한 계절이다. 봄이 올 때까지 2. 3개월 일손을 접고 새해에도 풍년의 부푼 꿈을 꾸며 해동하기를 기다린다. 긴긴 겨울 동안 심한 한파와 폭설이 오기 전에 부지런함이 몸에 밴 아버지는 가족들이 따뜻한 겨울을 나기 위해 항상 노력했다.

집안 대대로 내려오는 우리 산에서 소나무 가지치기를 하여 땔감을 마련했고 불쏘시개로 제일인 솔가리를 긁어왔다. 새벽 일찍 소죽부터 끓여 먹이고 그 시절 유일한 난방기구인 무쇠 화로에다 이글이글 타고 남은 숯불을 가득 채워 방으로 들여오면 작은 방안은 금방 봄 동산처럼 훈훈해졌다.

매일 아침 화로 속에서 거짓말처럼 파근파근한 감자와 군밤이 노릇노릇한 모습을 드러낸다. 나는 두툼한 아버지 솜저고리 속에서 얼굴만 내밀고 마치 제비 새끼처럼 주는 대로 오물오물 받아먹었다. 그렇게 예닐곱 살 될 때까지 아버지 넓은 가슴속 따뜻한 맨살에다 귀를 대고 있으면 쿵쿵 뛰는 심장박동 소리가 신기하여 틈만 나면 아버지 가슴속으로 병아리처럼 파고들었다.

수많은 세월이 흘러갔어도 이렇게 함박눈이 폭우처럼 쏟아 붓는 날이면 지금도 아버지 등이 한없이 그리워지는 눈자라기*가 된다. 어릴 적 나는 눈 오는 날을 너무나 좋아했다. 아버지는 나를 업고 동네 앞 들판을 가로질러 버선등 수눅 같은 소래길 따라 남산골 우리 논밭을 둘러보고 집으로 돌아올 때 그 따뜻한 등이 눈 쌓인 들녘보다 더없이 넓게만 보였다. (14.01)

* 눈자라기 : 곧추앉지 못하는 어린아이.

꿈꾸며 걸어가다

해마다 시월 중순이면 고향에서 연례행사로 선영께 고유제를 지낸다. 그런데 요즘 시골 어느 곳이나 힘없는 노인들이 고향을 지키고 있다. 그나마도 점점 줄어 들고 빈집들은 늘어나는 것을 보면서 쓸쓸하기 이를 데 없다. 우리 집안 문중에서는 몇 해 전부터 음력 시월 둘째 주일요일에 아예 날 잡아 놓고 재실에서 시제를 모신다. 객지의 친인척들도 고령으로 거동이 불편하여 해마다 사람이 줄어들어 안타까움을 더하고 있다.

나부터도 먼 길 당일치기는 너무 힘이 들어 조카들은 당일 새벽에 오기로 하고 우리는 하루 전에 남편과 아들이 번갈아 운전하며 쉬엄쉬엄 가기로 했다. 이번에는 모처럼 군식구도 한 명 없고, 뒷좌석에 나 혼자 만판 백구타령이다. 차창밖에는 만산홍엽을 흠뻑 적시는 가을비가 으스스 초겨울 추위를 재촉한다.

자동차에 오른 지 얼마 되지 않아 진저리나는 차멀미가 시작된다.

우중충한 날씨 탓도 있겠지만, 속이 비면 일어나는 증세를 번연히 알면서도 시제 준비하느라 하루 전부터 혼자 동동거리다 보면 늘 그랬듯 나란 존재는 까맣게 잊어버린다. 괜스레 남편과 아들에게 짜증을 부린다.

시월상달 주말만 되면 경부고속도로는 차량들로 몸살을 앓는다. 좀처럼 정체가 풀릴 것 같지 않고 계속 제자리걸음이다. 가까스로 휴게소에 들러 따끈한 우동 국물로 빈속을 달래본다. 한동안 몸서리치게 괴롭히던 울렁증이 조금 가라앉는다. 이렇게 가끔 차멀미로 고생할 때면 친정어머니 모습이 떠올라 가슴 한편이 아려온다.

어릴 적 엄마는 추운 겨울이나 한여름에도 장에 갈 때가 있었다. 저녁나절이 되면 언니 등에 업혀 가다 쉬다 하며 엄마 장 마중을 간다. 동네 숲까지 가는 동안 많은 장꾼 속에 엄마는 늘 보이지 않았다. 심한 차멀미 때문에 자동차로 오 분 거리인 시오리 길을 우리 엄마는 항시 두 시간 넘게 걸어서 왔다. 눈부신 황금 노을빛이 소리 없이 산야에 물들 때면 아무도 없는 텅 빈 들녘. 비단결 같은 노을을 밟으며 타박타박 걸어오는 엄마 모습이 차츰 가까워진다. 세상 그 무엇이 이 시간만큼 행복할까.

엄마는 언니와 나를 보자 이고 온 부엉이 집 같은 장 보따리를 동네 숲 잔디밭에 잠시 내려놓는다. 내가 제일 좋아하는 굵은 소금처럼 흰 설탕이 숭숭 박힌 갓난아기 주먹만 한 눈깔사탕을 언니와 내 입에 하나씩 물려준다. 사탕이 크고 단단해서 집에 갈 때까지 다 녹여 먹지도 못하면서 막내 값하느라고 욕심이 많아 입에 물고 양손에 쥐어야만 동네가 조용했다. 언니는 늘 억울해도 참고 울면서 져주었다.

나도 엄마를 닮았는지 가끔 멀미를 한다. 25년 전이다. 남편 친구 모임에서 부부동반으로 20여 명이 호주 여행을 하게 되었다. 비행기 타고 한 시간도 안 걸리는 가까운 제주도에 가본 게 전부인데 열한 시간 동안 과연 타고 갈 수 있을까? 걱정이 앞섰다. 떠나기 하루 전 멀미약을 사러 약국에 갔더니 먹는 약보다 귀 뒤에 붙이는 약이 효과가 훨씬 좋다고 했다.

여행 떠나는 날, 멀미약을 양쪽 귀 뒤에 붙이고 김포공항에서 호주행 비행기에 탑승했다. 그런데 조금 지나자 갑자기 입안이 바짝바짝 마르기 시작한다. 시간이 갈수록 점점 심해져 물을 아무리 마셔도 입안이 모래밭 같았다. 비행기 안은 생각보다 소음도, 흔들림도 거의 없었다. 남편은 옆에서 금방 코를 골고 일행도 모두 수면을 취하고 있다. 난생처음 겪는 입 마름으로 물을 얼마나 마셨는지 배가 불러 더는 삼킬 수가 없어 한입 머금고만 있어도 물기가 금방 말라 버린다. 멀미에 좋다는 수삼을 입에 넣었다. 물기가 말라 넘어가지 않는다. 수분 많은 밀감 쪽을 한입 가득 넣고 입을 꽉 다물고만 있었다. 잠시 후 밀감 쪽이 햇볕에 말린 것처럼 보송보송해진다.

생전 처음 떠나는 해외여행이다. 손수 구운 김과 깻잎, 고추장도 볶아 넣고 밤잠 설치며 얼마나 기다렸던가? 초고속으로 날아가는 수백 킬로미터 상공에서 온갖 방정맞은 생각이 다 들었다. 너무 무섭고 불안했지만 곤히 잠든 일행들에게 걱정을 끼치지 않으려고 조금만, 조금만 더하며 이를 악물고 참았다. 그 옛날 장티푸스에 걸렸을 때처럼 입 마름과의 외로운 사투를 벌이는 동안 영원처럼 긴 밤이 지나고 동트는 이국의 하늘 아래 비행기가 착륙했다.

목적지에 도착한 일행들이 짐을 기다리는 동안 나는 외국에 왔다는 생각이 전혀 들지 않았다. 비행기에서 내리고부터 입 마름이 조금 덜했다. 나는 아무런 생각 없이 발길을 옮겨 어디로 닿아났는지도 모른다. 멀리서 남편이 큰 소리로 부르면서 달려와 지금 모두 기다리고 있는데 당신 혼자 어딜 가느냐고 성질을 낸다. 그때부터 정신이 왔다 갔다 하면서 먹으라면 먹고 앉으라면 앉는 어린아이 같았다. 혼자 중얼거리며 아무 데로나 마구 달아나기 일쑤였다.

수만 리 타국 땅에 와서 멀쩡하던 아내가 갑자기 정상이 아니라는 것을 상상도 못한 남편은 큰 충격이었던 모양이다. 모처럼 함께 해외여행 와서 정신없는 아내 손을 꼭 붙들고 다녔다는데 정작 나는 기억이 없다. 그때 함께 간 내 오랜 친구는 40대에 치매가 와서 모든 것을 다 잊고 정신을 놓아버렸는데 친구 남편은 생전에 못해본 해외여행 한번 해 본다면서 손을 꼭 잡고 다녔다. 해외여행 와서 두 남자가 다정하게 아내 손을 잡고 다닌 것이다.

나는 다음 날도 걸어 다니며 잠을 자고 눈 뜨고 꿈을 꾸었다. 몽유병 환자처럼 꿈속에서 했던 말을 실제로 하는 바람에 일행들을 놀라게 했다. 3일째부터 조금씩 정신이 돌아왔다. 일행은 고기잡이 선박을 세를 내어 바다낚시를 간다고 한다. 뱃멀미를 할 것 같아 멀미약을 다시 귀 뒤에 붙이고 배를 타는데 조금 지나자 비행기 탔을 때처럼 똑같이 입이 마르기 시작했다. 아차, 원인을 알고 바로 떼어버렸는데 그날은 걷잡을 수 없이 잠이 쏟아지는 바람에 하루 종일 졸며 꿈속을 헤매고 다녔다. 지금도 그때를 생각하면 숨이 찬다.

약이란 잘 쓰면 약이지만 잘 못 쓰면 독이 된다는 걸 그때 절실히 깨닫게 되었다. (13.11)

아세 亞歲

어영부영하다 또 한 해가 찰나같이 지나갔다. 이십사절기 중, 스물두 번째 절기인 동지가 올해는 동짓달 초에 들었다. 중순에 들면 중 동지, 하순엔 노동지라 하고 월초에 들면 애동지라 하여 전례에 따르면 팥죽을 끓여먹지 않고 떡을 해먹는다.

해마다 동지가 돌아오면 어린 시절이 아련히 떠오른다. 동짓날이면 어머니는 첫 새벽에 일어나 머리를 감고 새 옷으로 갈아입고 집 안과 밖을 깨끗하게 쓸고 닦는다. 해가 오르기 전 팥 삶은 물을 솔잎으로 집 안 곳곳에 뿌리며 모든 액운은 물러가고 우리 가족들 건강과 집안을 평안케 해달라고 빌고 또 빌었다.

어머니는 체에다 팥을 걸러 팥물이 끓으면 찹쌀로 경단을 만들어 넣고 팥죽을 가마솥 가득 끓였다. 먼저 부엌과 안방, 장독대, 방앗간까지 그릇그릇 떠다 놓는다. 그리고 어려운 이웃과 집안 친인척들을 불러 나누어 먹었다.

대설과 소한 사이에 드는 동지는 달의 움직임이 아닌 해의 움직임에 따라 만들어졌기 때문에 해마다 양력 12월 22일경에 든다. 동짓날은 일 년 중 밤이 가장 긴 날이다. 동지가 지나면 토끼꼬리 만큼씩 밤은 짧아지고 낮이 길어진다. 또한 동짓날 새 버선 신고 길어지는 해 그림자를 밟으면 수명이 길어진다는 풍설도 있다.

동국세시기에 의하면 동지를 아세亞歲라 했고 민간에서는 작은 '설'이라 하여 동지가 지나면 나이를 한 살 더 먹는다고 했다. 또한 아이들은 팥죽에 나이 수대로 경단을 넣어주기도 한다. 동지 팥죽은 동지두죽, 동지시식이라 했으며 찹쌀로 경단을 새알만한 크기로 만든다 하여 새알심 또는 옹시래미라 한다.

요즘 대도시에 사는 젊은이들 대부분이 동지가 언제 지나가는지도 잘 모르는 것 같다. 설사 안다 해도 다른 음식과 달라 팥죽은 시간도 오래 걸리고 손이 많이 가기 때문에 나도 이제 나이가 들었는지 먹고 싶으면 간편하게 친구들과 나가서 사먹게 된다. 옛날엔 웬만한 형편으로는 동지팥죽 끓여먹기도 그리 쉽지가 않았다.

이 나이에 뒤늦게 철이 드는지 어린 시절을 생각하면 가슴이 아리다 못해 뼈가 시려온다 기억 속의 내 어머니는 언제나 눈물 젖은 모습만 떠오른다. 그런데 무슨 정신으로 사계절 크고 작은 절기마다 정월대보름을 비롯해 이월바람은 물론이고 사월초파일, 오월단오, 칠월 칠석 오만 가지 사사로운 일도 그냥 넘어가지 않았다.

동지팥죽은 시절식이라 하여 신앙적인 뜻을 지니고 있다. 팥은 잡귀를 쫓는데 민속적으로 널리 활용되었다.

경상도 일부 지역에서는 펄펄 끓는 붉은빛 팥죽을 집안 곳곳에 뿌리면 모든 악귀와 역질을 막는다고 믿었다. 그리고 전염병이 유행할 때 우물에 팥을 넣으면 물이 맑아져 역병이 낫는다고 했다.

그 시절 우리 어머니도 남부럽지 않게 아들딸 십 남매나 낳았다. 하지만 온갖 정성 다 들였으나 열병인 홍역으로 잃고 딸만 셋을 겨우겨우 붙들었다고 수도 없이 들었다. 먼저 간 자식들을 켜켜이 가슴에 묻고 체념밖에 약이 없어 눈물로 모진 세월을 보내야 했다.

큰 언니, 작은 언니 모두 출가시키고 하나 남은 막내딸이 노후에 큰 낙이라던 부모님, 그나마 즐거움도 잠시일 뿐 막내딸마저 시집갈 나이가 되자 아버지는 가끔 군담처럼, 눈에 넣어도 아프지 않을 하나 남은 자식을 법이 무서워 남의 가문에 보내야 한다며 눈물을 삼켰다.

어쩌다 여자로 태어나 백발이 성성한 외로운 부모님만 남겨두고 봉양奉養 할 피붙이 하나 없음을 번연히 알면서도 참담한 현실이 분하고 억울했다. 아무리 울어도 시집은 가야 하는 지엄한 법은 냉엄했다. 전설 속 이야기처럼 살다간 내 부모님, 먼 길 떠난지 수십 년이 지났다.

그런데 동지가 돌아오면 나는 아직도 친정에 가는 꿈을 꾼다. 먼저 부엌에 들어가 드므를 들여다보면 항상 물이 없었다. 동이로 아무리 물을 길어다 부어도 마음만 초조할 뿐 물이 채워지지 않아 전전긍긍하다 깨어보면 늘 같은 꿈이었다.

계절이 바뀌면 지방마다 조금씩 다르지만 크고 작은 절기 따라 독특한 풍습들은 지금도 변함없이 소중한 문화로 이어진다. 전설에 의하면 신라 27대 선덕여왕은 아름다운 용모와 불심이 깊은 왕이었다고 한다. 하루는 저녁 예불을 드리려고 황룡사로 가던 중 지귀地鬼라는 사람이 여왕을 연모하다 때마침 왕의 행차를 보고 뛰어들었다. 여왕은 예불을 드리는 동안 기다리라 하고 법당으로 들었는데 지귀는 그 동안을 참지 못하고 애가 타서 죽어버렸다.

그 사람은 죽어서도 눈을 감지 못하고 구천을 떠돌다 악귀가 되어 여기 저기 불을 지르고 다녔다. 신라 사람들은 악귀가 된 지귀를 막기 위해 동짓날 뜨거운 팥죽을 먹어서 입안의 살煞과 액厄을 막는다는 신라 사람들의 동지에 얽힌 유래와 전설이다.

　동지는 한 해를 갈무리하는 큰 행사였으며 새해 시작을 알리는 절기라 했다. 설에 버금가는 절기인 동지, 피같이 붉은 팥죽으로 그 시절 여인들의 지난 한해 고통과 한을 삼켰으리라.　(14.10)

두고 온 고향 · 1

– 아버지와 설죽

　여자 나이 팔십이 되어도 친정에 가면 좋아 길섶이 웃는다고 한다. 나도 역시 간밤에 단잠을 설쳤다. 친정아버지 기일을 맞아 모처럼 친정 나들이다. 새마을호나 KTX를 이용해도 동대구역에 내려서 대구 성당 시외버스주차장까지 시내를 빠져나가려면 합천 가는 시간과 맞먹는다. 읍에 도착하여 다시 택시를 타고 가도 고향 집에는 항시 해동갑하고 들어간다.

　언제부턴가 서울 남부시외버스터미널에서 버스를 타고 가면 시간과 차비가 많이 절약되었다. 최근에는 내륙고속도로가 개통되고 처음으로 남부터미널에서 합천행 버스를 타보았다. 금강휴게소에서 15분간 정차하고, 경북 고령에 잠깐 서고 합천까지 4시간밖에 안 걸린다.

　아버지 기일에 고향을 찾은 지 얼마 만인가. 야속한 세월만 소리 소문 없이 흘러갔다. 맨주먹 쥐고 객지에 나와 먹고살기 바빠서, 천릿길이 멀다고, 이젠 나이가 들어서 이 모두 이유가 될까?

아버지 기일도 소중하지만, 어쩌면 하늘 아래 수없이 많고 많은 인연 중에 피붙이라고는 팔순이 다된 언니 근황이 더 절실했던 건 아닐까? 요즘 들어 왠지 문뜩문뜩 초조해 하는 나를 본다. 언제나 그랬듯 천 리 먼 길에서 전화 한 통으로 늘 그리움을 달래야 했다.

모처럼 내가 간다는 연락을 받고 형부와 언니가 읍내 주차장까지 마중 나와 기다리고 있었다. 기일 하루 전에 내려가 우리 형제는 꿈같은 하룻밤을 보내고 이튿날 함께 친정에 왔다. 그런데 내가 생각한 고향이 아니었다. 아무도 없는 집에 쇠사슬에 목 졸린 강아지가 얼마나 심심했으면 낯선 사람에게 꼬리 치며 반긴다.

부모님이 계실 때는 그래도 가끔 고향을 찾았다. 어느 날 연락도 없이 불쑥 들어서면 어머니는 맨발로 뛰어나와 눈물로 반기던 그 모습이 어제 같은데 텅 빈 집안에 그리운 옛 추억의 잔영들만 머릿속을 스쳐 간다. 집을 나와 우리는 누가 먼저랄 것도 없이 마음은 어린 시절로 돌아가 진달래 뿌리처럼 앙상하고 따뜻한 두 손을 맞잡고 발길은 철없이 뛰놀던 기억 속에 남아있는 옛집으로 가고 있다.

휑하니 폐허로 변한 빈터에는 긴 세월 비바람에 토담은 무너지고 넓은 마당 제멋대로 웃자란 잡초 사이로 무심한 바람만 휘젓고 다닌다. 예나 지금이나 뒤꼍에 눌러앉아 터줏대감 같은 설죽들이 청청한 그 모습 변치 않고 꼿꼿하게 아무도 찾지 않는 주인 없는 빈터 지킨다.

6·25전쟁이 나고 두 달도 되기 전에 이른 아침부터 200여 호 되는 동네 집들이 비행기 폭격으로 한나절 동안에 잿더미로 변하고 말았다. 산 밑에 있는 우리 집은 다행히 화를 면했다. 동네 사람들은 집 지을 때까지 장마 통에 날비를 맞으며 한뎃잠을 자는데, 삼간두옥三間斗屋 작은 집이 대궐처럼 느껴졌다.

아버지는 설죽을 귀하게 여겼다. 보통사람 키만큼 자랄까? 내 손가락 굵기처럼 가늘어도 마디가 촘촘하고 단단해서 할아버지 할머니 담뱃대로 많이 쓰였다. 담뱃대 물부리와 담배통에 끼우면 안성맞춤이었다. 조무래기 아이들에게 위엄의 대상인 할아버지 긴 담뱃대가 있는가 하면 설죽 한 마디로 만들어 머슴들 쌈지 속에 쏙 들어가는 짧고 앙증맞은 곰방대도 있다. 두어 뼘 되는 할머니 담뱃대는 길지도 짧지도 않고 어정쩡하지만, 할아버지 긴 담뱃대 못지않게 파르스름한 담배 연기처럼 위엄이 도사리고 있다. 요즘과 달리 그 옛날 홀시어미 긴긴 밤 홀로 지샌 억울함을 새벽부터 줄담배 떨고 재며 무쇠 화로 깨어져라 두들기면 괜스레 갓 시집온 새 며느리 고양이 앞에 생쥐처럼 오금이 저려온다.

아버지는 가을걷이와 월동준비가 끝나면, 굵기가 알맞은 설죽을 골라 적당하게 미리 말려두었다. 우선 설대를 만들기 위해 대장간에 가서 막힌 대마디의 구멍을 뚫어왔다. 왕골속을 물에 흠뻑 적셔서 설대에다 창창 감아 숯불에 돌려가며 태운 후 골속을 벗기면 나선형 무늬가 선명했다. 목화솜을 콩알만 한 크기로 동글동글하게 만들어 석유를 묻혀서 설대에 올려놓고 태우면 꽃처럼 예쁜 무늬들도 탄생했다. 그리고 불린 생콩을 들깨와 함께 빻아 삼베 천에 싸서 몇 번씩 문지르면 반질반질 윤기가 자르르 흐른다. 그 밖에도 여러 가지 무늬로 멋을 낸 설대를 아버지는 친구와 집안 어른들께 선물을 많이 했다.

완초, 또는 왕골은 돗자리와 화문석의 원료다. 봄이면 벼처럼 무논에 심는데. 사초과의 한해살이풀이다. 세모난 줄기는 새끼손가락 굵기로 강하고 질기며 직선으로 1.5미터 정도 자란다. 가을이면 맨 위에서 꽃줄기가 나와 총상화서總狀花序로 특이하게 황록색 꽃이 핀다. 가을에 벼보다 조금 일찍 거두어 끝이 뾰족하고 예리한 작은 칼로 껍질을 얇게 돌려가며 두세 번 쭉쭉 벗기면 왕골속에서 희고 부드러운 일명 골속이 나온다. 삼을 섞어 가늘게 새끼를 꼬아 반짇고리와 여러 가지 생활도구를 만들어 쓰기도 하고 어릴 적 설, 추석 때면 아버지는 골속에다 오색 물감을 들여 예쁜 꽃신을 만들어주었다.

왕골과 똑같이 생긴 방동사니는 잡풀인데, 어릴 적엔 왕골과 똑같아 구분이 안 되었다. 물에서 제대로 자라야 4, 50센티 정도다. 밭이나 무논, 아무 데나 잘 자라 적갈색 꽃이 피는 반면, 참 방동사니는 왕골과 같이 황록색 꽃이 핀다. 아무리 생각해도 조물주의 실수가 아니고서야 인간에게 필요한 왕골과 똑같이 닮은 잡초를 만들었을까. 이해가 안 된다.

수백 년, 함께한 왕골은 돗자리란 명목으로 주거생활에 없어서는 안 될 생활필수품이었다. 왕골의 껍질은 마르면 도르르 말리면서 꼿꼿한데 젖혀져도 신축성이 있어 부러지지 않았다. 긴 담뱃대 속에 니코틴이 막히면 3, 4일에 한 번씩 빼내야 한다. 담배물부리에 빳빳한 골 껍질을 넣고 살살 돌리면서 담배통으로 빼내면 끈적끈적한 고약처럼 새까맣게 엉겨 붙은 니코틴이 뭉텅뭉텅 빠져나왔다. 긴 담뱃대 덕에 옛날 어른들은 독한 잎담배를 많이 피워도 건강을 유지했던 건 아닐까.

가버린 세월 저 너머 못다 한 이야기가 태산 같은데. 어느새 백합같이 눈부신 우리 언니 머리 위에 양귀비꽃처럼 붉은 저녁노을이 내려앉는다. 설죽처럼 꼿꼿한 선비정신 잃지 않은 아버지 모습과 골속처럼 부드러운 어머니 모습이 저녁노을 빛에 아른거린다. (14.10)

두고 온 고향·2
— 두꺼비와 팽나무

어릴 적 우리 집은 소나무들이 병풍처럼 둘러쳐진 산 밑이었다. 뒤 곁에는 설대가 들어차 있어 봄이 오면 죽순이 부뚜막을 뚫고 불쑥불쑥 올라오는가 하면 작은방 윗목에도 겁 없이 삐죽삐죽 고개를 내밀었다.

대밭에는 개구리와 뱀, 지네, 두꺼비 소굴이었다. 여름에 비가 오면 두꺼비와 개구리들이 넓은 마당으로 쏟아져 나왔다. 그 속에 무당개구 리는 짙은 초록색에 등은 울퉁불퉁한 데다 검은 점이 산만하게 나 있고 배는 화려한 주황색이다. 아마도 붉고 푸른 얼룩덜룩한 색깔 때문에 무 당개구리란 이름을 얻게 되지 않았을까? 팔딱팔딱 뛰는 놈을 톡 건드 리면 고약한 냄새를 확 풍기며 새빨간 배를 동그랗게 뒤집고 죽은 듯이 가만히 있는 속임수의 명수다.

아버지는 여름이면 몇 차례, 무당개구리의 내장은 빼고 대꼬챙이에 꿰어 소금을 약간 뿌려서 숯불에 바삭하게 구워 주었다. 그 고소하고 쫄깃한 맛을 지금도 잊지 못한다. 그런데 아버지는 무엇 때문에 식용

참개구리와 콩밭개구리가 아닌, 독이 있는 무당개구리를 먹였을까. 동의보감을 많이 본 아버지는 아마도 성분과 약효를 알고 먹였던 건 아닐까. 나도 언젠가 무당개구리가 폐결핵에 특효란 걸 책에서 본 적이 있다.

언니 시집가고 내가 부엌살림을 맡아 할 때였다. 기온이 내려가면 두꺼비나 개구리, 뱀 같은 동물은 겨울잠에 들어간다. 그런데 어린 두꺼비 한 마리가 떠나지 않고 부엌에서 겨울을 날 것 같았다. 고기도 밥도 먹지 않고 따뜻한 솥전에 앉아 들끓는 파리 떼만 날름날름 먹어치운다. 물을 떠다 주고 춥지 않게 헌 옷으로 감싸주며 봄이 올 때까지 돌보았다.

긴 겨울이 가고 두꺼비는 점점 자라 부뚜막에서 부엌 바닥으로 오르내리며 애완용 강아지 같았다. 내가 아궁이에 불을 지피면 옆에 앉아 있다가 집안 어디를 가나 느릿느릿 따라다녔다.

그 시절 시골 산촌에는 해 떨어지면 칠흑같이 어두웠다. 그렇게 발길에 묻어 다니다가 밟힐 것만 같아 신경이 많이 쓰였다. 아버지는 항상 고양이와 두꺼비는 영물이라며 함부로 하지 말라고 했지만 아무리 생각해도 너무 불편하여 하루는 두꺼비의 눈을 가리고 멀리 산 밑에다 버리고는 뒤도 안 돌아보고 마라톤선수처럼 달려와 버렸다.

아니! 저 원수가 반나절도 안 되어 툭 튀어나온 눈을 껌뻑이며 부엌으로 엉금엉금 들어오는 게 아닌가. 나는 너무 놀라 소리를 질렀다. 아버지는 그간의 사정을 알고 사람이나 짐승이나 싫고 좋은 감정은 같다면서 조심하며 함께 생활하는 길밖에 별도리가 없다고 했다. 시집올 때까지 그렇게 몇 해 동안 함께 살았다. 두꺼비는 40여 년이나 사는 비교적 장수하는 동물로 알려져 있다.

우리 집 바로 옆에 수백 년 묵은 팽나무가 있다. 나무 뒤로 뒷동산이 기세 좋게 뻗어 내려오다 몸을 낮추며 끝나는 곳까지 왕대밭이 이어져 있다. 앞에는 넓은 공터에 잔디가 깔려있어 매일같이 뛰노는 동네 조무래기들의 놀이터였다. 가을이면 팽나무에는 콩알처럼 자잘한 갈색 열매가 주저리주저리 매달려 있었다. 아이들은 열매를 실에 꿰어 목걸이와 팔찌를 만들고, 고무줄놀이와 자치기 하며 해지는 줄 모르고 놀던 장소였다.

가끔 친정에 가면 지난 시절을 못 잊어 늘 팽나무부터 찾는다. 아무도 없는 넓은 잔디밭에 홀로 까마득한 높이의 나무 위를 쳐다보면 무성한 나뭇가지들이 마치 보름달 속의 계수나무처럼 구름 속에 걸려있는 듯했다. 오롯이 여울지는 세월의 강 너머 유년의 깨알 같은 추억 속에 잠길 때면 잠시나마 세상근심 다 잊는다.

지난가을 모처럼 언니와 함께 아버지 기일에 갔을 때였다. 친정 대문 앞에서 바라보면 먼저 눈에 들어오던 팽나무가 보이지 않아 덜컥 겁이나 우선 가까이 가보았다. 무슨 이유로 수백 년 된 거목이 감쪽같이 사라졌을까? 너무나 큰 충격에 흔적조차 없는 빈자리만 망연자실 넋놓고 바라 보다 주위를 둘러보았다. 눈에 익은 초막골 지름길도 뛰놀던 잔디밭도 모두 밭뙈기로 변해버렸다. 어쩌면 이럴 수가 있을까. 지나간 추억들이 봇물 터지듯 밀려온다.

6·25전쟁 후, 숙부님이 돌아가시고 숙모는 우리 집 옆, 팽나무 아래로 이사를 왔다. 나뭇가지들이 초가지붕을 뒤덮어도 재앙이 두려워 잔가지 하나 건드리지 못한다고 숙모는 늘 말했다. 몇 해 살다 숙모 네도 이사하고 그 집은 계속 비어있었다. 빈집도 뒤꼍의 팽나무도 어디론가 사라지고 그 아래 날아갈 듯 새집이 들어서 있다.

이웃 사람들 말에 새집 짓고 팽나무 아래 우물을 팠다는데, 갑자기 우물 판 사람이 피를 토하며 쓰러져 병원으로 실려 갔다고 한다. 그리고 얼마 후 그 집 며느리까지 죽었다는 것이다. 전설 속에서나 있을법

한 일이 믿기지 않는다. 까마귀 날자 배 떨어지는 격은 아닐까.

팽나무는 산자락에 홀로 그 오랜 세월 묵묵히 마을을 굽어보며 지켜 온 수호신이다. 6·25전쟁 당시 미군이 쏟아 붓는 폭격에 200여 호 되는 마을이 불바다로 변했을 때, 나무 아래 있는 집과 양옆으로 가깝게 있는 집은 모두 화를 면했다. 하찮은 미물인 두꺼비도 감정感情이란 게 있어 떠나지 못하는데. 그 어려운 시기에 거목의 공이라 생각해본 사람이 과연 있었을까? 이제는 두꺼비도, 팽나무도 흔적 없이 사라지고 철없던 시절의 애잔한 잔상들만 가슴에 남아 있다.

시리도록 푸른 고향의 가을 하늘은 예나 지금이나 변함이 없건만 그리운 부모형제 먼 길 떠나고 다정했던 내 친구들 지금은 모두 무엇을 할까. 고향은 두고 온 게 너무 많아 영원히 잊지 못할 소중한 추억으로 기억 속에 오래오래 담아둔다. (14.10)

전쟁이 할퀸 상흔

1950년 6·25전쟁이 발발한 지 한 달 조금 지났을까? 산골 우리 동네까지 인민군이 몰려오기 시작했다. 동네 사람들은 허리띠 졸라매고 말없이 집집마다 20여 명씩 밥을 해 먹였다. 그런데 날이 갈수록 인민군 수가 불어났다. 나중에는 디딜방아에다 보리를 찧어 매일 4, 50명씩 하루 세 끼 밥해주느라 다른 일은 할 수가 없었다. 보리양식도 바닥나고 인민군들은 소와 돼지, 가축들마저 다 잡아먹고 남아나는 게 없었다.

엄마는 한 달 넘게 그 많은 사람을 방아 찧어 밥해 먹이느라 지쳐 결국에는 자리에 드러눕고 말았다. 아버지는 인민군들에게 조심스럽게 애들 엄마가 저렇게 몸살이 났다면서 점심 걱정을 하자, 그들도 전쟁터에 나온 군인이기 전에 부모형제 두고 온 사람들인지라. 고향에 있는 부모님이 생각난다며 몸조리 잘하시라고 위로하면서 저희끼리 방아 찧어 밥을 해먹는다.

며칠 후 산더미 같은 미군 비행기가 동네를 향해 저공으로 날아오는데, 천둥 같은 소리에 고막이 찢어질 것 같았다. 갑자기 비행기에서 길바닥에다 무엇인가? 팍팍 쏟아 붓는데 길이 푹푹 파이면서 매캐한 화약 연기와 함께 시뻘건 불똥이 사방으로 펑펑 튕겼다. 하필이면 그때 물동이 이고 오는 우리 언니 머리 위로 비행기가 찰나처럼 지나간다. 가공할 위력에 물동이는 길바닥에 박살이 나고 언니는 저만치 나가떨어졌다. 기겁한 언니가 길옆 감나무 위에 올라가 매미처럼 붙어있었다. 물불 가리지 못하는 호기심 많은 동네 조무래기들은 비행기가 불똥을 싼다면서 겁 없이 뛰어다닌다.

비행기는 그 정도 맛보기로 인민군 동정을 살피고 돌아갔다. 그리고 2, 3일 후, 조용한 새벽공기를 가르며 지축이 흔들리는 굉음과 함께 비행기 2대가 잠자리처럼 날아다니며 동네에 폭탄을 쏟아 붓기 시작했다. 그림 같은 초가집 200여 채가 불바다로 변하는데 한나절도 안 걸렸다. 그 후 미군 정찰기는 밤낮없이 폐허로 변해버린 동네를 수시로 돌면서 감시를 했다.

우리 동네 입구 후미진 옆구리에 커다란 대밭이 있다. 인민군들이 몰려오기 시작할 때부터 인민군본부가 대밭 뒤에 주둔해 있다는 말을 들었다. 비행기공습 후, 어디서 대형스피커 소리가 쩌렁쩌렁 고막을 울린다. 또 무슨 일인가? 사람들은 생전 처음 들어본 소리에 놀란 가슴이라 우왕좌왕하는데, '아아, 마이크 시험 중… 여기는 인민군 본부입니다.' 곧 비행기가 뜬다면서 동민들은 방공호로 피하라고 방송을 한다. 잠시 후 정확히 비행기가 날아왔다. 전쟁을 처음 겪어본 순박한 촌사람들이다. 어느 쪽이 아군이고 적군인지 분간이 안 된다는 볼멘소리가 터져 나온다.

그렇게 끝없이 밀려오던 인민군들이 잿더미 속에서 물만 먹고 살 수는 없었던지 수가 점점 줄어들었다. 그리고 2, 3일 후 이른 아침부터 비행기 소리에 모두 잠을 깼다. 이번에는 평소보다 많은 비행기가 조금 높이 떠서 마치 먹이 찾는 맹금류처럼 하늘을 빙빙 돌고 있었다. 웬일인지 사람들이 피할 생각을 하지 않는다. 누군가 '대한민국 국군이다. 대한민국 만세,' 선창하자 사람들이 모두 나와 만세 소리가 하늘을 찌른다. 어느새 국군장병들이 동네에 들이닥친다. 여러분 고생 많이 하셨다며 아군의 승리로 전쟁은 이미 끝났다면서 앞산 아홉 살이 고개를 가리키는데, 미군 탱크들이 줄지어 넘어오는 게 아닌가? 그런데 수천 명이 들썩거리던 인민군들은 밤사이 어느 틈에 쥐새끼처럼 빠져나간 뒤였다.

전쟁은 그렇게 한 동네를 폐허로 만들었다. 사람들은 언제까지 잿더미 앞에서 넋 놓고 있을 수만은 없었다. 겨울이 오기 전에 들어갈 집부터 마련해야 했다. 나무와 돌, 흙과 물, 두레로 집을 짓기 시작했다. 그런데 화마가 휩쓸고 간 잿더미 군데군데 깊은 웅덩이가 패어있고 웅덩이 옆에는 사람 키보다 크고 둘레가 한 아름 되는 불발탄 폭탄이 처박혀 있었다. 그뿐 아니라 어른 주먹만한 수류탄이 곳곳에 나뒹굴어도 아이 어른 할 것 없이 그 가공할 위력을 알지 못한다. 조무래기들은 그저 신기해서 장난감처럼 가지고 놀았다. 동네 산과 들에도 이름 모를 각종 폭탄과 크고 작은 총알들이 무방비상태로 널려있었다. 개구쟁이들이 겁 없이 가지고 놀면서 돌 위에 놓고 두들기다 폭발하여 손가락이 날아가고, 심지어 목숨까지 잃는 일이 끊이질 않았다.

그래도 굶어 죽으라는 법은 없는지 그해 가을은 근래 드문 대풍이라 했다. 실의에 빠진 사람들이 가을 추수와 함께 차츰 희망을 되찾으며 어렵고 힘든 생활을 헤쳐나갔다. 전쟁이 발발한 지 3년 만에 정전이 체결되었다.

어느 날인가? 미군부대에서 우리나라 전 국민에게 선물을 보내왔다.

면사무소에서 동네마다 이장과 반장을 통해 한집도 빠짐없이 배달되었다. 선물상자 속에는 크고 작은 국방색 깡통들이 꽉 차있었다. 하지만 아무리 봐도 모르는 글자들이다. 내용물이 궁금하여 아버지는 우선 하나를 따보기로 했다. 그러나 어떻게 따는지 몰라 쉬운 대로 언니가 깡통을 잡고 아버지는 식칼 끝을 깡통 가장자리에 세우고 망치로 탕탕 두들겼다. 꽁치통조림이었다. 엄마는 생것인 줄 알았는지 무를 찰찰 빚어 넣고 얼큰하게 찌개를 끓였다. 나는 꽁치찌개가 그렇게 맛이 있는 줄 처음 알았다.

며칠 동안 깡통을 하나씩 따보았다. 생선과 과일, 쨈 종류가 들어있었다. 제일 큰 통을 열었다. 분유란 걸 알 턱없는 엄마는 미국 밀가루는 달짝지근한 게 맛이 있다면서 동부와 풋콩을 섞어 떡을 쪘다. 그런데 떡이 너무 물러 쩍쩍 달라붙어서 손을 댈 수가 없고 금방 굳어버린다. 조금 먹고 두었는데 돌덩이처럼 단단해져 나중에는 다듬잇돌에 놓고 망치로 내리쳐야 겨우 부서졌다. 그래도 배고픈 아이들이 몽돌처럼 단단하게 굳어버린 우유 떡을 버리지 않고 생쥐 같은 이빨로 갉아먹었다.

그 외도 커피, 설탕, 초콜릿, 사탕 등 처음 본 비누와 치약, 칫솔까지 들어있었다. 아버지는 커피 가루 맛을 보고 무슨 약인지 알 수 없다며 내다 버리라 했다. 요즘은 우리나라 사람들이 세계에서 커피를 가장 많이 마신다는데….

때마침 작은댁 숙모가 왔다. 치약을 보고 이것은 얼굴에 바르는 구루무라며 꾹꾹 짜서 먼저 얼굴 전체에 바르고는 언니와 나한테도 듬뿍 발라주었다. 허옇게 변한 세 여자의 얼굴이 마치 중국의 강시 같았다. 잠시 후 눈이 따가워 뜰 수가 없고, 눈물 콧물이 줄줄 쏟아져 나는 울고불고 펄펄 뛰었다. 엄마가 놀라 물에 씻어주는데 거품이 부글부글 일어 계속 헹궈도 따가움이 가라앉지 않고 술 취한 사람처럼 시뻘게져 얼굴이 한참 동안 후끈거렸다.

　몽매蒙昧했던 한 시절의 웃지 못 할 꿈같은 이야기다. 아물지 않는 전쟁의 상처도 어느새 60여 년 세월 속에 묻혀버리고 기억만 남아있다. 한때 단란했던 우리 가족, 못 잊을 추억 속에 작은 엄마가 생각난다. 어렵고 손 아픈 시숙 앞에서 얼마나 당황하고 난처했을까? 지금도 생각하면 그때처럼 굳이 치약을 안 발라도 애잔한 그리움에 눈물이 난다. (14.10)

뒤늦게 찾은 보람

1950년대, 우리 고향은 지형이 높아 하늘만 바라보는 천수답이었다. 인간의 힘으로는 어쩔 수 없었던 시절, 항시 물 부족으로 흉년이 들 때면, 밥 잘 먹기는 하느님 덕이요 옷 잘 입기는 마누라 덕이란 말을 어른들에게 많이 들었다. 그런데 하느님은 농민들의 염원인 풍년보다 흉년을 더 많이 내려주셨다.

내가 열 살 되던 해 예기치 못한 6·25전쟁이 일어났다. 전쟁 나고 2개월도 안 되어 물밀 듯 밀려오는 인민군들이 곡식은 말할 것 없고 가축들마저 씨를 말렸다. 엎친 데 덮친 격으로 미군이 퍼붓는 폭격에 마을이 모두 불바다로 변하고 학교까지 전소하여 아이들은 이듬해 문중 재실과 노천에서 수업했다.

마을 사람들은 당장 입에 풀칠할 게 없어 초근목피로 연명하다 보니 모두 영양실조로 푸석푸석 부황이 났다. 그래도 대를 이을 아들은 학교를 보내면서 여자는 시집가서 자식 낳고 살림만 잘하면 된다며 퇴학을 시켰다. 200호 되는 마을에 초등학교를 마친 여자아이는 네댓 명뿐이었다.

시대를 잘 타고 난 요즘 세대들은 그 지독한 배고픔과 한 맺힌 문맹의 서러움을 알지 못한다. 결혼하고 수십 년 만에 만난 친구는 한글도 모르는 자신이 너무 부끄러워 이 나이가 되도록 남편과 자식에게까지 숨기고 살았다 한다. 나는 부아가 치밀어 누구 잘못인데, 왜 무엇 때문에 부끄럽냐며 벌컥 화부터 내다가 지난날이 떠올라 서로 부둥켜안고 눈물을 펑펑 쏟았다. 그 친구는 숫자도 몰라 버스를 타지 못하고 어디를 가나 택시를 탄다고 한다.

지나간 세월보다 그간 살아온 세월이 더 길었다. 얼마나 많은 날을 가슴속 깊은 곳에 문맹의 한을 묻고 살았을까. 오죽하면 맨살 비비며 함께 사는 남편에게도, 내 간 줄에서 떨어져 내 가슴 파먹고 자란 자식에게도 숨겨야 했단 말인가. 그러나 배불러서 안 먹고, 있어도 게을러 하기 싫어 못한 사람이 부끄러울 일이지 전쟁의 희생자인 우리가 무엇 때문에 왜 부끄러워하는지 너무나 화가 났다. 6·25 전쟁미망인 30만, 전쟁고아 10만, 여자란 이유만으로 눈뜬장님으로 살아가는 여자는 또 얼마나 많을까?

전쟁이 끝나고 아버지는 시간이 나면 막내인 나한테 천자문을 가르쳐주었다. 항상 고사성어와 명심보감을 눈감고 외우며 가난은 죄가 아니라 부끄럽지 않고 조금 불편할 뿐이라며, 욕심이 많으면 마음이 늘 가난하다고 했다. 다정다감한 성격이라 엄마와 다투거나 화난 모습은 한 번도 본 적이 없다. 애주가이면서 과음하지 않고 항시 온화한 모습으로 기만과 배신하지 말고 일시를 참으면 백날이 편하다며 참는 것이 여자의 미덕이라 했다.

그 시절, 우리 고향에서는 시집 안 간 처녀들은 오일장 나들이도 허용되지 않았다. 그나마 다행인 것은 합천읍내 서점에서 자전거에다 책을 싣고 각 마을을 돌면서 빌려주는 이동도서관이 있었는데 한 달 대여비가 30원이었다. 매주 교환해 가면서 한 권을 보든 열권을 보든 책은 마음대로였다. 그렇게 십여 년, 원 없이 책을 볼 수 있었던 것이 글 쓰는 데 큰 도움이 되지 않았나 싶다.

독서에 한창 재미를 붙여 일주일에 평균 열권씩 밤을 새우며 읽었다. 그 당시 농촌에서는 낮에 책을 볼 시간이 없었다. 책을 많이 읽다보면 요령이 생겨 한꺼번에 두 줄씩을 읽게 된다. 몇 해 지난 후 한 권으로 요약한 삼국지를 보게 되었다. 등장인물이 너무 많아 헷갈리고 이해가 되지 않아 세, 네 번 읽었다.

조조의 위나라와 유비의 촉나라 사이 한중에서 전투가 벌어졌다. 그런데 몇 번 맞닥뜨려본 뒤 유비는 몇 달 동안 대응하지 않고 관망만 하고 있었다. 조조 군사는 장마에 날은 덥고 점점 지쳐갔다. 마침 저녁상에 닭국이 올라왔다. 그때 한 부장이 들어와 저녁 암호를 물었다. 조조는 국물에 들어있는 닭갈비를 보고 계륵鷄肋이라 중얼거렸다. 참모들은 의미를 몰랐다. 계륵이란 암호가 전군에 전달되자 조조 휘하에 재주 있고 선견지명이 남다른, 주부 벼슬인 양수라는 자가 서둘러 철수 준비를 했다. 주위에서 놀라 묻자 닭갈비는 버리자니 아깝고 먹을 것은 없다며 한중 땅도 마찬가지라면서 오늘 밤 암호가 닭갈비인 것으로 보아 곧 철수 명령이 떨어질 거라고 했다. 과연 오래지 않아 조조는 철수 명령을 내렸다. 나중에 알고 보니 주부 양수가 명령도 없었는데 미리 알고 철수 준비를 했다는 것이다. 의심이 많은 조조가 그렇잖아도 비상한 머리에 늘 앞서가는 그가 왠지 불편했다. 군심을 교란시켰다는 죄목으로 제거해버렸다. 너무 똑똑하여 양수는 죽임을 당했다. 미동계륵味同鷄肋, 삼국지 위지와 후한서 양수전에 나오는 많은 의미가 담긴 유명한 고사다. 60여 년 전에 읽은 이 대목이 유독 기억에 남아 있다. 나는 관운장이 좋아 지금도 가끔 삼국지를 본다.

독서에 눈 뜬지 2, 3년 되었을 때 순정소설 산유화를 읽었다. 소설 속, 주인공의 주고받는 편지 속에서 뜻밖에 김소월의 서정시를 처음 접하게 되었다. 읽고 또 읽으며 열일곱 살 소녀는 소월 시에 매료되어 엄마가 장에 가는 날 책방에 들러 소월 시집을 사달라고 신신부탁했다. 그런데 시집이 없어 구해 달라 하고 그냥 왔다고 한다. 그 후 책방에 부탁한 지 3개월 만에 소월 시집을 사왔다. 나는 딱히 알 수 없는 설렘으로 일이 손에 잡히지 않았다. 하지만 못 오를 나무는 쳐다보지 말라 했던가.

고향 떠나 일가친척 하나 없는 낯선 서울에서 뼈저린 고생 속에 책을 멀리하자 눈만 감으면 똑같은 꿈을 꾸었다. 책갈피 속의 언어들이 이명처럼 책은 이제 너한테 사치라며 벌떼처럼 아우성쳤다. 그러나 어쩔 수 없는 형편으로 오랫동안 책을 멀리하며 문학에 대한 사랑도, 막연한 꿈도 접고 내 앞에 주어진 일에만 충실했다.

그런데 기회는 잡으라고, 또한 꿈은 이루라고 존재하는가. 환갑이 코앞일 때 정말 운명처럼 문학과 만나는 기회가 왔다. 사람은 제각각 크고 작은 그릇이 다르다. 꿀 종지보다 작은 내 그릇 안에 뒤늦게 찾은 보람이 흘러넘친다. (14.12)

고삐

늦여름 땡볕이 풀쐐기처럼 따갑게 내리쬐는 날이었다. 마을 앞 남산 골에 혼자 소를 먹이러 갔다. 좁은 골짜기 거의 절반이 우리 논이었다. 멀리서 바라보면 비스듬히 경사진 계단식 논배미들이 마치 다랭이논처럼 아름다웠다. 산 밑으로 조붓한 도랑에는 일급수 맑은 물이 사시사철 고시랑고시랑 콸콸 흘러내린다.

농사철이면 매일같이 논에 가는 아버지 뒤에 나는 그림자처럼 따라다녔다. 헌 바가지 하나 가지고 도랑 군데군데 깊이 팬 웅덩이마다 돌 밑에 숨어있는 가재 잡고, 물꼬 아래 오글거리는 미꾸라지 잡는 선수였다.

그날따라 아무도 없는 골짜기, 소는 산에다 풀어놓고 여느 때처럼 고기 잡는 재미에 지루한 줄 모른다. 그런데 갑자기 멀쩡하던 날씨가 흐릿해지더니 꺼무끄름한 구름이 북쪽으로 양떼처럼 몰려간다. 점점 하늘이 낮아지고 후덥지근한 비바람이 불어 막 피려는 좁쌀애기처럼 자잘한 벼 꽃눈을 사정없이 훑고 간다.

그런데 하늘에서 소금 같은 얼음 비가 머리 위에 후드득후드득 쏟아진다. 성깔 있는 칠월의 늦더위가 붉으락푸르락 아직도 기세등등한데, 무슨 조화로 차돌같이 크고 작은 얼음들이 하늘에서 떨어질까? 장난꾸러기 머슴애들이 쏜 새총에 맞았을 때처럼 머리가 얼얼하고 눈앞이 몽롱해진다. 연이어 세차게 내리는 비를 피해 밭두렁 뽕나무 아래 쪼그리고 앉아있는데 굵은 장대비가 무섭게 쏟아진다.

산에서 풀 뜯던 소도 무서운지 어슬렁어슬렁 내려와 내 옆에서 비를 피한다. 소와 함께 이제나저제나 아무리 기다려도 비는 좀처럼 그치지 않고 산에서 내려오는 빗물이 불어 도랑 옆의 길이 금방 잠겨버린다. 여남은 살 된 계집아이는 겁이 덜컥 나 어서 집에 가야겠다는 생각뿐이다. 하지만 비가 워낙 많이 와 앞이 잘 보이지 않았다. 마침 친구네 토란밭이 옆에 있어 넓은 이파리를 따서 머리에 쓰고 댕댕이넝쿨로 머리에서 턱밑으로 감아 고정시켰다. 소는 뿔 위에다 토란잎을 올려 살짝 구멍을 내어 흘러내리지 않게 했다. 토란잎이 빗물을 막아 삿갓역할을 한다.

도랑인지, 길인지 계곡처럼 빠른 물살이 어지러워 겁이 났다. 울면서 소고삐를 단단히 붙들고 겨우 산골짝을 내려왔다. 또다시 채 넓은 개울물이 굽이치며 폭포처럼 아우성친다. 너무 무서워 눈물도 나지 않고 입술이 바짝 마른다. 그렇지만 비는 자꾸 쏟아 붓는데 언제까지 울고만 있을 수도 없었다.

우선 소고삐를 내 허리에다 칭칭 동여매고 언 빨래처럼 뻣뻣한 소꼬리를 두 손으로 암팡지게 꽉 붙들었다. 소는 항시 함께하는 우리 가족과 같다. 눈빛만 봐도 짐작으로 알아채고 거부하거나 엉뚱한 행동을 하지 않는다. 당연하게 제 꼬리에다 주인을 매달고 태산처럼 늠름하게 물살을 헤쳐나간다. 내 작은 몸뚱이는 거센 물살에 수초처럼 너풀거리며 검은 몽당치마가 마치 낙하산처럼 물 위에 붕 뜬다. 까딱하면 떠내려갈 것만 같아 눈을 꼭 감았다.

허전해서 눈을 떠보았다. 어느새 소는 개울 건너 길 위에 우뚝 서는 게 아닌가. 나는 그때야 소꼬리를 놓았다. 긴장이 풀리자 다리가 후들 후들 떨려 비 쏟아지는 흙바닥에 털썩 주저앉았다. 소는 어느 때 어디서나 주인을 두고 절대로 저 혼자 돌아서지 않는다. 그런데 집에 올 때까지 그렇게 아끼던 코고무신 한 짝이 없어진 줄도 몰랐다.

다음 해 6·25전쟁이 발발했다. 아버지는 갑자기 우리 집 가보인 족보와 소를 첩첩산중에 있는 고모님 댁에 피난부터 시켰다. 그 후 한 달도 못되어 인민군이 꾸역꾸역 밀려오기 시작했다. 수천 명이 두어 달 파먹자 양식은 말할 것도 없고 가축들도 다 잡아먹었다. 엎친 데 덮친 격으로 미군이 퍼부은 폭격으로 마을 전체가 잿더미로 변하자 폐허 속에서 물만 먹고 살 수는 없었던지 인민군이 모두 물러갔다.

아버지 선견지명으로 피난에서 돌아온 우리 소는 큰 마을에 금싸라기처럼 귀한 존재로 부각 되었다. 다음 해 잘생긴 새끼까지 낳았다. 갑자기 우리 집이 부자가 된 것 같았다.

전쟁 나고 3년 뒤 정전이 체결되고 마을이 차차 안정을 되찾아갈 무렵, 우리 집에 낯익은 손님이 찾아왔다. 한참 뜸을 들이더니 "자네한테 너무나 고맙고 미안하여 염치없이 부탁드림세. 그 많던 전답 다 내주고 이 나이에 형편이 말이 아닐세. 면목없는 줄 알지만, 남산골 땅, 이제 자네 앞으로 이전하시게." 순간 아버지 얼굴에 어두운 그림자가 슬쩍 지나간다. 그 당시 마을 앞 남산골에 750여 평 되는 우리 논이 소작의 형태로 되어있었다.

광복 후 토지개혁이 선포되고 지주들은 법에 따라 소작인에게 소유권을 모두 넘겨주었다. 그런데 뜻밖에도 아버지는 절호의 기회를 마다 하고 소유권을 포기한다고 해 주위 사람들을 놀라게 했다. 집안 형님, 아우 친인척들이 아무리 권유해도 그 누구의 말도 듣지 않았다. 지금까지 우리 가족이 배고프지 않고 살아온 게 더없이 감사하다며 나중에 형편이 되면 주인에게 땅값을 지불한 후 이전한다면서 한마디로 딱 자르며 끝내 소유권을 포기했다.

우리 아버지는 유교사상의 독실한 신봉자로 모든 생활범백사를 그대로 이행하면서 바른길이 아니면 결코 가지 않았다. 그렇게 한평생을 옆에서 지켜보며 함께한 엄마는 성품을 알기 때문에 아버지 뜻이라면 늘 말없이 따라주었다. 그 후 엄마는 밤낮없이 삶의 고삐를 움켜쥐고 길쌈을 했다. 그렇게 모아둔 무명과 명주, 삼베 등 많은 베를 방안 가득 꺼내놓았다. 지문이 닳도록 우리 엄마 손끝으로 일해 모은 베 무더기가 작은 동산을 방불케 했다.

아버지는 장날 베를 팔고 와서 그 많은 베를 다 팔아도 남산골 논 값이 태부족하다면서 "내 뜻에 늘 따라준 임자한테 항시 고맙고, 너무나 미안했소." 그러나 내 것이 소중하면 남의 것도 귀한 줄 알아야 사람의 도리라 했다.

다음 장날, 아버지는 그리도 아끼던 새끼 딸린 소를 몰고 사립문을 나선다. 나는 눈치 채고 소고삐를 쥐고 울고불고 난리를 쳤다. 평소에 울기만 하면 무엇이든 다 들어 주는 것으로 알았는데 그날은 아무리 떼를 써도 왠지 통하지 않았다. 고삐를 놓아버리면 다시는 못 볼 것 같아 울면서 펄펄 뛰자, 소가 몇 발자국 가다 말고 뒤돌아보는데 큰 눈을 껌뻑이며 그렁그렁 눈물이 고인다. 이 나이가 되도록 그렇게 맑고 선한 눈을 나는 지금도 잊지 못한다.

대쪽같이 꼿꼿한 선비정신으로 한평생을 살아온 아버지는 베 팔고, 소 팔아 정당하게 땅문서를 소유했다. 족보와 함께 등기권리증을 갓집

깊숙이 넣어두고 환하게 웃음 짓던 인자한 그 모습, 내 가슴에 늘 애잔한 그리움으로 남아있다. (14.03)

4 선교장

용문사 은행나무
산수유 꽃향기에 취하다
달리는 노래방
선교장
금오도와 보길도
바다의 귀족
나부상
백운동서원
바람난 오리길 단풍
공작산 수타사
고향 가는 길
중국여행기 · 1
백두산에 오르다
개똥과의 전쟁

용문사 은행나무

　전화벨이 요란하게 울린다. 혹한에 맥 못 추고 침묵하던 한동갑 친구의 말소리가 연한 배처럼 사근사근하다. 모진 추위도 지나갔으니 우리 이제 만나 새봄맞이 나들이나 떠나보잔다. 봄을 타는지 우울하던 나도 갑자기 생기가 도는 것 같다. 그렇게 봄은 움츠린 마음을 사르르 풀리게 하고 새 힘을 불어넣는 마법 같은 존재다.

　우수 경칩도 지났겠다 쇠뿔도 단김에 빼랬다고, 모처럼 신나게 여기저기 친구네 전화번호를 꾹꾹 눌러본다. 기계 속의 목소리들이 너나 할 것 없이 기운 넘친다. 다음날 잠실과 안산, 부천과 사당동, 과천 등 뿔뿔이 헤어져 사는 친구들이 약속 시간 놓칠세라 사당전철역 만남의 광장으로 헐한떡 비산떡 달려와 반가운 모습을 드러낸다.

　겨울 한추위 피하느라 두어 달 지났는데 이, 삼 년이나 된 것처럼 모두 그간의 안부를 주고받는다. 어쩌다 꽃 같은 시절 다 보내고 서로의 건강을 걱정하는 나이가 되었던가. 괜스레 서글픔과 허무함이 가슴 깊은 곳에서 짠하게 아파온다. 애써 내색하지 않고 꿀꺽 삼키면서도 만감이 교차한다.

돌아보면 고향 떠나 외롭고 힘든 객지생활에서 처음 만난 인연들이다. 서로 형제처럼 의지하며 오랜 세월 오순도순 함께한 이웃이자 정동갑 친구들이다. 지금은 저마다 사정으로 멀리 또는 가까운 곳에 헤어져 살지만, 사당동은 20여 년 정든 제 2의 고향이다. 지난 시절 땀과 눈물 때로는 기쁨도 꽃다웠던 젊음도 그곳에 고스란히 묻혀있다. 지금도 그때를 못 잊어 매달 만나 회포를 풀고 있다.

설 쇤 후 모처럼 함께하는 바깥나들이다. 재작년 홍천 수타사에 함께 가고 처음이다. 오늘따라 마음 착한 친구처럼 꽃샘바람도 잠자고 반백의 머리 위에 내려앉은 볕살도 포근하다. 그런데 모두 용문사에 가본 지가 오래됐다며 오늘같이 좋은 날씨에 처음으로 중앙선전동차도 한번 타볼 겸 용문산 용문사에나 가보자고 한다. 나는 작년에 다른 팀과 두어 번 가보긴 했지만 쾌히 응하면서 이촌역에서 중앙선으로 갈아타고 용문행 전동차에 올라 겨우 자리를 잡고 앉았다.

중앙선은 서울을 빠져나가면 지상으로 달린다. 많은 탑승객 중 시골사람들은 일부인 것 같고, 요즘 우스갯말로 대부분 지공거사들이다. 대도시 어디를 가나 틀에 박힌 아파트 숲에 갇혀 생활하는 중노인들이 추위가 물러가자 서둘러 외출하는 등산객과 때 이른 상춘객들이다.

종착역인 용문역까지 두어 시간 잊어버리고 가야 하는데 마치 기차 타고 고향 가는 느낌이다. 눈에 익은 고향산천을 보는 듯 넓고 좁은 들녘과 초자연적, 기복이 심한 높고 낮은 산봉우리 하며 마치 수묵산수水墨山水 그림을 감상하는 듯 지루할 틈이 없다. 아직도 설익은 봄 풍경이지만 조만간 헐벗은 나뭇가지 끝에 봄의 입김이 먼저 서릴 것이다. 그동안 꽁꽁 얼어붙은 가슴속에 막힌 답답증이 한순간 스르르 풀리는 것 같다. 정다운 친구들과 한동안 격조했던 터라 만나자마자 별의별 오만 둥이 같은 지난 이야기로 눈물을 찔끔거리며 웃고 떠들다 보니 어느새 용문역에 도착했다.

역사 앞 주차장엔 식당차들이 줄 서서 기다린다. 전동차에서 내린 사람들이 쏟아져 나오자 자기네 식당으로 유치하려고 입에 침이 마르게 안내를 한다. 하지만 손님들은 안내하는 차엔 거의 오르지 않는다. 내 친구들도 처음이라 내가 잠시만 기다리면 '여기가 좋겠네.' 식당차가 온다고 해도 내 말 뜻을 이해를 못 하는 눈치다. 그러자 바로 앞 정류장에 정차하는 대형버스를 보더니 사람들이 우르르 몰려간다. 친구들도 버스 옆구리를 보고서야 배꼽을 쥐고 웃으며 차에 오른다.

10여 분 후 넓은 주차장을 겸비한 뷔페식당 앞에 버스가 멎는다. 안으로 들어서자 대형 홀에는 사람으로 북적거린다. 식사를 마친 손님들은 밖에서 줄 서서 기다리며 용문사 입구까지 식당차를 이용한다. 버스기사는 친절하게 30분마다 이 자리에서 출발한다면서 식사한 영수증이 있어야 차를 탈 수 있다고 신신당부하며 하산하는 손님들을 태우고 용문역으로 휑하니 돌아서 간다.

용문산은 서울에서 멀지 않아 젊어서부터 등산도 하고 용문사의 수호신 천 년 거목 은행나무를 가끔 보러왔다. 40여 년이 지났건만 여전히 처음 본 그때 그 모습이다. 험난한 세월의 소용돌이 속에서 꿋꿋하게 견디어 온 거대한 신목 앞에만 서면 저절로 머리부터 숙여진다. 부처님의 자비와 도량으로 그렇게 긴 세월을 견디어 왔으리라….

사계는 늘 분명하여 또 한 번의 겨울이 물러가고 봄은 어김없이 문턱에 와있다. 개울가 물버들도 실눈 뜨는 봄은 이미 완연한데 용문사 은행나무는 그저 맨살 드러내고 겨울잠에 빠져있다. 해마다 그렇게 보내고 오는 봄을 맞으며 천 년을 살아온 이 은행나무 앞에서 문득 백 년도 못다 살고 가는 우리 인간은 한없이 나약하고 작게만 느껴진다. 앞으로 얼마나, 몇 번이나 더 따뜻한 봄을 맞아 이 은행나무를 볼 수 있을까.

모처럼 다정한 친구들과 즐겁고 소중한 하루였다. 저녁곁두리 시간 때에 대기 중인 식당 자동차 문이 활짝 열린다. 많은 손님이 차에 오르자 자동차는 용문 전철역을 향해 나는 듯이 달린다. (14.03)

산수유꽃 향기에 취하다

봄이 오는 길이 구만리장천九萬里長天처럼 멀기만 하다. 유난스럽던 지난겨울 혹한에 지쳐 한눈팔고 있는 동안 발아래 땅속에선 부지런한 새싹들의 기지개 소리가 들리는 것 같다.

좀처럼 풀릴 것 같지 않던 얼어붙은 산야에 헐벗은 나뭇가지 사이로 연분홍빛 진달래 꽃망울들이 간간이 모습을 드러낸다. 길옆 가파른 언덕배기에 뾰족뾰족 오종종 무리 진 개나리꽃도, 천덕꾸러기같이 길바닥에 납작 엎드린 민들레꽃도, 장수 꽃으로 알려진 땅꼬마 제비꽃도 일찌감치 돌아온 화신이다. 공연한 조바심으로 애탄개탄 재촉하지 않아도 겨울이 차면 봄은 말없이 찾아오는 것을….

모질게 날 세운 겨울이 부잣집 업 나가듯 슬그머니 돌아선다. 모두 움츠린 마음을 활짝 펴고 한국문학비답사회원들은 가뭄 끝에 물 만난 고기처럼 발걸음도 가볍게 문학기행을 떠난다. 지난 오 년 전에 가보았던 산수유꽃을 다시 만나러 간다. 새해 들어 처음으로 경기도 이천고을

원적산자락에 터 잡은 도립리 산수유마을을 찾았다.

그곳엔 산골짝 한가득 갈래갈래 떨어진 황금빛 물안개 같은 꽃잎들이 차마 다하지 못한 지난 이야기를 자분자분 털어놓는다. 그 오랜 세월 메마른 가지 끝에 맴도는 초춘의 서정 속에 고목에서 싹이 튼다. 오백 년 묵은 산수유나무가 열여섯 살 앳된 꽃을 피운다.

비 온 뒤 피어오르는 상큼한 산안개 같은 산수유꽃을 사람들은 청렴한 선비의 꽃, 성급한 시춘목이라 부른다. '영원한 사랑'이란 꽃말을 얻은 산수유는 그 옛날 중국 산동성에서 자란 처녀가 한국으로 시집올 때 묘목을 가져왔다고 한다. 이곳 도립리는 조선조 중종 14년 기묘사화 정난을 피해 낙향한 선비들이 산수유를 심었다고 한다.

조광조의 제자 엄용순을 비롯한 여섯 선비가 학문을 논하고, 우의를 다지는 뜻에서 마을 들머리에 육괴정六槐亭를 짓고 정자 앞에 엄용순의 호를 딴 남당 연못을 파고 주위에다 느티나무를 각각 한 그루씩 여섯 그루를 심었다.

오백여 년이 지나는 동안 세 그루는 고사하고 세 그루가 남아 지금도 늠름한 선비의 기백처럼 산수유 골을 지키고 있다. 어른 다섯 사람이 양팔을 벌려 느티나무둘레에 팔띠를 두르자 지난 십여 년 전과 다름없이 겨우 손끝이 닿는다. 거목이 되기까지 꼬물꼬물 햇병아리 같은 여린 꽃망울들이 있어 그 오랜 세월을 견디어 왔으리라.

몇 해 전, 가을 단풍이 절정일 때였다. 일박 이일 예정하고 친구들과 호남지방으로 여행을 떠났다. 먼저 찾은 곳이 구례 산동 산수유마을이다. 봄이면 노랗게 풀어헤친 바람 같은 꽃잎 속에 오롱조롱 매달린 열매들이 한여름 더위 먹고 영글어 가을이 되자 산과 들이 온통 불콰하게 술 취한 취객처럼 지나가는 바람 잡고 건들거린다. 천혜의 산세 속에 오방색 단풍과 새빨간 산수유 열매가 계류와 어우러져 자연이 연출하는 살아 숨 쉬는 한 폭의 동양화를 펼쳐놓았다.

서산으로 기우는 짧은 가을 해가 산수유 열매보다 붉은 노을을 토해 내고 고단한 하루를 마무리한다. 온 마을에 가득 고여 있는 산수유 열매의 달짝지근한 낯익은 향이 어릴 적, 배고플 때 먹었던 홍시 향처럼 그 향기 하도 좋아 산동에서 일박했다.

온종일 매달린 피곤을 내려놓고 내일을 위해 일찍 잠자리에 들었다. 그런데 어디선가 남도 특유의 걸쭉한 육자배기 가락이 나그네 방 창문 틈새로 파고든다. 구슬픈 노랫소리에 쉽게 잠들 것 같지 않아 혼자 살며시 밖으로 나왔다. 마을 앞 홰나무 아래 정자에서 촌로村老 몇이 주거니 받거니 술 한 잔에 지난 한을 노래로 풀고 있다. 밤도 깊고 술기운 때문인지 구성지던 휘모리장단이 빛 잃은 하현달처럼 중모리장단으로 점점 기울기 시작한다.

산수유 꽃잎마다 설운 정을 맺어놓고/ 잘 있거라 산동아 너를 두고 나는 간다./ 열아홉 꽃봉오리 피어 보도 못 한 채로/ 까마귀 우는 골에 멍든 다리 절며절며/ 다린 머리 쓸어안고 원한의 넋이 되어/ 노고단 골짝에서 이름 없이 슬어졌네.

　　　　　　　　　　　　　　　　　　－ 구례지방에 내려오는 「산동애가」

봄이면 찾게 되는 이천 산수유 꽃마을, 싱그러운 봄 냄새 가득한 낯익은 풍경들이 올 때마다 처음인 듯 보는 눈을 사로잡는다. 신선이 살다 간 곳이 이와 같을까. 불면 날아갈 듯 돌아서면 아쉬워 다시 찾는 애잔한 꽃, 아직 수줍은 입 반쯤 열고 꽃망울 살짝 터뜨렸다. 봄비 잘금잘금 내리는 날 웃음꽃 활짝 필까.

올가을에는 이곳 산수유 열매 불태울 때 양귀비꽃보다 붉은 독주보다 진한 산수유꽃 그윽한 향기에 흠뻑 취하고 싶다. (13.04)

달리는 노래방

사계四季는 변함없이 분명한 고마운 친구 같다. 겨울에 숨겨둔 이야기들을 조근조근 들려줄 것 같은 괜한 설렘, 서두르지 않아도 딱따구리는 봄을 쪼고 구태의연하게 꽃은 핀다. 때마침 가슴 짠한 그리움처럼 촉촉한 봄비가 마른 땅을 적신다. 은산철벽銀山鐵壁을 호령하던 서슬 푸른 동장군도 그렇게 아득바득 심술만 부리더니 살가운 봄 처녀 눈웃음에 그만 무릎을 꿇고 만다.

유난스럽던 지난겨울 혹한과 잦은 폭설 때문에 집안에서만 빈둥거렸다. 어느새 성큼 다가온 봄, 포근한 날씨 덕에 모처럼 성태산城台山에 올랐다. 작년 여름 폭우 때문에 산사태가 나서 길이 막혀 옆길로 다녔다. 어느새 이전과 같이 길도 고치고 널브러진 삭정이와 쓰러진 나무들은 모두 잘라 장작처럼 동개동개 포개놓았다. 해마다 계속되는 태풍으로 어지럽던 산속은 해동과 함께 봄단장을 마쳤다.

우리 동네 성태산은 6세기 전 신라시대 성태산성을 축성한 것으로 추정하고 있다. 고구려, 백제, 신라가 서로 인접하여 접전을 자주 치르면서 축성된 것으로 보인다. 10여 년 전만 해도 상록구 호수동에 사리포구가 있었다. 재개발로 인해 지금은 역사 속으로 사라졌지만, 바다가 코앞이라 일본 해적들의 분탕질이 오죽했을까.

산 정상에 오르면 주변 일대를 폭넓게 조망할 수 있고 타원형의 정상이 넓은 평지로 돼 있어 동민들의 체력단련을 위해 배드민턴코트도 설치됐다. 몇 해 전에는 안산시에서 각종 건강기구와 함께 날아갈 듯 정자를 지어 '성태산연정'이라 멋진 현판을 걸어놓았다. 성 내부는 완만한데 외곽 쪽은 가파른 능선과 계곡으로 이루어진 지형을 활용하여 축성된 것으로 보인다. 정상 아래 절벽엔 당시 성곽이 남아있다.

성태산은 소나무와 참나무가 군락을 이룬다. 봄엔 고사리가 돋고, 화살나무도 더러 있어 고향 뒷동산 같아서 초봄이면 삼박한 홑잎 나물도 맛볼 수가 있다. 아침 등산길에는 인정 많고 부지런한 친구들이 부드러운 쪽파전과 쑥개떡에 쑥버무리까지 해 오고 식혜도 단골로 등장한다.

아침 기온이 쌀랑한 가을이면 누가 먼저랄 것도 없이 따끈한 커피는 기본이다. 감자와 고구마는 흔한 메뉴고 막걸리에 해장국까지 끓여서 짊어지고 올라오는가 하면 팥죽에 호박죽까지 끓여온다.

가을 성태산은 토종밤, 도토리가 널려있다. 각종 식용버섯과 장수영약으로 알려진 영지버섯도 있어 동네 사람들은 효자산이라 한다.

이곳 안산에 이사 온 지도 어느새 10여 년이란 세월이 흘렀다. 그래도 늘그막에 인복이 많아 안산은 내 고향 대양大陽처럼 따뜻하고 편안하다. 긴 세월 이웃들과 벗이 되어 하루도 빠짐없이 아침 일찍 산에 올라 우정을 다져왔다. 물론 운동이 목적이다. 하지만 고향동네 우물가처럼 매일 만나는 친구들이 하루 이틀만 안 나오면 궁금하여 전화로 안부를 주고받는다.

1월 1일은 성태산 전 회원이 모여 시산제를 모신다. 영하 10도 아래로 떨어지는 건 보통이지만 그래도 널려있는 삭정이와 통나무로 불을 피워놓고 연례행사로 치른다. 새해 맞으러 정상에 오른 동네 사람들과 함께 떡국에 돼지고기와 막걸리, 떡을 나누어 먹으며 덕담을 주고받는다. 처음 산에 오른 사람들도 돼지 웃는 입에다 돈을 물려주며 저마다 새해 소원을 빌면서 절을 한다. 한사람이 나서면 너도나도 따라 한다.

언제부턴가 등산이 마치 건강을 지켜주는 만병통치약인 양 산악회 모임이 우후죽순처럼 늘어났다. 그에 따른 부작용도 심심찮게 세인들 입에 오르내린다. 작년 가을 어느 산악회 모임에 갔을 때다. 산속에서 만나는 사람마다 등산복 패션쇼를 보는 것 같았다. 쌀 대여섯 가마니 값인 기백만 원대가 훌쩍 넘는 소위 메이커 제품들만 입고 있다. 옛말에 비단옷 입고 밤길 걷는다고 했던가. 그런데 정작 산에 오르는 사람은 몇 명 안 된다. 염불에는 뒷전이고 잿밥에만 마음뿐이라더니…. 등산복이 날개인 줄 아는지.

어영부영하다 시간만 보내고 귀갓길은 밤중이다. 버스에 오르기 바쁘게 운전기사는 음악을 초 고음으로 틀어 젖힌다. 술이 몇 순배 돌고 나면 술에 취하고 음악에 취한 승객들, 거의가 일어나 뛰기 시작한다. 소주에 맥주, 막걸리와 안주는 무한 리필이다. 달리는 노래방, 버스 천정에선 오색 네온의 현란한 불빛이 홰를 치며 돌아간다. 천둥인지 지둥인지? 광란하는 음악 소리가 태평가太平歌로 들리는 걸까. 할머니 몇은 의자에 기대어 곤한 잠에 취해있다. 나도 휴지로 귓구멍을 틀어막고 아무리 청해 봐도 잠은 줄행랑친다.

몇 해 전, 서유럽 여러 나라를 관광할 때였다. 선진국 사람들은 아이 어른 할 것 없이 길거리건 아무 대건 앉거나 걸어 다니며 틈만 나면 먹으면서도 버스 안에서는 운전기사의 정신집중을 위해 가이드는 말도 크게 못하게 했다. 껌은 물론이고 음식물 일체를 못 먹게 규정돼 있었다.

캄캄한 어둠을 뚫고 무법천지로 질주하는 버스가 어디쯤 왔을까. 뒷좌석에 있던 60대로 보이는 신사양반이 화려한 불빛을 비집고 앞으로 겨우 빠져나와 갑자기 큰소리로 "기사 양반 당장 음악을 멈출래? 아니면 이 휴대폰으로 경찰에 신고할까?" 고막이 터질 것 같던 굉음이 바로 뚝, 그친다. 순간 버스 안이 조용해지니 가슴 한복판이 편안하다. 한편 신나게 뛰며 놀던 사람들이 못내 아쉬워 여기저기서 볼멘소리가 탄식처럼 쏟아진다.

그렇게 고단하던 하루가 저물고 안산 IC가 가까워 오자 조금 전 그 신사양반이 앞으로 나와 마이크를 다시 잡는다. 안산 어느 동에 사는 누구라고 자기소개를 한 다음, 자신도 어느 모임에서나 마이크 잡고 노래 몇 곡쯤 할 줄 알고 술 한잔 하면 때에 따라 덧뵈기 막춤도 춘다면서 촌스럽게 생각할지 모르지만 여행 중 차 안에서 잔잔한 음악과 함께 차례대로 돌아가며 자신의 애창곡 한 곡조 불러보는 것도 얼마나 멋지고 낭만적이냐고 말한다.

"100km를 내달리는 고속도로에서 가장 기초적인 질서와 위험을 망각한다면 대체 사람의 목숨이 몇 개나 됩니까? 아차 한순간입니다." 갑자기 우레와 같은 박수가 터진다. 그 사람은 감사하다며 목례를 하고 자리에 앉는다. 나는 세상에 태어나 그렇게 멋진 남자를 처음 보았다.

해동하고 봄꽃 만개하면 사람들은 등산모임, 각종 꽃놀이 관광을 떠날 것이다. 스트레스 날리는데 그만이라는 달리는 노래방! 이제 더는 강 건너 불구경이 아닌 것 같다.

성태산을 오르내리며 정을 쌓은 우리 성태산악회는 오순도순 정을 나누는 이웃으로 오래 기억 될 것이다. (13.03)

선교장船橋莊

여름비는 아들 두셋 낳은 며느리처럼 기세가 당당하다. 거기다 태풍까지 몰고 오면 그 힘은 역발산기개세처럼 걷잡을 수 없이 위력적이다. 옛 어른들 말에 칠월 장마는 꾸어서도 댄다는 말이 있고 보면 우리나라는 예나 지금이나 칠월 한더위 때면 대체로 많은 비가 오는 것 같다.

후덥지근한 날씨에다 질척질척 계속되는 장맛비도 종류가 다양하다. 여러 날 쉬지 않고 퍼붓는 비를 억수장마라 한다. 굵고 거세게 퍼붓는 비를 작달비, 또 오랜 장맛비로 물난리가 난 뒤 한동안 쉬었다가 다시 쏟아 붓는 비를 개부심, 초가을에 갑자기 쏟아지다 반짝 들고 다시 쏟아지다 개는 비를 건들장마라 한다.

그런데 경기도 안산과 안양을 비롯해 남부지방을 아우르는 가을 떡비 같은 문학비도 있다. 문학비답사 떠날 때마다 늘 먼저 자박자박 따라나선다면 누가 믿을까? 하지만 조금씩 오다 말다 거치는 웃비 같은 문학 비는 착한 문우들을 닮아 항상 가뿐가뿐 따라다니다 곱게 그친다.

이번에는 어쩐지 날씨가 끄느름하여 오래 갈 것 같은 빗속에도 아랑곳하지 않고 답사팀은 강릉을 향해 떠난다.

강릉시 운정동 시루봉 아래 길게 드러누워 용트림하는 선교장을 나는 두어 번 방문했다. 중요 민속문화재 5호로 지정된 주거생활 가옥으로 조선시대 사대부가 최고의 살림집이라는데 진한 매력을 느낀다. 효령대군 11대손, '가선대부 무경 이내번'의 개인 소유로 집터가 뱃머리를 닮아 선교장이라 한다. 그런데 하늘이 족제비무리를 통해 명당을 점지했다는 설도 있다. 300여 년 전 안채 주옥을 시작으로 동별당, 서별당, 연지당, 외별당, 중사랑, 행랑채, 사당이 있다.

예전에는 경포호수를 가로질러 배로 다리를 만들어 건너다녔다 하여 배다리 집이라 부르기도 했다. 그때 경포호수는 둘레길 30리나 되었다는데 300여 년이 지난 지금은 각종 개발로 인해 10리로 줄어들었다고 한다.

관동 제일의 명가로 태고의 멋을 품은 선교장, 들머리에 연못과 별당인 활래정活來亭이 날아갈 듯 우중의 방문객을 살갑게 맞이한다. 1,700여 년 대 이내번의 손자 '오은거사 이후'가 인공으로 조성했다. 땅을 상징하는 네모난 연못과 하늘을 상징하는 둥근 당주로 구성되어 있다. 서쪽 태장봉에서 끊임없이 흐르는 맑은 물이 연못을 거쳐 경포호수로 빠져나가는 활수작용으로 항시 살아 숨 쉬는 연못이다.

연못 한가득 메운 초록 연잎 속에 분홍빛 꽃망울이 하나둘 배시시 수줍게 모습을 드러낸다. 연꽃 속의 활래정, 단아하고 섬세한 아름다움의 극치를 이룬다. 기품 있는 한 마리 고고한 학처럼 연못에다 긴 다리를 첨벙 담가 탁족하는 모습 같아 눈과 가슴속까지 시원하다.

정면에서 바라본 활래정은 'ㄱ'자로 된 한 채로 보이지만, 두 채라고 한다. 한쪽은 온돌방과 다실로 되어있고 다른 쪽은 연못에다 돌기둥을 세워 물 위에 떠 있는 듯 누마루를 올려놓았다. 두 채의 벽이 맞벽으로 돼 있어 온돌 채와 누마루의 쪽마루가 이어져 한 채로 보인다. 손님을 위한 다실에는 늘 연꽃 속에 넣어두었던 녹차를 손님께 대접하는 다정茶亭으로서의 기능을 겸하고 있다.

연못 주변에는 간간이 기웃거리는 크고 작은 배롱나무가 여름을 불태우는 듯 가지마다 빨갛게 흐드러진 꽃송이들이 활래정의 정교한 문살에 아른거린다. 그런데 정자 안으로 들어가는 관문인 아담한 월하문月下門이 나그네 발목을 붙잡는다. 대문 양쪽 기둥에 걸린 오언주련이다.

鳥宿池邊樹 (조숙지변수) 새들은 연못가 나무숲으로 자러 가고
僧鼓月下門 (승고월하문) 스님은 달빛 아래 문을 두드린다.

문장을 다듬는다는 의미인 퇴고의 유래를 낳은 당나라 시인 '가도'의 시구 중 일부다. 해가 지고 달이 뜬 밤에 하루 묵고 갈 거처를 찾는 나그네가 으리으리한 저택을 보고 지레, 아서라 발길을 돌릴까 싶어 대문을 작게 만들었다고 한다. 또 누구나 부담 없이 문을 두드려 하룻밤 묵고 가라고 가도의 시구를 대문에 걸어두었다는 것이다.

활래정을 지나면 솟을대문을 마주하게 되고 사랑채로 들어간다. 높다란 솟을대문에는 선교유거仙嶠幽居, 신선이 거처하는 그윽한 집이라는 현판이 걸려있다. 솟을대문은 남자들만 드나드는 문으로 말을 탄 사람이 내리지 않고 그대로 들어갈 수 있다. 솟을대문 옆에는 안채로 들어가는 평대문이 별도로 있어 여자와 가족들이 사용했다.

솟을대문을 비롯해 선교장에는 열두 대문이 그대로 남아있다. 신축 개축으로 당사堂舍를 계속 늘리면서 삼백여 년 동안 120여 칸이나 되는 선교장은 후손들에 의해 원형이 잘 보존되어 있다. 지금도 후손들이 거

주하고 있는 살아 숨 쉬는 한국의 유형문화재로 강릉을 대표하는 자랑스러운 문화유산이다.

활래정 다음으로 열화당이 유난히 기억에 남는다. 큰 건물 전체 벽이 문으로 되어 있어 문을 번쩍 들어 걸쇠에 올려놓으면 여름에는 시원하고 커다란 정자가 될 것 같다. 안채와 가까운 위치에 있는 건물로 바깥주인이 거처하는 사랑채다. 형제간과 일가친척들이 모여 정담을 나누기도 하지만, 선교장을 찾는 손님들과 장안의 내로라하는 시인 묵객들과 친교를 나누던 곳이라 한다.

그런데 열화당 정면 처마의 차양이 전통구조와 달리 낯설다. 구한말 선교장의 초청을 받아 융숭한 대접을 받은 러시아공사가 답례로 당시 엄청나게 비싼 구리를 선물로 주어 만들었는데 차양과 기둥 모두 러시아식 테라스다.

열화당 오른쪽 누각 같은 서고에는 책이 빼곡하게 들어차 있다. 몇해 전에 문을 연 도서관으로 선교장 대대로 내려온 고서와 요즘 책 삼천오백여 권을 소장하고 있다. 방문객 누구든 책을 빌려볼 수 있고 두 시간 넘게 책을 보면 입장료를 환급해 준다고 한다. 선교장에서 나고 자란 현재 이 집을 지키고 있는 종손의 당숙인 이기웅 회장은 열화당과 맥을 같이하는 도서관이다. 현재 파주출판단지 이사장으로 출판사업을 하면서 열화당을 자신의 아호이자 출판사 이름으로도 쓰고 있다고 한다.

선교장 맨 왼쪽에는 만석꾼 집안의 곳간이 태산처럼 웅크리고 있다. 옛날 이 집안에서 소유한 땅이 강릉 북쪽 주문진에서 경북 울진까지 이어졌다는 것이다. 가뭄과 홍수로 흉년이 들면 창고에서 몇천 석을 풀어 백성들을 먹여 살렸고 일제강점기 때는 독립운동 자금을 은밀히 지원했다고 한다.

이 집에 드나들던 수많은 손님에게는 떠날 때 모두 옷을 한 벌씩 지

어주었다고 한다. 그런데 몇 달씩 너무 오래 머무는 손님에게 차마 가
란 말은 못하고 제사상으로 상차림을 바꾸어서 스스로 눈치를 채고 떠
나게 했다는 설도 있다. 그 시절 글줄이나 읽은 배고픈 선비들과 그도
저도 아닌 얼마나 많은 반거충이 과객들이 선교장을 들락거렸을까.

　하루해가 기울고 온종일 질척거리던 비도 저녁나절에는 비단실 같은
는개로 바뀐다. 일행들도 눈치밥상 나오기 전에 종종걸음으로 선교장
솟을대문을 나선다. (13.07)

금오도와 보길도

동네 신협산악회는 해마다 여름이면 이웃 간의 친목을 위해 경치 좋고 시원한 섬을 찾는다. 올해는 아름다운 항구도시 여수 금오도로 1박 2일 동안 산행이 아닌 여행을 떠난다. 밤부터 초여름 비가 바람까지 몰고 가을철 건들장마처럼 오다 말다 반복한다. 아직도 나이와 상관없이 여행은 늘 가슴 설레는 즐거움이다.

새벽부터 빗속을 달려온 버스가 여수에 도착했다. 작년 여름 여수세계박람회장 낯익은 건물들이 한눈에 들어온다. 아름답고 웅장한 그 모습 변함없건만 한가하게 날비를 맞고 있다. 국내외 관람객들의 사랑을 한 몸에 받았던 바다의 요정 Big o, 환상의 무지개처럼 밤하늘을 수놓던 여름밤의 그 함성 잊지 못해 외로운 등대처럼 무심한 바다만 바라본다.

옛말에 들은 귀는 천 년이요 말한 입은 사흘이라 했던가. 순천에서 인물 자랑 말고, 벌교에서 주먹 자랑 말고, 여수에서 돈 자랑 말라는 말이 있고 보면 호남지방의 내로라하는 부호들이 아마도 경치 좋은 여수에 다 모인 것 같다.

활짝 열린 바닷길, 수많은 자동차가 물 위 소금쟁이처럼 나는 듯이 건너간다. 비 오는 날의 서정, 다닥다닥 시골 마을 낯익은 풍경들이 고향에 돌아온 듯 지난날이 그리워진다. 길가 새빨간 언덕배기 무성한 호박 넝쿨 속에 흐드러지게 피어있는 호박꽃도 꽃이라고 벌, 나비들이 뻔질나게 들락거린다. 바로 옆 파르족족한 가지꽃은 시샘 많은 손윗동서 입술처럼 파르르 떨고 있다. 그러고 보니 여수지방 흙색깔은 칠팔월 한껏 벼슬 자랑하는 맨드라미꽃처럼 정열적인 적토가 대부분이다.

정오가 다 되어 여수 돌산한정식 앞에 버스가 멎는다. 음식점에서 사르르 풍겨오는 양념 냄새가 갑자기 시장기를 자극한다. 전라도 음식 맛은 익히 알고 있지만 돌산의 손맛은 시장해서 입에 맞는 맛이 아니었다. 열서너 가지되는 반찬들이 입안에서 살살 녹는다. 그 가운데 돌산 갓김치와 오랜 시간 숙성되어 곰삭은 묵은지 특유의 감칠맛은 한국인의 미각이 아니고는 감히 느끼지 못할 것 같다.

다도해상국립공원 금오도 비령길 가는 여천여객터미널, 날씨 때문인지 생각보다 한산했다. 그런데 비바람은 점점 거세진다. 시간은 다 되었는데 출항이 불투명하다며 운전기사의 걱정이 태산 같다.

우여곡절 끝에 드디어 출항명령이 떨어졌다. 먼저 배 뒤꽁무니로 관광버스와 트럭, 승용차들이 줄줄이 들어간다. 사람보다 차를 더 많이 태우는 건 아닐까. 어느 틈에 객실 안엔 많은 승객이 목침까지 베고 누워 있다. 목적지까지 한 시간 거리도 안 된다지만 객실 한쪽 구석에 구명조끼들이 먼지만 뒤집어쓴 채 의붓자식처럼 눈총을 받고 있다. 세월호, 생각조차 하기 싫은 그 엄청난 인재를 겪은 지 얼마나 되었다고 너나 할 것 없이 설마 하는 안전 불감증은 여전했다.

흐리멍덩한 우중의 금오도 비령길을 굽이굽이 돌며 좁은 골짜기 사방을 둘러봐도 가파른 밭뙈기마다 농작물이라곤 하나도 없고 머위나물이 더러 보이고 방풍나물만 지천으로 널려있다. 문득 내 고향 황강 옆 개비리듬이 생각난다. 사람은 다닐 수가 없고 개나 다닌다는 뜻이다. 금오도 비령길도 같은 뜻이 아닐까?

일행은 일찌감치 숙소에 들었지만 밤새도록 세찬 비바람 때문에 모두 단잠을 설쳤는데 날이 밝아도 비는 좀처럼 그치지 않는다. 아침 식사를 하고 그래도 몇 사람은 우의로 완전무장을 하고 비령길 따라 산행에 나선다. 남아있는 사람들은 꼼짝없이 차 안에 갇혀 무료하게 시간을 보내야 했다. 안산에 이사 와서 10여 년 동안 해마다 많은 섬을 여행했지만 이렇게 비 때문에 발목을 잡히기는 처음이다.

설핏 재작년 보길도 갔을 때 그 아름다운 비경과 풍광들이 창밖의 빗줄기 속에 아른거린다. 그 당시 가이드 따라 세연정과 세연지를 먼저 찾았다. '고산 윤선도'의 고향, 태고의 신비를 간직한 고요한 물결의 섬, 겹겹이 산과 물 그 속에 연화처럼 들어앉은 섬 보길도, 자연 그대로의 아름다운 정원, 세인들은 윤선도 원림이라 부른다.

해남의 만석꾼 집안에 태어난 윤선도는 당쟁에 휘말려서 낙향하였을 때 병자호란이 일어났다. 고산은 임금을 돕기 위해 강화도로 가던 중 인조가 항복했다는 소식을 들었다. 울분을 참을 수 없어 세상을 등지고 초야에 묻히려고 제주도로 떠나던 중, 풍랑을 만나 정착한 섬이 보길도 였다고 한다.

자연을 최대한 살린 세연지 계담溪潭에 일곱 개의 바위가 있다. 그 중, 커다란 황소가 힘차게 뛰어갈 것 같은 형상을 하고 있어 혹약암이라 하는데 지금도 어디론가 달아날 것 같은 성난 황소 같다. 계담의 반석보, 세연지 저수를 위해 만들었다는 우리나라에서 유일한 석조보로 일명 굴뚝다리라 한다. 물이 잦아지면 돌다리가 되고 비가 많이 와 물이

불으면 폭포로 변한다고 한다. 그 밖에도 비홍교, 사투암 같은 기암괴석들을 일일이 다 헤아릴 수가 없다. 세연은 주변 경관이 깨끗하고 계곡에서 흐르는 자연수가 거울처럼 맑아서 기분이 상쾌해진다는 뜻이다.

고산 윤선도가 명문 어부사시사와 오우가 등 수많은 시를 짓고 강론을 즐기던 낙서재와 동천석실이 있다. 산 중턱에다 천년바위를 이용해 단칸 정자를 지어 독서와 사색을 즐겼다는 곳이다. 등산 난코스처럼 줄을 잡고 오르기가 여간 힘 드는 게 아니었다. 석실에서 멀리 보이는 곡수당은 고산이 팔십오 세까지 살며 장수한 집이라고 한다.

시인 도연명은 중국의 도화원을 '인간선경 세외도원'이라 극찬을 했다는데. 내가 본 도화원은 조그마한 골짜기 전부 복숭아밭이고, 야트막한 산은 대나무숲으로 복숭아밭을 둘러싸고 있었다.

천혜의 낙원 보길도는 섬 전체가 동백의 화원이라 한다. 11월부터 꽃이 피기 시작하면 한겨울 눈 속에 만개하여 이듬해 4월까지 볼 수 있어 관광객들이 줄을 잇는 동방의 명승지다. 보길도가 세계자연유산에 등재될 날도 머잖은 듯 싶다.

차창을 부딪치는 거센 빗소리가 그저 짜증스럽기만 하다. 재작년 보길도 여행 때 곡수당 옆 개천물 소리가 옥구슬 구르는 듯해서 낭음계라 부른다는 그 명징한 물소리가 지금도 귓가에 쟁쟁하다.

이번 여행에서 비 때문에 보고 들은 게 없어 아쉽지만 금오도 머위나물과 방풍나물 맛은 별미였다. 여행에선 늘 낯선 것에 대한 기대와 새로움으로 귀와 눈이 즐겁다. 입까지 즐거우면 금상첨화가 아닐까.
(14.06)

바다의 귀족

가까운 이웃들과 여수엑스포 나들이다. 살아 숨 쉬는 바다축제 현장으로 가는 길목에 광양과 여수를 엮어 주는 이순신대교를 건너간다. 국내 현수교 중 가장 길고 주각의 높이는 세계 최고라 한다. 충무공 탄신 1545년을 기념하기 위해 주각 사이도 1,545m의 간격을 두고 있다. 그런데 대교는 아직 절름발이로 엑스포 행사를 위해 임시로 사용 중이다.

대교를 지나자 여수시 묘도猫島가 손에 잡힐 것 같다. 섬의 생김새가 고양이를 닮아 붙여진 지명이다. 양지바른 야산중턱에는 오랜 가뭄에도 섬사람들 땀으로 일군 다랭이 논들이 한 폭의 동양화를 펼쳐놓은 것 같다. 가파른 산 중턱을 깎아 푸른 논이 되기까지 얼마나 많은 땀을 흘렸을까? 육지에서는 좀처럼 보기 힘든 다랭이 논을 보며 갑자기 어린 시절이 아른거린다.

6·25전쟁이 발발한 지 두 달도 안 되어 우리 동네까지 인민군들이

터진 봇물처럼 밀려왔다. 날이 갈수록 불어나는 그들 치다꺼리를 하느라 동네 사람들은 점점 지쳐갔다. 수천 명의 인민군이 머물다 떠난 후정작 200여 호 되는 집은 모두 불타버렸고, 동네 사람들이 먹고 살아갈 생명줄인 곡식은 말할 것 없고 가축들까지 모두 수난을 당했다. 죽지 못해 사람들은 야산을 파헤쳐 잡곡을 심어 허기와 배고픔을 이겨냈다. 그때가 생각이 나서 다랭이 논을 보고 차마 아름답다는 말을 하기가 미안했다.

초여름 맑은 햇살이 금화처럼 쏟아지는 망망대해, 1,500여 년 전 충무공의 최후 승첩지인 노량 앞바다, 드디어 바다가 기억하는 지난 이야기를 잔잔하게 들려줄 것만 같다. 파도는 잠자고 바다와 하늘은 푸르기만 하다. 이제 바다는 오랜 침묵을 깨고 세상과 소통하며 찬란한 도약을 꿈꾼다.

그 꿈의 현장에 버스가 도착했다. 첫 관람 장소인 아쿠아리움, 예약 시간을 기다리는 동안 먼저 찾은 곳이 '엑스포 디지털갤러리'다. 넓고 긴 천정 가득 오색찬란한 그림들이 현란하게 살아 움직인다. 몇 해 전, 이탈리아를 여행할 때였다. 미켈란젤로의 천지창조를 보면서 그림에 전혀 문외한인 내가 넋 놓고 쳐다볼 때처럼 환상적이다. 이제 활짝 열린 디지털시대에 살고 있음을 실감케 한다.

아무 때나 수시로 드나들 수 있는 국제관은 선걸음에 차례차례 둘러볼 수 있어 좋았다. 엑스포 아쿠아리움의 인기는 대단했다. 예약하지 않은 일반 관람객 수백여 명이 몇 줄로 늘어서서 꼬리에 꼬리를 문다. 차례차례 안으로 들어서자 천장과 양쪽 벽면이 모두 유리로 장식한 바닷속 터널이다. 투명한 유리벽 속에 갇힌 수없이 많은 크고 작은 희귀 어종들이 고향을 잃어버린 자신의 처지를 아는지 모르는지 어두컴컴한 유리벽 속을 유유히 누비며 다닌다.

이곳 전시관에서 처음 본 희귀종인 벨루가, 흰 고래가 끝없이 관람객을 끌어모은다. 러시아에서 온 귀염둥이 삼 남매, 바다의 귀족이란다. 톡 튀어나온 동그란 이마와 웃는 표정으로 사람을 잘 따르는 친화적인 성격이다. 물방울 고리를 만들며 애교를 부리다가 사육사에게 입으로 물을 확확 끼얹는 장난꾸러기로 관람객들의 사랑을 한몸에 받고 있다.

그렇게 관람객을 사로잡는 귀염둥이가 있는가 하면, 말로만 들은 식인 물고기 피라냐도 만났다. 비록 격리돼 있지만 여느 물고기와 별반 다르지 않았다. 크고 무시무시하게 생긴 놈은 아닌데 깡패처럼 아래턱을 건방지게 삐죽이 내밀고 어슬렁거리며 다니는 품이 어째 심상찮다 했더니 잠깐 한눈파는 사이 매달아 놓은 고깃살을 보란 듯이 날카로운 이빨로 무지막지하게 헤쳐 먹는다. 소름이 좍 돌아 피해 나오다 보니 언젠가 바다에서 본 해파리 떼가 이곳 유리관 속에서 맹독의 촉수를 날름거리며 유유히 떠다닌다. 마치 저 멀리서 바람 타고 너울너울 하강하는 낙하산을 보는 듯하다. 한정된 시간에 쫓겨 이렇게 좋은 기회에 수많은 어종을 샅샅이 돌아볼 수 없어 아쉬웠다.

오후의 데이트 장소는 SK텔레콤관이다. 원형으로 된 평면바닥 한복판에 사람들이 얼기설기 드러누워 있다. 처음엔 어리둥절하다가 금방 이해가 된다. SK텔레콤관의 하이라이트는 4면체 영상관 뷰티플 스케이프Beautiful scape다. 신중현의 아름다운 강산과 이준익 감독의 영상이 함께 만났다. 가수 박정현 등 전국에서 일천 명이 함께 불렀다고 한다. 경운기를 끌고 가는 노부부의 엇박자에 관객들의 웃음이 터진다. 사방의 아름다운 영상들을 제대로 보려면 한가운데 드러누워야만 최대한 많이 볼 수가 있기 때문이다. 10분을 위해 1년을 준비했다니 앉아서 편안하게 보는 게 괜스레 미안하고 아깝다는 생각이 들어 드러누워서 볼까 하다가 그만두었다.

이번에는 또 산더미처럼 크고 멋진 건물이 관람객을 압도한다. 이곳은 기후환경관이다. 지구는 이산화탄소와 지구온난화로 병들고 있다는 것이다. 이번 기후환경체험에서 인류가 당면한 기후변화와 완화, 해양환경 문제를 영상을 통해 체험한 후 북극 빙하 체험실로 자리를 옮겼다. 이곳엔 문밖의 안내원들도 한겨울 오리털 파카로 중무장을 하고 있다. 실험실에 들어서자 보고 들은 대로 영하 10도의 얼음 터널을 지나간다. 모두 짧은 반소매 여름옷을 입고 3, 4분 동안 벌벌 떨어야 했다. 어디서는 함박눈이 펄펄 내리고 다른 한쪽엔 눈 더미와 얼음기둥과 '이글루'도 진짜 얼음이었다.

눈과 얼음으로 뒤덮인 영상에서는 북극곰이 새끼와 함께 노는데 갑자기 빙하가 깨지기 시작한다. 만약 지구온난화로 빙하가 모두 녹아버리면 북극곰은 어디로 가서 어떻게 살까. 지구 상에서 공룡이 사라지듯 백 년 후, 아니 천 년 후 우리 후손들이 북극곰을 볼 수 있을까. 혹여 멸종되어 공룡처럼 전설로 남는 건 아닐까. 해수면이 높아지면 바다의 생태계는 과연 어떻게 될까.

들리는 말에 아쿠아리움의 어항에서 희귀물고기들이 더러 죽는다고 한다. 사람이 아무리 과학적 환경으로 돌본다 한들 바닷속만 하겠는가. 비좁은 어항 속에 갇힌 수많은 물고기 중, 벨루가 흰 고래 그들을 정말 아끼고 사랑한다면 대자연으로 돌아가게 해야 한다.

긴긴 여름 해가 기울고 어느새 땅거미가 내린다. 행사장 가까운 곳에 여관을 잡을 수가 없어 잔뜩 기대했던 '빅오쇼, 야경'을 볼 수가 없다고 가이드가 갑작스럽게 폭탄선언을 한다. 모두 볼멘소리로 불만을 토로해 봐도 쇠귀에 경 읽기다.

해양엑스포 얼굴이자 여수 앞바다의 새로운 명물로 우뚝 선 빅오

BIG-O, 매스컴을 통해 날마다 보았으나 현장에서 직접 화려한 야경을 볼 수 있다는 기대에 부풀어 있었다. 부잣집 잔치처럼 비록 수박 겉핥기식이지만 바다의 귀족 루오, 루비, 루이 벨루가 흰 고래 삼 남매를 본 것으로 위로를 삼는다. (12.08)

나부상 裸婦像

　재작년 여름, 딸네 식구와 휴가를 떠났다. 강화도 바다가 내려다보이는 펜션에서 2박 3일을 보내며 모처럼 강화의 명소를 돌아볼 수 있는 좋은 기회였다. 옛 생각이 나서 전등사부터 찾았다. 조계사의 말사인 정족산 전등사. 처음에는 진종사라 했는데. 고려 충렬왕 비인 정화공주가 옥등을 시주한 후부터 전등사라 이름을 바꾸었다고 전한다.

　사찰 경내로 들어가는 길목에 일주문이 아닌, 특이하고 화려하게 치장한 윤장대가 길목을 지킨다. 윤장대는 회전식 불교 경전 보관대이다. 그 옛날 글을 배우지 못한 중생들이 돌리는 것만으로 경전을 읽는 것과 같은 공덕을 얻는다고 했다. 전등사에서는 사찰을 찾는 중생들을 위해 전세에 지은 죄를 소멸하고 모든 소원이 이루어지도록 발원문을 윤장대 안에 넣고 돌릴 수 있도록 만들었다고 한다.

　윤장대를 지나면 문루 역할을 하는 대조루가 잠시 발길을 붙잡는다. 정면 5칸, 측면 2칸 팔작지붕 목조와가 누각이다. 2층 정면에 전등사

현판이 걸려있다. 청명한 날 누각에 오르면 멀리 서해 조수와 강화 염하를 볼 수 있다. 부처님 공덕으로 발 공 안들이고 감상할 수 있어 그에 걸맞게 대조루라 부른다고 한다. 대조루對潮樓 현판은 건물 안쪽에 걸어놓았다.

누각 2층에는 많은 편액이 걸려있다. 예전의 사고였던 선원각과 장사각 건물은 남아있지 않고 현판만 영조대왕의 친필인 취향당 현판과 함께 보관돼 있다고 한다. 그중 고려 말 대학자 목은 이색 선생이 누대에 올라 읊은 시가 맨 먼저 눈에 들어온다. 그 오랜 세월 액자에 머문 고려 마지막 대 학자의 숨결이 담긴 명시를 감상해본다.

나막신 산길산길 끌려 청아한 맛 즐기는데/ 전등사의 늙은 스님 내 갈 길을 알려준다/ 창틈으로 보인 뫼는 하늘에 닿아있고/ 누각 아래 부는 긴 바람 물결 되어 여울지네/ 별자리들 아득하게 왕별 속에 파묻혔고/ 안개 둘린 삼랑성에 자그맣게 보이누나/ 정화공주 발원깃대 누가 다시 세워주랴 / 먼지 찌든 벽 글 보니 길손 가슴 아프구려.

— 이색, 「대조루에 올라」 전문

경내 정면에 마주한 대웅전이 날아갈 듯 살아 숨 쉬는 한 폭의 그림 같다. 먼 옛날 전등사 대웅전 중수를 맡았던 어느 도편수의 애절한 전설을 아는지 모르는지 정작 대웅전은 말이 없다. 그 목수는 어릴 적, 홀로된 엄마가 집을 나간 후 아이는 온갖 설움을 다 겪으며 자랐다. 그는 한평생 결혼하지 않겠다고 맹세하며 엄마라는 여자를 원망하면서 목수기술을 배웠다고 한다.

목수는 대웅전 공사를 하면서 하루 일이 끝나면 인부들과 술 한잔 하러 사찰 아랫마을 주막에 자주 들렀다. 상냥하게 대하는 주모에게 자신도 모르게 정이 들어 사랑하게 되었다. 매달 받은 임금과 그 나이까지 모은 전 재산을 주모에게 맡기고 공사가 끝나면 알콩달콩 함께 살자고 굳게 약속을 했다. 그러던 어느 날, 철석같이 믿었던 그 주모도 돈을 챙겨 다른 남자와 야반도주를 해버린 것이다.

난생처음 사랑한 여자에게 배신을 당한 후, 그는 여자가 너무 미웠다. 그렇게 여자를 증오하면서 전등사 대웅전 처마 네 귀퉁이에다 실올 하나 걸치지 않은 나부상을 조각했다고 한다. 벌거벗은 여인이 쪼그리고 앉아서 그 무거운 대웅전 지붕을 머리로 이고, 두 손으로 떠받들며 천 년의 긴 벌을 받고 있다. 남자의 한이 얼마나 사무치면 부처님 계신 대웅전 추녀 끝에다 아무리 혼 없는 목상이지만 그처럼 힘겹고 민망한 여자의 알몸을 구석구석 끌과 정으로 후벼 파고 두들기며 한풀이를 했을까?

처마 네 귀퉁이 나부상을 보면 각각 다른 모습을 하고 있다. 머리로 이고 두 손바닥으로 힘겹게 떠받들고 있는가 하면 두 주먹을 쥐고 받들고도 있다. 얼마나 더 민망하고 힘든 모습을 상상하면서 왼쪽과 오른쪽 팔을 번갈아 떠받들게 했을까? 너무 잔인하다는 생각이 들어 괜스레 가슴이 아리다.

전등은 불법의 등불을 전하는 뜻이라 들었다. 1,600여 년 긴 역사를 간직한 전등사는 우리나라에서 가장 오래된 사찰이라 한다. 대웅전 정면 석가세존과 약사여래, 아미타여래 삼존불을 모신 천장에는 보물로 지정된 아홉 마리의 용이 양각되어 있다. 내부 불단 위에 꾸며놓은 닫집의 아름다움은 그 시대 건축공예의 극치를 이룬다.

보마다 용두가 네 귀퉁이에 돌출돼있고 천장 주변에는 연꽃, 모란, 당초무늬를 화려하게 장식해 놓았다. 중앙반자 안에 희귀한 물고기들을 천장 가득 양각해 놓았는데 마치 살아서 유유히 헤엄치며 노는 듯 착각이 든다. 사람의 상상을 초월하는 용궁 세계가 이와 같을까?

닫집 천장 양쪽에는 용두 장식을 하고 몸체에 아홉 개의 방울 종을 달아 불단까지 늘여놓았다. 끈을 흔들면 아홉 개의 종이 울리면서 장관을 이룬다는데 지금은 불단에 올라가야 끈을 잡을 수가 있다고 한다.

그리고 삼존불 좌우에 업경대業鏡臺가 있다. 사찰마다 있는 게 아니라서 말로만 들은 업경대를 처음 보았다. 나무로 만든 황색사자와 청색사자 등 위에다 마치 불꽃처럼 활활 타는 테두리 안에 거울이 들어있다.

사람이 현생을 마치고 저승의 염라대왕 앞에 가면 망자의 살아생전 행적을 보기 위해 명부전 거울 앞에 세운다는 것이다. 그렇게 선과 악업을 비추어보는 거울을 불교에서는 업경대라 한다. 현세의 CCTV 같은 것이라고나 할까? 한 번 가면 다시 올 수 없는 그곳은 얼마나 먼 하늘의 별나라일까? 흔히 죄는 지은 대로 공은 닦은 대로, 죄지어 남 안 주고 자신의 오지랖에 모두 떨어진다고 한다.

업경대를 보면서 사랑을 배신하면 무슨 벌을 받을까? 궁금하다. 진심을 외면하고 돈 떼먹고 달아난 주모가 업경대를 보고 참회하라고 혹여 도편수가 조각해 놓은 게 아닐까? 그까짓 것 차라리 남자의 넓은 가슴으로 마음 편하게 눈 딱 감고 깨끗이 잊어주면 안 되는 걸까? 사랑에 메마른 한 남자의 애달픈 사연이 너무나 안타까워 돌아서는 내 가슴이 내내 먹먹하다. (15.06)

백운동서원

노랑나비 떼처럼 은행잎들이 춤을 춘다. 한 겹 한 겹 파란 허물 벗고 곱게 이는 가을바람에 실려 지나간 세월만큼, 수많은 사연만큼 은행잎이 죄암죄암 잡힐 듯 말 듯 허공에 맴을 돈다. 취한대 절경 앞 죽계천은 사물사물 금빛으로 물들어간다.

소수서원 앞, 그곳엔 한자리 지키며 오백여 년 해로한 노거수 행자목부부가 다정하게 마주하고 있다. 마치 한나라를 군림해온 제왕 같다. 수묵 병풍으로 둘러친 듯 아름다운 주변 산세 속에 빼곡하게 들어찬 아름드리 소나무들로 만정제신滿廷諸臣을 거느린 듯 늠름한 행자목 위용 앞에 저절로 머리가 숙여진다.

며칠 전, 한국문학비답사 회원들과 영주시 순흥에 있는 소수서원을 답사했다. 소수서원은 우리나라 최초의 서원으로 중종 때 문신이자 유학자인 신재 주세붕 선생이 풍기군수 재임 시절 백운동서원白雲洞書院을 건립한 것이 그 시초이다. 그 후 명종 초, 퇴계 이황 선생이 풍기군

수로 부임해 와서 조정에 상주하여 소수서원으로 이름을 바꾸어 사액賜額을 받아 최초의 사액서원이자 나라가 공인한 사학私學이 되었다. 고종 때에는 대원군의 서원철폐로 많은 서원이 철폐되는 와중에도 다행히 소수서원은 살아날 수 있었다.

당시 전국 각처에서 학문에 뜻을 둔 인재들과 양반집 자재들이 소수서원으로 구름처럼 모여들었다. 당대의 선풍도골 귀공자들이 펄럭이는 도포 자락에서 묻어나는 묵향 같은 솔향기가 고즈넉한 서원에 그윽하다.

소수서원 정원엔 알록달록한 화초류가 없다. 잎 넓은 오죽, 소나무와 사철나무, 단풍나무 몇 그루가 있을 뿐이다. 선비도 사람이요 지극히 건강하고 혈기 방장한 남자가 아니던가. 긴긴 봄날 흐드러진 꽃을 보면 젊은 유생들의 마음이 동요할까 꽃 없는 정원이라 한다. 손바닥으로 하늘을 가리는 격이 아닐까.

소수서원 답사는 이번이 두 번째다. 언제부턴가 농촌에도 재개발이란 핑계로 하루가 다르게 변하고 있다. 물론 변하지 않으면 발전도 없겠지만 이곳 소수서원은 사백여 년 세월을 견디어온 고고한 멋과 변함없는 귀한 유산을 후손에게 물려주어야 할 마지막 남은 보물이다.

한 나라가 부흥하는 길은 인재육성을 위한 학문이 전부라 믿고 과감하게 실천했을 것이다. 조상의 크나큰 뜻을 이어받은 우리는 오늘날 세계가 주목하는 수준 높은 교육열을 자랑하게 되지 않았나 싶다.

근처 풍기는 인삼이 유명하다. 그곳에 최초로 인삼재배법을 보급한 주세붕 선생을 기리기 위해 풍기 사람들의 고마운 마음을 얹어 송덕비를 세운 곳이다. 친정아버지는 조상을 위하는 정신이 남달랐던지라 생전에 주세붕 선생의 인품과 행적에 대해 항상 같은 이야기를 해주었다. 친정아버지는 시조이신 신재 할바씨는 하고 시작하면 모두 꼼짝없이 끝까지 들어야 했다.

아버지는 항시 토씨도 하나 안 틀렸다. 신재 할바씨는 생원시와 별시 문과에 급제하여 풍기군수 재임 시절 최초의 백운동서원을 건립했다. 명종 원년에 호조참판이 되었다가 황해도 관찰사로 부임하여 해주에 수양서원을 건립했다. 풍기에 이어 개성에도 인삼재배 기술을 보급해 개성상인의 토대가 되었다고 했다.

청백리에 뽑힐 정도로 청빈한 생활과 강직한 성품인 신재 할바씨는 예조판서에 추증되었고 시호는 문민공이라 했다. 고향인 경상남도 칠원에 덕연서원도 건립했다면서, 섬세한 성품의 문신인 신재 할바씨는 무인같이 건장한 체구에 크고 광채 나는 호안虎眼에다 수염은 가슴을 덮을 정도라 했다. 아버지는 소수서원이란 이름은 퇴계 선생이 마음대로 고쳤다면서 백운동서원이라 항시 고집하던 모습이 아직도 선연하다.

소수서원에 머물던 노루 꼬리처럼 짧은 가을 해가 행자목 머리 위에서 잠시 여유를 부린다. 오늘이 마침 11월 1일 시의 날을 맞아 안축선생의 시비 앞에서 함께 간 문우들이 선현의 얼을 기린 시 낭송회를 가졌다. 때와 장소도 걸맞게 흐드러진 가을 단풍과 어우러져 멋진 시화전을 보는 듯했다.

오늘따라 왠지 친정아버지 생전의 온화한 모습이 꿈결인 듯 떠오르며 골 깊은 그리움이 밀려온다. 발길은 괜스레 소수서원 정원을 서성이는데, 강학당 담장 너머로 고개를 들이민 소나무가 향학열에 불타는 선비들의 넋이런가? 텅 빈 전각 안을 기웃거린다.

전각 위 명종임금 친필인 소수서원 편액이 어제 쓴 듯 위엄 있게 걸려있다. 소수서원, 내 맘속엔 아직도 깊이 남아 있는 백운동서원을 뒤로하고 알록달록 곱게 물든 단풍잎같이 예쁜 문우들과 천 년 고찰 부석사의 저녁예불 종소리를 맞으러 앞서거니 뒤서거니 발걸음을 재촉한다. (12.11)

바람난 오리길 단풍

가을은 떠나는 사람 뒷모습처럼 쓸쓸하다. 거기다 비라도 내리는 날은 괜스레 우울하고 초초하다. 어느새 시월도 꺾어진 스무 날, 쓸데없는 비가 장마처럼 추적추적 풍성한 황금 들녘에 괜한 심술을 부린다.

비 온 뒤 청량한 만추의 서정 속에 올 들어 처음으로 충청북도 옥천과 보은으로 가을 문학기행을 떠난다. 먼저 충북이 낳은 민족시인 정지용 생가와 문학관을 찾았다. 요즘 민속촌에서나 볼 수 있는 활짝 열린 사립문을 들어서니 담장 너머로 실개천이 휘돌아 나가고 금빛 초가삼간이 가을 볕 아래 졸고 있다. 그 시절 여인들의 일손을 많이 덜어주던 집 안에 있는 우물가, 옛이야기 도란도란 이명처럼 들린다.

우물 옆 담장 아래 자리한 낯익은 장독대에는 꾸밈없이 투박한 크고 작은 항아리 사이로 맨드라미꽃과 봉선화꽃이 옛 정취를 물씬 풍긴다. 뚜껑 없는 묵은 항아리 속을 들여다본다. 간장처럼 고인 빗물, 흘러가는 가을 하늘에 새털구름 한 조각 띄워놓았다. 그곳에 아련한 기억 한

자락이 얽힌 추억의 진한 향수를 느낀다.

생가 바로 옆, 아담한 문학관 앞에 시인의 동상이 있고 안으로 들어가면 실물 크기의 동상이 의자에 앉아서 손님들을 맞이한다. 문학관에는 수없이 많은 저서로 사방벽면을 꽉 채운다. 시인의 생애와 시대적 배경, 현대시의 흐름까지 잘 정돈되어 있다.

그 옛날 정지용 시인의 부친은 한약방을 했다고 한다. 한때 여유 있는 집안의 4대 독자로 태어나 지금의 옥천 죽향초등학교를 마치고 열두 살에 동갑내기와 결혼을 했다. 서울 휘문고등학교를 졸업 후 일본유학까지 마치고 모교인 휘문고에서 영어교사를 하다가 49세 때 6·25전쟁을 맞아 북한으로 끌려갔다는데 이후 지금까지 행방불명이라 한다.

전쟁으로 천수를 누리지 못해 너무나 안타깝다. 혹여 천재시인은 수많은 명작을 거미줄처럼 술술 뽑아내지 않았을까. 아버지와 어린 누이, 아내를 슬쩍 작품 속에 등장시켜 불후의 명작 향수를 탄생시킨 것을 보면.

'아무렇지도 않고/ 예쁠 것도 없는/ 사철 발 벗은 아내가 따가운 햇살을 등에 지고 이삭 줍던 곳' 이 구절에서 왠지 가슴 한구석이 짠하게 아파온다. 시인의 아내는 긴 세월 등 시린 한겨울 문풍지 떠는 밤에 얼마나 가슴 저린 외로움을 삼켜야 했을까.

배고프던 시절 비교적 안정된 집안에서 눈에 넣어도 아프지 않을 외아들로 태어나 등 따시고 배부른 길 굳이 마다하고 외롭고 험난한 시인의 길을 택했을까. 천재인 줄이야 익히 알고는 있었지만 지천명이 되기도 전에 이처럼 많은 작품과 저서를 남겼을까. 헤아릴 수 없이 많은 시집과 산문집들을 보고 또 보면서 돌아서기가 아쉽지만 옥천과 이웃한 속리산 법주사를 가기 위해 문학관을 나선다.

이십여 년 전 남편과 속리산 문장대까지 등산하고 법주사에 잠시 들렀다. 그때는 팔상전인지, 목탑인지도 모르고 오층 정각이 멋있게 보여

사람들 속에 묻혀 내부에 들어가 본 기억뿐이다.

법주사 가는 오리길 들머리부터 바람난 단풍들이 야단법석이다. 비 온 뒤 일곱 빛깔 무지개처럼 화려한 비단옷 갈아입고 살랑살랑 길거리에 쏟아져 나와 행락객의 눈을 사로잡는다. 그 속에 얄밉도록 예쁜 언년이 같은 애기단풍도 떡갈나무 뒤에 숨어 얼굴이 홍당무다. 점입가경이라 했던가. 수줍음 잘 타는 앞집 새댁처럼 알록달록 오색 쓰개치마 사이로 눈만 내놓고 점잖은 선비 같은 나무의 제왕 소나무 뒤에 숨어 하늘하늘 손짓한다.

며칠 내린 가을비로 잦아졌던 속리산 계곡 물이 불어 콸콸 흘러가며 내는 명징한 화음 속에 하늘을 찌를 듯 아름드리 적송들이 뿜어내는 싱그러운 솔향이 폐부 깊숙한 곳까지 파고들어 찌든 때를 정화시킨다. 눈도 즐겁고 정신도 맑아 오리길이 순식간이다.

법주사 일주문에 '호서제일가람'이란 현판을 올려다보며 안으로 들어선다. 잠시 후 태고의 숨결이 머문 천 년 고찰 법주사, 이십여 년 전 그 모습 변함이 없다. 말없이 표정 없이 그 깊은 속내를 알 수 없는 곳, 천년의 세월은 그렇게 이어져 왔으리라.

우리나라 최대 규모의 금동미륵대불이 멀리서도 한눈에 들어온다. 금강문 지나 사천왕을 모신 천왕문을 들어서면 우리나라 유일의 5층 목탑 팔상전이 그 위용을 자랑한다. 내부벽면에 부처의 일생을 여덟 폭으로 구분하여 그린 팔상도가 그려져 있어 팔상전이라 한다.

법주사 대웅보전 앞마당에 들어서면 부처님께서 보리수나무 아래서 득도하여 깨달음을 얻었다는 그 나무 한 쌍이 양쪽을 지키고 있다. 늦은 봄이면 노르스름한 작은 꽃잎들이 뭉쳐서 피는데 그 향기가 천리향처럼 환상이라 한다. 어느 사찰마다 대웅전 앞에는 크고 작은 석등이 있다. 그런데 이곳 쌍사자석등은 신라시대 걸작으로 국보 5호로 지정

되어 있다. 특이하게 팔각지대석 위의 연꽃무늬로 된 하대석에 사자 두 마리가 배를 붙이고 서서 앞발로 연꽃무늬가 장식되어 있는 상대석을 떠받들고 있다. 그런데 왼쪽 사자는 입을 벌렸는데 오른쪽 사자는 왜 입을 다물었을까?

넓은 마당 한쪽에 철확이란 이름의 보물은 무쇠로 만든 커다란 솥이 다. 통일신라시대부터 내려온 것으로 3천여 명의 승려들이 국을 끓여 먹던 국솥이라 한다. 그 밖에도 사천왕석등, 연꽃 모양의 석연지, 집채 같은 바위에 새긴 마애여래의상, 법주사세존사리탑 등, 법주사는 사찰 전체가 박물관이라 할 만큼 국보와 보물, 문화재의 보고다. 두세 시간 에 일일이 다 보고 헤아릴 수가 없다. 갈 길은 먼데 유난히 짧은 가을 해는 또 하루를 마무리하려 한다.

화려한 오리길에 저녁 어스름이 깔린다. 바람난 단풍들도 비단 치마 사려 죄고 어둠 속에 모습을 감춘다. (14.10)

공작산 수타사

보스락 보스락 새벽 비 오는 기척에 소스라쳐 잠을 깬다. 동이 트려면 아직도 두세 시간은 남았는데 다시 눈 좀 붙이려고 아무리 애를 써도 베갯모에 흐트러진 잠은 삼십육계 줄행랑이다.

오랜만에 떠나는 문학기행 나들이에 불청객 궂은비가 초를 친다. 시면 떫지나 말지 쌀쌀맞은 바람까지 동반하고 눈치 없이 앞장선다. 산뜻하고 청량한 계절에 어울리지 않게 추적추적 가을비가 웬 궁상이란 말인가.

설렘으로 상기된 문우들을 태운 버스가 미지의 땅 강원도 홍천을 향해 빗속을 질주한다. 도심을 빠져나와 어느새 서울 상수원인 팔당호가 한눈에 들어온다. 물안개 자욱하게 연기처럼 피어오르는 호수, 더 넓은 수면 위에 세찬 빗방울이 마치 토하처럼 팔딱거린다.

운길산, 양수역, 용문사를 지나 처음 정차한 곳이 전설의 며느리 재 휴게소다. 이 고장 어느 댁 며느리가 이 고개에서 무슨 일이 일어났을까. 짐승들의 습격을 받았을까. 산적한테 잡혀갔을까. 그 옛날 이 땅의 며느리는 한도 많고 탈도 많았다.

누군가 말했다. 여자는 세 번 태어난다고, 친정부모에게는 눈에 넣어도 아프지 않은 고운 딸이 시집가면 미운 며느리가 되고 결국엔 호랑이같이 무서운 시어미로 변한다. 불과 5, 60년 전만 해도 그랬다. 며느리 배곯기를 부자 밥 먹듯 한다는 말이 있고 보면, 이 설움 저 설움 해도 배고픈 설움이 제일 크다고 했다. 하지만 아무리 지독한 시집살이도 대를 이을 아들을 쑥 낳고 나면 며느리 대접을 해주었던 시절이다.

그 오랜 세월, 조상 대대로 가문을 이어갈 아들, 남자라서 절대적 권위주의로 군림하던 그들이 새천년을 맞고부터 너울 파도처럼 밀려오는 변화의 급물살을 타고 휘청거린다. 요즘 퇴직 후 나이 든 남자들이 부인을 도와 행주치마 두르고 청소도 하고 설거지까지 하는 모습을 TV 화면을 통해 종종 보게 된다. 능곡지변陵谷之變이라 했던가. 형언할 수 없는 격세지감을 느끼게 된다.

차창밖엔 물안개가 서서히 걷히면서 거센 빗발이 차츰 잦아들 즈음 어느새 홍천의 명소 천 년 고찰 수타사에 도착했다. 사찰 들머리, 여느 시골 길과 다름없이 가을비 살금살금 지나간 자리에 눈에 익은 지칭게, 달개비, 쥐눈이 콩, 흐드러진 여뀌 하며 각종 이름 모를 산야초들이 맨 살 비비며 화엄華嚴세계를 이루고 있다.

산속 청정계곡의 급물살이 용소를 휘돌아 채 넓은 내를 이룬다. 그 위를 가로지른 수타교를 건너면 보통사찰의 일주문이 아닌 봉황문이 우뚝 서 있다. 오동나무 가지에만 앉는다는 상상 속의 동물 봉황새, 평화로움을 상징하는 영조靈鳥로 알려져 있다.

활짝 열린 봉황문 앞에 작달막한 웬 남정네가 딱 버티고 서서 사찰 안으로 못 들어가게 한다. 40여 명의 문우를 세워놓고 수타사 역사와 내력, 사찰 내에 소장한 보물과 문화재 등 알기 쉽게 강도 높은 해설을 열강한 후 비로소 들여보낸다. 그는 스스로 한국의 '등소평'이라 자처하는 공작산 수타사의 명 해설사이다.

봉황문 안으로 들어서자 좌우로 험상궂은 사천왕을 만나게 된다. 조금 전 해설사로부터 들은 우측 동쪽에 있는 사천왕 가슴속에서 많은 불경과 보물 '월인석보'가 나왔다고 한다. 장장 600여 년 동안 가슴에 안고 있다가 이제야 무엇 때문에 이 각박한 세상에 내놓았을까.

보물 월인석보는 '월인천강지곡'과 '석보상절'을 합하여 세조 5년에 편찬한 불교 대장경이다. 석보는 석가모니 연보인 부처일대기로, 월인석보가 처음 세상에 나왔을 때 보관할 장소가 마땅치 않아 수타사의 본사인 월정사에 보관하다 이곳에 박물관 보화각을 짓고 다시 옮겨왔다고 한다. 보화각 현판 글씨는 탄허呑虛 스님의 친필이라면서 해설사는 큰 자랑이라 했다.

월정사의 말사인 수타사, 사찰의 중심인 대웅전 대신 대적광전과 원통보전이 어깨를 나란히 하고 있다. 본전인 대적광전에 모신 부처님은 진리, 진신, 또는 법신이라 일컫는 비로자나 부처님이다. 본전보다 더 넓고 화려한 원통보전에 모신 부처님은 한없는 자비심으로 모든 중생의 아픔을 만져주고 원하는 대로 복을 주신다는 관세음보살님이다. 그 앞에서 나는 합장배례合掌拜禮하고 세속에서 묻어온 번뇌를 내려놓는다.

사찰 규모에 비해 많은 문화재와 보물들을 소장한 이곳 수타사는 오랜 옛날 우적산에 창건했던 일월사를 공작산의 명당 터, 공작이 알을 품은 형국인 이곳에다 옮겨와 수타사라 이름을 바꾸었다고 한다.

초가을 고즈넉한 산사에 비바람 한차례 머물다 가고 맑은 햇살이 지친 여행객의 마음을 다독여준다. 새 둥지처럼 아늑하고 수려한 산세, 어디선가 공작들이 날아와 아름다운 군무가 한차례 부챗살같이 펼쳐질 것만 같다. (11.10)

고향 가는 길

철부지 아이처럼 들뜬 마음으로 고향 가는 버스에 오른다. 130여 명의 문인을 태운 버스 정수리마다 번호표를 붙이고 커다란 덩치들이 민첩하게 바람을 가른다. 어느 문학가협회가 주최하는 1박 2일간 문학세미나를 경남 합천 해인사 입구에 자리한 해인호텔에서 가진다고 한다. 나는 재경 합천출향문인이란 자격으로 선후배와 함께 참석하게 되었다.

24절기 중 하나인 처서가 하루 지난 날이었다. 온종일 많은 비가 땅 터임도 없이 밤새도록 내렸다. 옛말에 처서에 비가 오면 독 안의 곡식도 준다고 한다. 가을비가 잦아 흉년이 든다는 말이다. 또한 처서 날 오전에 심은 무는 열무가 되고 오후에 심으면 가을무가 된다는 말도 있다.

다행히 떠나는 새벽부터 날씨가 서서히 개기 시작했다. 비 온 뒤에도 차창 밖은 자글자글 끓는 가마솥 같은 뙤약볕이 호랑이보다 무섭다. 어디까지 왔을까. 한 발 한 발 고향이 가까워져 온다. 그곳에는 내 안에 가득한 유년의 추억들이 골 깊은 기억 속에 남아 아슴푸레 떠오른다.

이맘때면 들판 한가득 농부의 땀을 먹고 자란 벼들이 초록 카펫을 깔아놓은 듯했다. 넓은 들녘 헤집는 바람결에 어석어석 가을을 노래하는 풍경들이 꿈속처럼 아련하다. 가르마 같은 들길 가로질러 새끼 딸린 누렁이 소를 여남은 살 된 계집아이가 몰고 이랴 하면 바로 가고 좌랴 하면 왼쪽이란 걸 잘도 알아듣는다. 등 뒤에서 졸래졸래 따라오는 송아지가 엄매 엄매 어미를 부르면 어미 소는 어여 따라오라고 길게 화답하는 정겨운 풍경이 지금도 기억 저편에 애잔한 그리움으로 남아있다.

넋 놓고 비몽사몽 추억 속에서 헤매는 동안 어느새 김천이다. 일행은 자투리 시간을 내어 천불전으로 잘 알려진 직지사에 잠시 들렀다 가기로 했다. 우선 사찰 들머리에서 점심을 먹었다. 모처럼 구수한 청국장과 열무 겉절이, 풋고추에다 밀가루를 묻혀 살짝 쪄서 갖은 양념 넣고 버무린 것이 옛 맛 그대로다. 모처럼 입에 맞는 갖가지 짭조름한 고향의 맛을 보고, 사명대사의 출가사찰로 유명한 직지사에 들어선다.

먼저 천불전부터 둘러보고 대웅전에 모신 후불탱화와 삼층석탑 모두 보물다운 모습이다. 대웅전 추녀 아래 아름다운 조각예술의 다포와 고운 단청이 화려함의 극치를 이룬다. 욕심 같아서는 이곳에 남아 천 년 고찰의 긴 역사 속에 파묻힌 못다 한 이야기와 수많은 전설을 밤새워 듣고 싶지만 다음 기회로 미루어야 했다.

내 고향 합천은 고산준령이 많아 거친 산세와 가파른 계곡이 강원도 못지않다. 그런데 타도他都 사람들은 합천은 몰라도 해인사는 안다는 말이 있다. 또한, 합천인의 자랑거리는 당연히 해인사로 꼽힌다.

천이백여 년의 역사를 지켜온 해인사는 세계문화유산에 등재된 '장경판전'을 비롯해 8만대장경판과 제경판 등 세계기록유산이 즐비하다. 뿐만 아니라 국보와 보물 70여 점이 해인사를 빛내고 있다. 장경판전은 대장경의 부식을 방지하고 온전한 보관을 위해 15세기경에 지은 목조건물이다. 습기를 막기 위해 건물바닥에 숯과 소금, 모래를 깔고 사방에 문을 내어 자연환경을 최대한 이용한 보존과학 건물로 높이 평가된 세계 유일의 문화유산이다.

청량한 산소를 마시며 해인사 소리 길을 걸으면 홍유동 계곡의 청아한 물소리와 함께 때 이른 가을 오는 소리가 들린다. 거북이 등짝 같은 갑옷 두른 늙은 소나무들이 하늘을 찌르고 다투어 뿜어내는 피톤치드의 효과로 찌든 정신이 맑아진다. 속세로부터 안고지고 온 무거운 짐을 천 년의 자연을 품은 사바세계에 잠시 내려놓는다. 조금 전까지도 대지를 달달 볶던 찜통더위는 대체 어떻게 된 것일까. 이곳 호텔에는 에어컨이나 그 흔한 선풍기도 눈에 띄지 않는다. 신이 사는 세상은 이와 같을까. 해가 기울자 완연한 가을 날씨다.

모처럼 시원한 자연 공기를 마시며 호텔식당에서 가정집처럼 차린 저녁 식사를 했다. 해 떨어진 산골은 금방 어둠살이 깔리고 세미나에 초대받은 손님들이 행사장에 속속 들어선다. 합천군수가 늦어 행사가 조금 지연되었다. 먼저 도착한 합천군의회 의장과 문화원장, 합천문협 지부장 등 고향의 내로라하는 많은 분이 참석했다.

이번 문학세미나에는 현직 교수와 문학박사도 여러분 참석했다. 나는 이렇게 규모가 큰 문학모임에 참석해 보긴 처음이다. 회원들 연령대가 5, 60대에서 70대도 상당하다. 그런데 궁금한 것은 오늘 토론의 주제가 어떤 것일까였다. 혼자 생각으로 노년층이 많아 혹여 옛 서정시와 현대 문학의 흐름 같은 것을 주제로 하지 않을까, 생각해보았다. 저명인사들의 긴 소개와 인사말이 끝났는가 했더니 생각지도 않은 회원들의 시 낭송이 시작된다. 시간이 촉박해서 어떻게 시작과 끝이 났는지 모르겠다.

행사가 끝나고 먼 길 한달음에 달려왔던 손님들이 모두 돌아갔다. 올여름 들어 처음으로 청량한 신록 속에서 편한 잠자리에 들었다. 그런데 유난히 더위 타는 남편과 가족들이 무단히 눈에 밟혀 쉽게 잠이 오지 않아 뒤척이다 깨어보니 어느새 아침이다.

조반이 끝나기 바쁘게 부처님 도량을 벗어나 발그스름한 솔잎 쌓인 터널 길을 벗어나자 화덕 같은 세상은 아무것도 변하지 않았다. 문인들을 태운 버스가 서둘러 합천 쌍책면 성산리 박물관으로 향했다. 박물관 주변에는 5, 6세기경 조성된 고분 천여 기가 밀집해 있다. 역사의 문헌에 거의 남아있지 않아 베일에 싸인 가야시대 황금의 나라 '다라국' 터에 박물관을 건립했다. 지난 85년부터 92년까지 옥전고분에서 유물 2천5백여 점을 발굴하고 고분 27기를 복원했다. 출토유물이 나온 자리에 합천박물관이 그렇게 탄생했다.

찬란한 황금 칼의 나라 다라국, 5세기경 가야의 소국 가운데 하나인 다라국은 국가가 존속된 시기가 짧고 그 흔적이 합천에만 남아있을 뿐이다. 용봉 문양의 고리자루큰칼 '환두대도'는 많은 유물 중 당연히 돋보인다. 정교하게 새겨진 황금 칼은 부와 문화 수준을 상징하는 대표적인 유물이다.

가야시대 화려했던 우리 문화유산인 금동관, 관모, 금제 귀걸이 등 황금 공예품과 다양한 옥 제품, 유리구슬, 당시의 철기 문화유물과 각종 토기류 등 헤아릴 수 없이 많은 유물을 전시해 놓았다. 박물관의 규모와 알찬 내용들, 이번 기회가 아니면 자칫 몰랐을 소중한 역사 공부도 했다.

날씨가 웬만하면 생태계의 보고 우포늪도 보고 싶다. 수없이 지나치면서 한 번도 가보지 못했다. 친정에 가본지도 까마득하다. 산천도 옛 모습 그대로일까? 하나 남은 언니를 지척에 두고 눈물 같은 땀이 흘러 청정한 황강물이 탁류처럼 보인다. 그런데 이번 문학세미나에 기대가 큰 만큼 왠지 아쉬움이 더 크다. (13.09)

중국 여행기 · 1

- 백두산 가는 길

　동네 이웃들과 작년부터 백두산을 목표로 관광 적금을 들었다. 모두 열심히 부어 어느새 만기가 되었다. 말로만 듣던 백두산 등정을 앞두고 꿈에 부풀어 있는데, 좋은 일엔 왜 마가 먼저 끼어드는 것일까. 뜻밖에 차질이 생겼다. 생전 처음 들어본 '신종플루'란 놈이 전 세계를 휩쓸다 급기야 청정지역인 우리나라까지 상륙했다. 그 바람에 고대하던 백두산 관광을 아예 포기하겠다는 회원들이 늘어난다. 이러다가 허공에 뜬 구름처럼 꿈이 깨어지는 건 아닐까?

　그래도 가야 한다는 강심파와 도저히 내키지 않는다는 소심파가 제각각 사분오열이다. 옛말에 간 큰 놈이 널 장사 한다고 남편과 나는 무조건 강심파 쪽에 섰다. 우여곡절 끝에 드디어 마음 맞는 가까운 이웃끼리 여행을 결행했다. 아이들에게 중국을 통해 백두산에 간다고 하자 예상한 대로 심하게 반대한다. 아무리 말려도 들을 것 같지 않자 소독제 비누로 손을 자주 씻고 핸드크림을 수시로 바르라며 한 보따리 사다 놓고 볼멘소리로 투덜거린다.

　그렇게 기다리던 백두산 등정을 위해 일행 31명은 2009년 8월 31일 인천공항을 출발한 지 1시간 50여 분 비행 끝에 북경공항에 도착했다. 이곳은 여행하는데 가장 적절한 초가을 같은 날씨다. 시차도 별로 나지 않아 우리나라보다 1시간 더디다는 북경의 시계는 2시 15분을 가리킨다. 황새처럼 목을 빼고 기다리던 가이드가 우리 일행을 맞으면서 희색이 만면하다. 대기한 버스에 올라 '북경 안내를 맡은 연변 출신인 조선족 3세'라고 유창한 우리말로 자기소개를 한다. 가이드 특유의 재치와 유머를 구사할 줄 아는 아가씨다.

　자투리 시간도 아깝다며 북경 근교의 천단공원으로 안내한다. 공원 내에 기년전이란 전각이 있다. 역대 왕들의 위패를 모셔 놓고 철 따라 제사를 지내는 곳이다. 청인들 모자처럼 생긴 3층 건물인데 지붕의 푸른색 기와는 푸른 하늘을 상징한다고 한다.

　다음날 일행은 먼 길을 가기 위해 일찍 서둘렀다. 북경공항을 출발한 비행기는 2시간 후 장춘공항에 도착했다. 숨 돌릴 틈도 없이 연변을 향해 버스에 오른다. 공항을 벗어나자 끝없는 지평선이 펼쳐진다. 사람 사는 마을이라곤 십 리가 하나, 오리가 하나 가뭄에 콩 나듯 하고 이곳 사람들은 옥수수만 먹고 사는지 가을 벌판에 벼 한 포기 잡다한 농작물 하나 보이지 않고 옥수수 천지다. 가도 가도 끝없는 푸른 옥수수 물결 속, 조붓한 고속도로엔 그 흔한 자동차 한 대 눈에 띄지 않고 우리 일행을 태운 버스만 마치 망망대해를 가르는 외로운 조각배 같다.

　지루하던 옥수수밭이 끝나고 연변에 들어서자 풍성한 가을 들녘이 마치 고향에 온 느낌이다. 뜨겁게 내려쬐는 초가을 태양 아래 범람하는 노랑 물결, 다소 곳 고개 숙인 벼 이삭이 갓 시집온 새댁처럼 수줍게 영글어 간다.

이곳에 뿌리내린 한국인만 230만이 넘는 연변은 거대한 코리아타운이다. 길거리 안내 표지판에 한국어 아래 중국어, 맨 아래 일본어가 달랑달랑 붙어 있다. 휙휙 지나가는 크고 작은 상점마다 우리 글 일색이다. 낯선 땅 폐쇄적인 공산국에서 당당한 우리글을 보니 자부심이 느껴지며 먼 길 달려온 피로가 확 풀리는 것 같다.

어디쯤 왔을까. 식사 때가 되었는지 달리던 버스가 길가 아리랑 상호가 붙은 식당 앞에 멎는다. 30여 명이 식당 안에 들어서자 작은 홀이 꽉 찬다. 중국 음식 특유의 기름기에 진력이 났던 터라 낯익은 식단 앞에서 모두 탄성을 지른다. 두부 뚝뚝 잘라 넣은 된장국에 돼지고기 뭉텅뭉텅 썰어 넣은 김치찌개, 콩나물, 깻잎 하며 둘러앉아 빠글빠글 끓인 된장 올려 상추쌈 듬뿍 싸서 양 볼이 미어지게 밀어 넣는다. 팔뚝같은 풋고추를 고추장에 꾹꾹 찍어서 함께 먹는 우리는 스스럼없이 지내온 이웃사촌이다. 여행에서 먹는 재미 그 또한, 빼놓을 수 없는 즐거움이 아니던가. 포식하고 짧은 만남, 긴 이별, 아쉽게 멀어지는 아리랑 식당을 뒤로한다.

백두산 가까운 연변호텔까지 열 시간 넘게 바람같이 달려왔다. 횅하니 몸과 마음이 구름처럼 둥둥 뜬다. 장춘에서 꽃미남으로 바뀐 가이드 역시 연변 출신이란다. 가이드 생활 8년 동안 셀 수 없이 백두산에 올랐지만 맑은 날 천지를 본 건 두, 세 번뿐이라고 한다. 산 정상의 기후는 하도 변화무상하여 천지天池는 운이 따라야만 볼 수 있다며 가이드는 걱정이 태산이다. 어르신들 잠자리 들기 전에 천지신명께 기도 많이 하시고 내일을 위해 수면 푹 취하라고 신신당부한다.

그 옛날 처녀 적, 결혼 전날 밤 막연한 두려움과 설렘으로 뒤척이던 때처럼 쉽게 잠들 것 같지 않다. 그러다 설핏설핏 잠결인지 꿈결인지 참으로 오랜만에 계명성鷄鳴聲을 들으며 눈을 떴다. 몇 홰나 울었을까,

장막처럼 가로막는 희뿌연 여명을 젖히고 이국의 새벽하늘을 본다.

　티 없이 맑은 새벽 별빛이 와글와글 산골 마을에 폭죽처럼 쏟아진다. (09.08)

백두산에 오르다

새벽 닭 울음소리 잦아들고 안개 걷힌 산마루에 아침 해가 떠오르며 산골의 하루가 열린다. 일행은 상기된 모습으로 버스에 오른다. 완만한 길을 따라 들어가자 터널 같은 원시림 속을 2시간 정도 달린 버스가 산 아래 주차장에 정차한다. 수많은 관광객이 십 리나 줄 서서 기다린다.

차례가 되어 7인승 자동차에 오르자마자 쏜살같이 달리는 차창너머로 주변 경관들이 갈수록 장관이다. 멀리 또는 가까이에 자작나무 군락지가 산중턱까지 이어진다. 정상이 가까워질수록 길은 가파르고 똬리처럼 빙글빙글 돌아 급커브 길을 사정없이 꺾으며 돌 때는 마치 태풍이 휘몰아치는 듯 좁은 공간에 어깨와 머리를 부딪치며 몸을 가눌 수가 없었다. 그렇게 30여 분 달렸을까. 바로 정상 앞에다 기사는 차를 세우고 눈짓, 손짓으로 빨리 내리라는 시늉을 한다. 연이어 관광객을 태운 장난감 같이 허술한 지프차들이 꼬리를 물고 개미떼처럼 새카맣게 올라온다.

산은 중턱부터 정상까지 돌산으로 이루어진 벌거숭이 민둥산이었다. 그래도 정상 군데군데 양지쪽엔 손가락 끝 마디보다 작은 이름 모를 잡초들이 어느새 황갈색으로 변해있다. 머잖아 이곳의 가을은 잠시 머물다 갈 것이다.

일 년 중 7, 8개월이 겨울인 백두산은 여름도 다 가기 전, 겨울준비에 들어가 8월 중순에 벌써 눈이 두 번이나 내렸다고 한다. 세월에 깎여 돌밭뿐인 척박한 정상에서 주위를 둘러보며 언뜻 지난날 누구의 작시인지 모르고 외웠던 시한구절이 생각난다.

白頭山 高松下在　백두산이 높다하되 소나무 아래 있고.
漢江水 深沙上流　한강수가 깊다하되 모래 위로 흐른다.

그런데 소나무는 다 어디가고 시든 잡초뿐이란 말인가?

지난밤 우리들의 애절한 기도가 하늘에 닿았을까? 일 년 중 한두 번 볼까 말까 한 구름 한 점 없고, 바람 한 올 일지 않는 시리도록 푸른 하늘이다. 신의 배려인가. 민족의 영산, 조국의 영원한 성지, 하늘이 허락해야 볼 수 있다는 천지 앞에 감읍하며 바라본다. 사람들은 만감이 교차하여 애틋한 시선에 눈물이 젖어있다. 처연하도록 푸른 호수, 한낮의 찬란한 햇빛마저도 파문이 두려운가. 바위틈에 걸려있다.

에메랄드 보석인들 이보다 더 푸르고 아름다울까? 그만 풍덩 빠져들고 싶은 충동에 숨이 가쁘다. 최심 300m가 넘는 천지의 물은 얼음같이 차서 손발을 단 1, 2분도 담그지 못한다는데. 그렇게 깊고 차가운 물속에 무엇이 살까? 혹여 잔잔한 옥색물결 헤치며 인어아가씨가 꼬리를 흔들며 살며시 올라올 것 같은 착각이 든다. 이렇게 아름다운 호수 속에 괴물이 산다는 중국인이 지어낸 터무니없는 억측에 나는 너무 화가 난다.

정상에서 본 하늘, 가까워서 더욱 푸른 하늘, 수 백리 밖까지 새털 같은 구름 한 올 볼 수가 없다. 하늘이 푸르르 호수가 더욱 푸른 걸까. 사람들 얼굴도 푸른빛으로 물들어간다. 인성만성이라 했던가? 호수 주위를 겹겹이 사람으로 띠를 두른 것 같다.

먼 옛날부터 천지엔 어류와 파충류가 서식하지 않았다는데 1984년 북한에서 산천어 치어를 방류하여 지금은 산천어가 노닌다고 한다.

태고 적, 천지가 생성하던 날 호수 북쪽의 한곳이 터져서 물이 흘러 나가는 달문이라는 화구뢰를 이룬 곳이 백운폭포 또는 장백폭포라 한다. 폭포높이 68m나 되는 거대한 물줄기가 흘러 송화강의 발원지로, 두만강은 천지의 동남쪽에서 발원하여 한반도와 중국, 러시아 국경을 거쳐 흐른다. 두만강 수계와 압록강 수계의 운총강, 오시천, 가람천, 포태천 등 수많은 강줄기와 하천 등이 흐르고 있다.

백두산 동서남북 중, 우리가 오른 북파쪽은 정상까지 자동차로 오를 수 있어 나이든 사람도 편하게 여행할 수 있다. 호수를 둘러싸고 있는 한반도에서 가장 높은 장군봉을 비롯해 16개 봉우리 중 7개봉이 북한 영역에 있다는데 화산폭발에 의해 생긴 각종 화강석, 금강석, 황보석 등, 자연이 빚은 색색의 비경 앞에서 그저 말없이 고개가 저절로 숙여진다. 정상에는 백색의 부석으로 형성돼있고 1년 중 8개월 이상 눈에 쌓여있어 사계절 희게 보이기 때문에 백두산 또는 흰머리 산이라 부른다고 한다.

천지를 일러 달문담, 또는 용왕담이라 부르기도 한다. 하늘과 땅이 맞닿는 곳, 우리민족 발상의 신령한 터전이자 영원한 정기가 서려있는 원천이다. 백두산은 백 번 올라야 청명한 날 산정상과 천지 얼굴을 두어 번 보여준다는 여담처럼 맑은 날 천지와 만남은 하늘이 허락해야 볼 수 있다고 그곳 사람들은 믿고 있다.

생전 이처럼 맑고 포근한 날 백두정상에 올라 가장 가까운 곳에서 천지를 볼 수 있으리라고 꿈에도 생각하지 못했다. 날씨 덕 인가. 생전 처음 남편 잘 만나 늘그막에 호강한다는 생각이 든다.

함께한 세월이 어느새 50여 년, 빨리 가려면 혼자 가고 멀리 가려면 함께 가라는 말이 있다. 나는 지금도 멀리 왔다는 생각이 들지 않는다. 아직도 함께 갈 길이 멀었는데 백두산을 닮은 남편의 백발을 보며 오늘 따라 괜스레 초조해진다.

지금까지 나는 얼마나 혼자 생각에만 치우쳐 살았던가? 모처럼 자신을 뒤돌아보고 철들게 하는 영산 백두산을 뒤로하고 돌아보고 또 돌아보며 하산을 서두른다.

기대했던 것보다 몇 만 배나 벅찬 감동이 쉽사리 가라앉지 않는다. 지금 떠나면 이렇게 멀고 먼 길을 언제 또 오게 될까? 혹여 내 생전에 통일이 된다면 그때 건강이 허락한다면 제일 먼저 백두정상에 올라 다시 한 번 신비스런 그 모습, 천지를 보러 오리라 약속을 한다.

얼마나 더 오랜 세월을 기다려야 통일이 될까? 남의 나라, 남의 땅에서 우리의 영산, 우리의 성지를 볼 수밖에 없는 현실 앞에서 기운이 빠지고 부아가 치민다.

일행은 산을 내려와 백운폭포 관광을 위해 버스에 올랐다. 자작나무 숲속을 얼마나 달렸을까? 개울가 주차장에 차가 멎는다. 시멘트로 포장된 산길을 걸어서 30여 분 오르자 개울가에서 80도나 된다는 유황온천이 분출한다. 누렇게 변한 바닥 여기 저기 암석 틈새로 온천수가 부글부글 끓어오르며 더운 김이 마치 불 지핀 아궁이에서 내뿜는 연기처럼 뭉글뭉글 피어오른다.

산모퉁이를 돌아 오르자 몇 백 미터 전방에서 천둥 같은 소리와 함께 허옇게 수직으로 내려 쏟는 거대한 물기둥의 장관을 본다. 사시사철 무한정 쏟아지는 천지의 맑은 물은 아무리 들이켜도 배탈이 나지 않는다고 한다. 유일하게 돈 안내고 누구나 마음대로 먹을 수 있는 일급 청정수를 사람들은 양껏 먹고 받아서 새로운 볼거리를 찾아 떠난다. 오래 머물 수 없는 안타까움도, 떠나는 아쉬움도 조금씩 익숙해진다.

(09.11)

개똥과의 전쟁

의왕에서 가까운 안산으로 이사 온 지 어느덧 10여 년이 되었다. 돌아보면 한나절 꿈을 꾼 것 같은데 야속한 세월은 소리소문없이 훌쩍 가버렸다. 그 당시 의왕시 청계동 일대가 주택공사에 수용되어 내 생전 잊을 수 없는 전원주택을 백주에 두 눈 뻔히 뜨고 빼앗기듯 내주고 말았다.

우리 형편에 맞는 집을 찾던 중, 고향 친구가 사는 안산에 처음 와보았다. 대도시 속에 흔치 않은 단독주택단지가 우선 마음에 들었다. 괜스레 반갑잖은 불청객같이 거만하게 내려다보는 아파트가 보이지 않아 고향에 온 것 같아 쉽게 결정을 했다.

그런데 경비가 따로 있는 아파트 같지 않아 다가구주택인 경우 대문 겸 현관문이 항시 열려있다. 그 때문에 아무나 마음대로 들락거리며 방문에다 오만 가지 업종들의 크고 작은 전단물로 도배를 해놓는다. 하루에 몇 차례씩 떼어내도 돌아서면 울긋불긋 서낭당을 방불케 한다.

각박한 현실에서 그들 나름대로 살아남기 위한 방법일 것이다. 하지만 무법천지로 남발하는 전단물 때문에 주민들이 겪는 불편함을 관할 민원실에 호소해도 아는지 모르는지, 매일같이 반복되는 짜증스런 전단물과 전쟁을 치른다.

몇 해 전, 동네 이웃들과 유럽 여러 곳을 여행할 때였다. 프랑스 파리 시내는 길이 좁아서인지 일방통행이 많았다. 그 때문일까? 선진국 사람들도 지키지 않는 신호등은 있으나 마나다. 거리에 나온 시민 세 명 중 두 명은 애완견과 함께 산책을 즐긴다. 그 때문에 개똥과의 전쟁이라 할 만큼 길거리는 개똥 지뢰밭이다. 하루에 두 번씩 자동차로 치우지만 돌아서면 그때뿐이란다. 우아하게 산책을 즐기면서 아마도 개 용변처리 하러 나온 건 아닐까?

인도와 웬만한 골목길은 거무스름한 자연석을 깔아놓아 정신 바짝 차리지 않으면 밟고 쭈르르 미끄러지기 일쑤였다. 세계가 주목하는 첨단패션의 산실, 아름다운 파리의 샹젤리제 거리, 화려함 뒤에 가려진 두 얼굴을 보는 같아 실망이 크다. 여자들의 뾰족한 하이힐은 개똥 때문에 신는다는 가이드 말이 이해가 된다.

일방통행 길에서 앞차가 작은 접촉사고라도 날 경우 뒤에 있는 자동차들이 일렬로 서서 해결될 때까지 몇 시간이 걸리든 꼼짝없이 기다려야 한다. 물론 길도 좁지만 그곳 경찰들은 내가 보기엔 나무늘보같이 세월아 네월아 바쁠 게 없어 보인다.

요즘 우리나라도 선진국을 닮아 가는지 애완견을 가족처럼 생각하는 사람들이 점점 늘고 있다. 6·25전쟁을 겪어보지 않은 세대들이 그 모진 배고픔을 어찌 짐작이나 할까마는, 지각 있는 사람들의 눈살을 찌푸리게 하는 애완견도 전단물 못지않게 공해로 부각되고 있다.

어느 댁 개는 계란과 돼지고기는 먹지 않아 사람도 사 먹기 힘든 쇠고기와 고급통조림만 먹인다고 한다. 사람처럼 옷을 입히고 아기같이 유모차에 태우고 다니는가 하면 포대기에 싸서 업고 다니는 사람도 있다. 가족같이 동물을 사랑하는 마음을 탓하는 게 아니다. 아침저녁 보게 되는 애완견과 함께 공원, 공공운동장, 산에까지 데리고 다니며 함께 운동하는 광경은 어제오늘 일이 아니다. 문제는 주인인 사람이 개 배설물을 아무 데나 그대로 방치하고 가버리는데 할 말을 잃고 만다.

　나이 들수록 추위에 점점 약해진다. 겨울은 늘 몸도 마음도 찌뿌드드하여 집안에서만 옹송그리게 된다. 손끝에 간절한 기다림 같은 봄바람이 건듯 불면 머잖아 아카시꽃 주저리 가저리 필 때쯤, 뒷동산 등산로는 꽃길 터널이 된다. 아침 일찍 터널은 가끔 작은 카페로 변한다. 꽃길 카페를 찾는 손님 누구에게나 커피는 무한리필이다. 매혹의 아카시꽃 향기 속에 솔향은 덤으로 스며들고 환상의 커피 향이 톡톡 코끝을 자극한다. 한 줄 꽃샘바람이 불어와 뜨거운 찻잔 속에 낙화 한 두 잎 떨구고 간다.

　지난겨울 한철 어쩐지 잠잠하다 했더니 해동하자마자 무슨 나이트클럽, 전단물들을 손님이 많은 음식점 앞과 슈퍼마켓 앞에다 무더기로 뿌려 놓았다. 대로변에도 낙엽처럼 흩어져 나뒹구는 다방명함들이 요사스럽게 어우동, 별 봤다. 쌍 과부 등 입에 담기조차 민망한데 뒷면엔 한술 더 뜬다. 해괴한 나체 그림과 전화번호까지 버젓이 적혀있다.

　한창 감수성 예민한 학생들이 빈번하게 다니는 등하굣길이다. 겉으로는 무신경하게 밟고 다니는 것 같지만 명색이 어른인 내가 부끄러워 얼굴이 화끈거린다. 도덕을 이처럼 밑바닥에 떨어뜨리는 몰지각한 사람들에게 우리 사회는 누구를 위해 그처럼 관대한지 이해가 안 된다.

　거리에 뿌려진 다방명함들은 겁 없이 주택까지 파고들어 복도와 창틀, 문틈까지 들이민다. 어쩌다 며칠 집을 비울 경우 이웃에 단단히 부

탁해 두어야 한다. 울긋불긋한 전단물들을 그대로 방치하면 빈집인 것
으로 알기 때문이다.

　그래도 애완견을 데리고 나와 길거리에다 거리낌 없이 마구 배설하
고 치우지도 않아 개똥과 전쟁하는 선진국이라는 나라보다는 먹고 살
기 위해 전단물을 남발하지만 그래도 우리나라가 조금은 낫다는 생각
이 든다. 머잖아 우리나라도 개똥과 전단물과 전쟁이 벌어지지 않을까
심히 우려된다.　(0909)

제 설움에 제가 울고

배 준 석

시인 · 「문학이후」 주간

시인이 걷는 수필의 길

세상 살아온 일들을 말로 다 남길 수 없어 글을 만들었다. 글로도 다 못하는 사연을 정제하다 보니 문학이 생겼다. 그중 짧게 정제시킨 詩가 있고 약간 풀어낸 수필이 있으며 구구절절 쏟아내는 소설이 있다.

詩나 소설과 달리 수필은 1인칭 문학이다. 자연스레 내 이야기를 풀어내기 편한 장르이다. 나라고 하지 않아도 내 이야기요 너라고, 우리라고 해도 결국 내 이야기로 돌아오는 것이 수필이다. 마치 수필은 주영애 수필가를 위해 존재하는 것처럼 이번 두 번째 수필집에는 그간의 인생살이를 샘물처럼 퍼내고 눈물처럼 처연히 풀어내고 있다.

주영애 수필가는 처음에 詩창작을 배웠지만 인생 살아온 연륜이 앞서다 보니 수필로 등단을 하게 됐다. 하지만 2007년 3월, 수필집이 아닌 첫 시집 『내 자리는 왼쪽이다』를 만든다. 수필로 등단한 지 1년 만의 일이다. 수필가의 명예 위에 시인이란 타이틀을 또 얹은 것이다. 그로부터

3년이 지난 2010년 10월에야 첫 수필집 『연분』을 만들었다. 수필가라는 위상을 한껏 살려낸 것이다. 그리고 5년여, 뜸들이다가 이번에 또 수필집을 엮는다. 분위기가 수필가로 확 기우는 느낌이다.

詩나 수필은 같은 동네지만 사는 집이 다르다. 수필가에 집 家자가 있는 것이 그 증거이다. 그렇다고 장르 구별이 없는가. 그렇지 않다. 詩는 함축시키기 위해 갖은 수사를 동원한다면 수필은 산문으로 편하게 이야기를 펼쳐 놓는다. 여러 장르를 넘나들다 보면 깊이를 확보하기 어려운데 그래도 詩와 수필은 가까운 이웃이라 서로 견줘가며 쓸 만하다. 주영애 시인, 주영애 수필가라고 주저 없이 불러도 되는 이유다.

성냥개비 화두 같은
두견화 꽃망울 터질 때면
가지 끝에 아른거리는 빗살무늬 사이로
머물지 않을 달그림자 썰물처럼 밀려가도
두견새 골골이 뿌린 눈물
꽃잎마다 피멍으로 물들이고
울어 지친 목마름 봄밤이 붉게 타네
그 옛날 며느리 시집살이 서러운 배고픔을
두견화 꽃잎 따서 주린 배 채우는데
개가 먹은 풀을 며느리가 먹었다고 시어머니 구박에
죽어서 새가 되어 이산저산 밤새워 설움을 풀어 놓네
풀국 풀국 푸울국
차마 떨구지 못한 마른 잎 몇 개 달고 서있는
헐벗은 나뭇가지 사이로 한숨 같은
한 줄기 봄바람이 시르렁 흔들고 지나가네
상사초 움트는 소리로
체온 같은 봄이 창가에 다가와 서성이는데
억울하게 죽어간 며느리의 한 맺힌 넋
푸울국 풀국 푸울국 개개 개개

— 주영애, 「두견새」 전문

위 詩는 두견새와 두견화뿐 아니라 며느리까지 연결되어 한恨스러운 분위기를 잘 살려내고 있다. 두견새가 울면 두견화가 피고 이때가 되면 보릿고개도 찾아온다. 배고팠던 시절 이야기가 마치 전설처럼 詩의 주요 자리에 있다. 요즘같이 먹고 버리는, 풍요롭다 못해 과소비 시대에 던지는 화두도 크다. 마지막 행의 성유는 詩의 맛을 더한다. 시인으로 나름 수준을 확보하고 있는 것이다. 이렇게 주영애 수필가는 시인으로도 손색이 없다. 그 힘은 수필에서도 유감없이 발휘된다.

　사람들은 추위보다 모진 배고픔을 가까스로 견디고 나면 또다시 겨울보다 길고 높은 보릿고개가 기다리고 있었다. 보리가 익을 무렵부터 봄과 여름 사이를 사람들은 태산보다 높은 보릿고개라 했다. 죽을 둥 살 둥 힘겨운 고개를 넘기기 위해 소나무 껍질과 칡뿌리, 쑥으로 연명했다. 칡뿌리와 소나무 껍질만으로는 극심한 영양실조로 생명을 잃을 수도 있다. 하지만 인명은 재천이라 했던가. 조물주는 흉년 양식이라 불리는 영양덩어리 약초, 쑥을 우리나라 산과 들, 어딜 가나 지천으로 뿌려놓았다.

— 「흉년 양식 쑥」에서

詩에서 함축시키고 비유한 내용을 수필에서 시적표현으로 풀어낸다. 보릿고개 이야기다. 보릿고개를 모르는, 가난했던 시절을 깜박 잊고 사는 세대들에게 이 글은 그대로 제 자리를 확인시켜준다. 물질적, 정신적 풍요와 빈곤도 따져 생각하게 한다.

가난해서 먹었던 쑥이 오히려 보약이 되었다는 것, 또한 의미가 된다.

　어느 시인은 오월의 숲을 딸 부잣집 아침 출근 시간처럼 시끌벅적하지만 더없이 아름답다고 했다. 또 칠월의 숲은 아들 두엇 낳은 며느리 같고 가을 단풍은 머잖아 떠나보낼 딸자식을 위해 나무가 준비한 가장 고운 옷감 같다고 했다.

— 「꽃 이야기」에서

위 글에서는 '처럼', '같이' 같은 조사가 보여 수사법상 직유라고 하지만 여기서는 인용으로 봐야 적절하다. 인용은 인식의 문제와 직결된다. 주영애 수필가의 인식의 문제는 때로 시적 감각을 깨워 수필 문장을 윤택하게 만드는 마력을 보이고 있다. 이런 이야기는 때로 시적으로, 비유의 대상으로, 깨달음으로, 의미로 입체적 작용을 하기도 한다.

이는 단순한 문제가 아니라 인생 살아온 여력이 만든 명문장이다. 주영애 수필가는 수필 쓰는 시인이요, 詩 쓰는 수필가로 손색이 없다는 것을 확인하게 되는 대목이다.

인삼의 힘이 천리를 간다

주영애 수필가를 말하기 위해서는 멀리 주세붕 선생까지 거슬러 올라가도 좋다. 그 아래로는 국담 주재성 선생으로 내려와도 좋다. 한국문학비답사회에서 몇 년 전 소수서원을 갔을 때 주영애 수필가도 빠지지 않았다. 백운동서원이라는 편액과 빛바랜 주세붕 선생 영정을 보며 남다른 눈길을 빛내기도 했다. 어릴 적부터 수없이 들었던 이야기 때문이다. 주세붕 선생이 누구인가. 백운동서원을 만들어 학문을 살리고 풍기군수로 있을 때 인삼 재배법을 널리 알려 백성들을 가난으로부터 벗어나게 해준 사람 아닌가.

근처 풍기는 인삼이 유명하다. 그곳에 최초로 인삼재배법을 보급한 주세붕 선생을 기리기 위해 풍기 사람들의 고마운 마음을 얹어 송덕비를 세운 곳이다. 친정아버지는 조상을 위하는 정신이 남달랐던지라 생전에 주세붕 선생의 인품과 행적에 대해 항상 같은 이야기를 해주었다. 친정아버지는 시조이신 신재 할바씨는 하고 시작하면 모두 꼼짝없이 끝까지 들어야 했다.

인삼 재배는 그리 간단한 이야기가 아니다. 소득에도 도움이 되지만 변변히 먹을 것이 없던 시절, 인삼 먹고 기운 차린 백성들은 또 얼마나 많을 것인가. 그 인삼의 힘이 주영애 수필가에게 까지 미쳤다면 지나친 비약일까. 그렇지 않다. 이는 왕성한 창작활동을 하는 모습이나 문학행사에 빠짐없이 참석하는 모습에서 확인되고 있기 때문이다.

경남 함안에 가면 주 씨 고가를 만날 수 있다. 국담 주재성 선생의 종가이다. 국담 선생이 누구인가. 나라의 충신이다. 아들 주도복은 효자다. 충신, 효자 정려각을 하사받아 '충효쌍정려문'이라는 말까지 만들어낸 집안이다. 나라에서 벼슬길로 불렀을 때에도 국담 선생은 사양하며 하환정 이라는 정자 편액을 붙인다. '어찌 마음을 바꿀 수 있단 말인가.' 향리에서 후학을 가르치겠다는 그의 욕심 없는 마음을 읽을 수 있다.

양반다운 양반은 스스로 모범을 보인다. 내 욕심에만 머물지 않고 남을 위해 헌신한다. 주영애 수필가는 이러한 선조들의 자랑도 굳이 하지 않는다. 스스로 수필집을 만들어 이 시대 이야기들을 펼쳐 놓는다. 크고 넓은 마음으로 백성을 사랑했던 주세붕 선생의 후예로 손색없이. 자기 이익에 따라 쉽게 마음이 변하는 시대에 곧고 흔들림 없는 국담 선생의 후손답게.

제 설움에 제가 울고

수필을 쓰려면 수필 쓸 여력이 있어야 한다. 고상한 척에 잘난 척까지 곁들이면 수필의 매력은 사라진다. 쓰려는 것만이 수필이 아니다. 수필을 쓰려면 인생의 쓰고 짠 눈물도 흘려보고 먹어보고 크게 웃고 깊게 울어버린 상처도 있어야 한다. 대저 고상 떨며 양반집 안방마님 같은 폼이나 잡고 교과서 같은 이야기나 늘어놓고 도덕적 의미나 나열해서 무슨 재미가 있고 사람 냄새가 나겠는가.

수필을 쓰려면 수필다운 삶을 살아야 한다. 때로 쓰러져 보기도 하고 다시 일어나기도 하며 쓰러진 사람 일으켜 세울 줄도 알고 내가 손해 볼 생각도 해야 한다.

　　내 어머니는 아들딸 10남매를 낳아 홍역으로 일곱을 잃고 딸 셋을 겨우 붙잡았다며 말끝마다 눈물이었다.

―「딸」에서

홍역으로 집안 썰렁해진 곳에서 막내딸로 성장한 것은 그만큼 사랑도 많이 받았지만 보이지 않는 슬픔도 대물림하듯 느낄 수밖에 없었으리라. 타고난 슬픔, 그 어린 슬픔이 글을 쓰게 된 계기가 아닐까. 어머니의 눈물은 화자에게 있어 또 다른 모습으로 나타난다. 화자도 어머니로 딸을 낳았기 때문이다. 그것도 생사를 넘나드는 과정을 거친 것이다.

　　예정일은 50여 일 남았는데 새벽에 일어나보니 피곤하여 하혈하는 줄도 몰랐다. 그 시절엔 아무리 급해도 통행금지 해제될 때까지 기다려야 했다. 병원도 아침 6시면 문을 열었다. 가까운 영등포 중앙산부인과에 혼자 갔다. 산모가 영양실조에다 일을 너무 많이 하여 태반이 자궁벽으로부터 떨어져 하혈한다는 것이다. 촉진제 주사 맞고 바로 아이를 낳아야지 그렇지 않으면 산모가 위험해진다고 한다.

―「딸」에서

산모인데도 몸 간수조차 제대로 할 수 없었던 어려운 시절 이야기가 끝 모르게 쏟아져 나온다. 그래서 딸에게 미안한 마음이 드는 것은 또 어미의 마음인 것이다. 이렇듯 시장에서 장사하며 겪은 이야기는 길수밖에 없다. 중편수필이라는 새로운 장르를 만들어도 무방할 정도다.

　　1960년대 초, 서울 변두리 신길동 대신시장에 첫발을 내딛었다. 거상의 부푼 꿈을 꾸며 팔도에서 모여든 사람들 대부분이 2, 30대 전후였다. 젊음과 넘치는 패기만으로 앉은뱅이도 걸린다는 날고뛰는 시장바닥을 주름잡았다. 그 바닥에서 살아남기 위해 통금시간만 해제되면 시장 안은 사람들로 시끌벅적했다.

그들 못지않게 남편도 새벽부터 자정까지 주문받은 물건들을 자전거로 실어 날랐다. 그런데 흔한 옷가게도, 식품가게도 아닌 지물포는 어린아이 둘이나 딸린 여자혼자서는 너무 벅찬 업종이었다. 손님들과 온종일 입씨름하다 보면 배는 왜 그렇게 금방 고프던지? 매일같이 점심은 건너뛰게 되고 손바닥만 한 가게에서 네 식구 치다꺼리하랴, 살림하랴, 장사하랴 하루에 수차례 젖먹이 업고, 큰아이 손 붙들고, 무거운 물건 머리에 이고 배달까지 해야 했다.

—「굽이굽이 뒤돌아본 길」에서

마치 수기를 읽는 듯하다. 마음 단단히 먹고 스스로 걸어온 길을 정리해 놓았다. 제목 그대로 굽이굽이 걸어온 주영애 수필가의 삶이 파노라마로 펼쳐진다. 때로 제 설움에 제가 울기도 하고 제 아픔에 겨워 앓는 소리도 내며 제 기쁨에 취해 스스로 찬탄하는 소리도 들린다.

내가 열 살 되던 해 예기치 못한 6·25전쟁이 일어났다. 전쟁 나고 2개월도 안 되어 물밀 듯 밀려오는 인민군들이 곡식은 말할 것 없고 가축들마저 씨를 말렸다. 엎친 데 덮친 격으로 미군이 퍼붓는 폭격에 마을이 모두 불바다로 변하고 학교까지 전소하여 아이들은 이듬해 문중 재실과 노천에서 수업했다.

마을 사람들은 당장 입에 풀칠할 게 없어 초근목피로 연명하다보니 모두 영양실조로 푸석푸석 부황이 났다. 그래도 대를 이을 아들은 학교를 보내면서 여자는 시집가서 자식 낳고 살림만 잘하면 된다며 퇴학을 시켰다. 200호 되는 마을에 초등학교를 마친 여자아이는 네댓 명뿐이었다.

—「뒤늦게 찾은 보람」에서

이번 수필집에는 유독 6.25전쟁 이야기가 많이 나온다. 그만큼 후유증을 남겼기 때문이다. 굶기는 기본이요, 죽고 사는 문제가 더 급하던 시절이다. 거기에 학업을 계속 할 수 없었던 한恨도 만나게 된다. 글자를 몰라 평생 남부끄러워하며 마치 큰 죄라도 지은 듯이 숨어 살아온 사람들이 얼마나 많았던가.

내 나이 50대 초, 여태까지 가장 아닌 가장 노릇하다 갑자기 많은 시간이 남아돌았다. 늦은 나이임에도 공부 못한 한을 지울 수 없어 신설동 수도학원에 10년 한도 잡고 수강신청을 했다.

— 「굽이굽이 뒤돌아본 길」에서

소위 시장바닥에서 피땀 흘려가며 돈 벌어 삼남매 대학까지 공부 시킨 이야기, 의왕에 전원주택 지은 이야기, 고등학교검정고시 합격한 행복했던 시절 이야기… 그리고 50대 후반, 정확히 59세에 문학과 만난 이야기가 일대기로 나온다. 詩를 공부하고 수필로 등단하고… 그런 과정이 수필의 이름을 빌렸지만 마음먹고 써내려 간다면 소설이 따로 없을 것이다.

이처럼 수필도 과거와 오늘이 끊임없이 만나는 것이다. 과거는 오늘을 비춰보는 거울이다. 오늘은 또 내일을 미리 열어보는 열쇠이다.

아는 즐거움이 있다

어르신들은 모두 시인이다. 인생이라는 것을 직접 체험하고 그 속에서 삭혀 나온 말들은 모두 시어이다. 문학작품의 특징 중에 아는 즐거움이 있다. 학습과 다른 차원의 이야기다. 문학적 아는 즐거움은 감동이라는 것을 늘 데리고 나타난다.

그리움의 높이만큼 세월은 가고 외로움의 깊이만큼 청춘은 간다고 누군가 말했다. 노인은 과거를 바라보고 청춘은 미래를 바라본다고 한다. 추억은 사라지는 것이 아니라 가슴속에 차곡차곡 봉인해 두는 것이라 했다.

—「딸」에서

이러한 문장은 읽는 사람들에게 깊고 강하게 다가온다. 글 속으로 빠져들게 한다. 인용도 능력이다. 알아야 인용을 할 수 있다. 적재적소 배치도 감각이 있어야 한다. 그것도 단순한 문장이 아니라 한 번 더 생각해보게 한다.

법력 높은 고승은 앉아 구만리를 본다든지, 무식한 귀신은 진언도 모른다든지, 들은 귀는 천년이요 말한 입은 사흘이라든지, 순천에서 인물 자랑 말고 벌교에서 주먹 자랑 말고 여수에서 돈 자랑 말라든지, 날씨와 서방님 속은 언제 어느 때 변할지 아무도 모른다든지, 여자 나이 팔십이 되어도 친정에 가면 좋아 풀섶도 웃는다든지 하는 이야기는 한 번 더 생각해보게 되는 여유도 만들어 주고 문장의 가치까지 한껏 높여준다.

쇠고기보다 높은 단백질이 들어있어 어린이 발육촉진에 더할 나위 없이 좋다고 한다. 지렁이가 유기물을 먹고 뱉은 배설물이 토질을 기름지게 하여 농사에 없어서는 안 될 소중한 생물이라고도 했다.

또 입술을 촉촉하게 하는 성분이 들어있어 여성들이 사용하는 립스틱 재료로 지렁이가 쓰인다니 오싹, 징그럽기도 하다.

—「추어탕과 용봉탕」에서

과거처럼 청자연적이요, 난이요, 학이요 하는 글을 수필이라고 하던 때는 지났다. 이제 지렁이가 립스틱 재료라는 재미있고 신선하며 아는 즐거움을 주는 이야기가 있어야 한다. 이런 것이다. 남들이 관심 보이지 않는 이야기를 슬쩍 꺼내는 즐거움, 이는 오랜 세월을 지내며 경험이라는 것이 쌓아올린 결과이다.

설죽으로 담뱃대를 만들던 이야기, 아버지가 무당개구리 내장을 빼고 소금을 살짝 뿌려 숯불에 바삭하게 구워 먹였다는 이야기, 부엌에서 동면을 하며 같이 몇 년을 살았다는 두꺼비 이야기 등은 전설 속 한 장면 같이 나타난다. 이런 재미있는 이야기를 어디서 들을 수 있단 말인가.

꿈은 꿈만으로도 행복하다

아직도 나는 버리지 못한 꿈을 꾼다. 더 미루고 싶지 않아 흰 구름 머물다가는 백운호숫가 적당하게 경사진 언덕 위에다 80여 평 땅을 샀다. 삼대 적선을 해야만 남향집에 산다는데 봄이 다 가기 전에 햇살 넘나드는 남향으로 내 안에 버리지 못한 작은 꿈, 전원주택을 짓는다.

방 하나는 자연석으로 구들장을 깔고 방바닥과 벽은 황토를 발라 구수한 고향의 흙냄새를 맡는다. 가마솥을 걸어 나무로 군불을 지피며 감자와 밤, 고구마를 구워 먹으며 유년의 추억에 흠뻑 젖어본다.

— 「아직도 버리지 못한 꿈」에서

의왕시에 있는 백운호숫가 남향받이에 전원주택을 짓고 사는 꿈을 꾸고 있다. 꿈은 상상의 또 다른 말, 그래서 행복한 것, 글 쓰는 사람에게 상상은 이야기에 날개를 다는 일이다. 도무지 상상을 하지 않고 이 힘들고 답답한 현실을 어찌 벗어날 수 있단 말인가. 황당한 망상이 아니라 현실에 뿌리를 둔 다양한 상상은 수필에서도 빠질 수 없는 윤활유이다.

구들장 깔고 황토로 지은 집에서 가마솥 걸어 나무로 군불 지피는 일은 과거로의 회귀이자 귀소 본능이다. 다시 돌아가고 싶은 곳— 그곳을 꿈꾸는 일은 꿈만으로도 행복하다. 꿈을 이루고 못 이루고의 문제는 나중이다.

얼음 녹은 일급수 맑은 개울물 속, 돌 밑에 숨어있는 가재 잡아 구워 먹고 개울 가장자리에 고기잡이 소쿠리를 바짝 대고 수초와 여뀌를 살짝 젖히면 팔딱팔딱 뛰는 민물새우가 한 움큼씩 잡혔다. 무 찰찰 빚어 넣고 자작자작 끓여 먹으면 그 맛이 별미였다.

— 「흉년 양식 쑥」에서

주영애 수필가의 꿈의 원천은 위 문장에서 확인된다. 어릴 적 추억을 되살려 살고 싶은 것이다. 그것은 자연으로, 고향으로의 회귀이다. 이는 쉬운 것 같으면서 쉽게 해결되지 않는 일이다. 마음으로만 그리다가 마는 것이 많은 일이다. 그래서 더 아쉬운 꿈이다.

그런데 이번엔 내 몸에 예기치 못했던 이상이 생겼다. 검사 결과 갑상선 결절성증식증이란 병명이다. 이물질을 제거하는 수술을 받게 되었다. 이 나이까지 살면서 큰 수술을 몇 번 받았다. 젊을 때는 담담했는데 나이를 먹을수록 마음이 약해져 수술할 날이 잡히면서 불안해 밤잠까지 설치게 된다. 부엌살림도 정리하고 가족들 옷가지며 이불빨래 등 집안 구석구석 쓸고 닦으면서 밤이 그렇게 지루한 줄 몰랐다.

병원에서 입원하라고 전화가 왔다. 내 병실은 6층 6인실. 숫자 6, 또 한 번 나를 안심시킨다.

— 「행운의 숫자」에서

이번 글을 읽으며 내내 마음이 아파왔다. 예전과 다른 글이다. 동양 사람들이 좋아하는 3, 서양 사람들이 좋아하는 7도 아닌 평범한 숫자 6에 행운을 거는 약한 마음도 읽힌다.

근래 답사를 가면 빠지지 않고 따라나서는데 언제부턴가 차멀미를 하며 답사지에서 처지는 것이다. 가슴이 덜컹 주저앉는다. 늘 건강한 모습이었는데… 자꾸 마음 약한 말과 글이 보인다. 친정 오빠 돌아가시고 난 뒤 가슴이 무너지듯 슬펐다는 말도 들린다.

그래서 이번 수필집에 있는 글들은 그동안의 일들을 정리해 두려는 분위기이다. 자연 편안한 문장도 따라 붙는다. 그러나 글 분위기상 크게 개의치 않고 그대로 살려냈다. 과거 이야기다 보니 겹치는 부분도 나올

수밖에 없다. 대신시장, 6. 25때 이야기 등… 그 또한 무슨 큰일이란 말인가. 자연스럽게… 마음 편하게… 그리고 개인 기록성도 있음을 염두에 두고 이번 수필집을 읽어 본다.

그리고 이제 두 권의 수필집 위에서 새로운 생활을 건강하게 즐겼으면 좋겠다. 인생살이에, 삶의 의미에, 사람과 사람관계, 그 어떠한 일에서도 초월의 경지로 포용하고 널찍한 마음으로 다독이며 쌓인 일들을 하나하나 풀어 나갔으면 좋겠다.

힘들면 쉬었다 가고 아프면 병원에 다니고 텃밭에 동부 조금 심어 자라는 것도 보고 도토리도 따기 힘들면 맛이 없더라도 조금 사다 먹고… 글쓰기도 힘들면 좋은 글 찾아 읽으며 감동도 받고 그러다 여력이 생기면 그때 또 천천히 써보고… 늘 웃으며 신나게 오래오래 문학회에서 만나고 같이 답사 다니며 맛있는 음식도 맛보며 콧바람도 쐬면서 살았으면 좋겠다.

주영애 수필집

고삐

초 판 인 쇄	2016년 5월 2일
초 판 발 행	2016년 5월 11일

지 은 이	주영애
펴 낸 이	배준석
펴 낸 곳	**문학산책사**
등 록	제384-2006-000002호
주 소	경기도 안양시 만안구 안양8동 550번지
	㉾430-018
전 화	(031)441-3337
휴 대 폰	011-437-8303
홈 페 이 지	http://cafe.daum.net/msmd06
이 메 일	beajsuk@hanmail.net

값 10,000원

ⓒ 주영애, 2016

ISBN 978-89-92102-64-3 03810